马蹄声里的红牡丹

郭 华 著

黑龙江教育出版社

图书在版编目（CIP）数据

马蹄声里的红牡丹 / 郭华著. -- 哈尔滨 ： 黑龙江
教育出版社， 2022.3
　ISBN 978-7-5709-2969-6

　Ⅰ. ①马… Ⅱ. ①郭… Ⅲ. ①长篇小说－中国－当代
Ⅳ. ①I247.5

中国版本图书馆CIP数据核字（2022）第046293 号

马蹄声里的红牡丹
MATISHENG LI DE HONGMUDAN

郭 华 著

责任编辑　　张培培
责任校对　　魏哲伦
装帧设计　　和衷文化
内文编排　　大奥文化

出版发行　黑龙江教育出版社
地址邮编　哈尔滨市道里区群力第六大道 1305 号（150070）
印　　刷　北京建宏印刷有限公司
开　　本　710mm×1230mm 1/16
字　　数　230千字
印　　张　16
版　　次　2022年3月第1版
印　　次　2022年6月第1次印

标准书号　ISBN 978-7-5709-2969-6
定　　价　78.00元

目　录

楔　子 ……………………………………………………………… 1

第一章　最后的晚餐 ……………………………………………… 2

第二章　校园里的浪漫 …………………………………………… 6

第三章　再一次相遇 ……………………………………………… 8

第四章　有一种爱叫作放手 …………………………………… 11

第五章　闺　蜜 ………………………………………………… 13

第六章　柳暗花明 ……………………………………………… 15

第七章　有朋自远方来 ………………………………………… 22

第八章　第一次分离 …………………………………………… 26

第九章　"出轨" ………………………………………………… 30

第十章　花开见月 ……………………………………………… 33

第十一章　寻寻觅觅 …………………………………………… 40

第十二章　创　业 ……………………………………………… 43

第十三章　飞来的横祸 ………………………………………… 48

第十四章　重　逢 ……………………………………………… 51

第十五章　破镜重圆 …………………………………………… 58

第十六章　阴　谋 ……………………………………………… 68

第十七章　第二次分离 ………………………………………… 74

第十八章　第一单业务 ………………………………………… 80

第十九章　梦里的思念 ………………………………………… 85

第二十章　蓄谋已久 ·· 89

第二十一章　绝处逢生 ······································· 94

第二十二章　误入狼口 ······································· 107

第二十三章　现代教育 ······································· 122

第二十四章　邂　逅 ·· 125

第二十五章　报　复 ·· 129

第二十六章　喜欢你 ·· 135

第二十七章　意外灾难 ······································· 142

第二十八章　开启新航线 ····································· 155

第二十九章　重症监护 ······································· 166

第三十章　合　作 ·· 172

第三十一章　第三次分离 ····································· 186

第三十二章　第二轮对决 ····································· 198

第三十三章　不一样的人生 ··································· 211

第三十四章　迷路 ·· 225

第三十五章　启动新项目 ····································· 232

第三十六章　功德圆满 ······································· 239

第三十七章　突飞猛进的发展 ································· 245

第三十八章　待到花好月圆时 ································· 249

后记　有缘千里来相会 ······································· 252

楔　子

　　春日的天气略带一丝微凉，小雨有意无意地洒落在张舒枫的脸颊。"航宇旅游集团公司临泽分公司"成立大会剪彩仪式过后，她开车在临泽县城郊区一片紫花盛开的地方停下，边观赏风景边在碎石子铺成的彩色道路上漫步。小树随着风儿轻轻摇曳着发出沙沙的声响，一只喜鹊在电线杆上喳喳地叫着。

　　这个三十出头的俊俏女子一头略带纹理烫的中长发型，一套淡绿色的西服，她娇小的身材加上高跟鞋的衬托却显得格外挺拔，纵眼看去从内到外散发着一个女企业家干练优雅的气质和魅力。

　　随着高跟鞋发出的哒、哒、哒声，她望向面前一望无际的花海，心绪跌宕起伏。耳边依然回荡着尚未退却的喝彩声和掌声，她突然发现自己走过了一段不平凡的人生道路。

　　短短的三年时间，她白手起家将"航宇旅游集团公司"打造成为年营业额过亿元的全市支柱型企业。这期间经历的风风雨雨，只有她自己知道。

　　现在企业的业务已经拓展到了张掖市的五县一区，拥有员工二百多人。公司市场份额占据当地行业领先位置。

　　今天，当她踏上临泽分公司剪彩仪式的红地毯时，心情无比激动。满载收获的背后藏着无数的心酸和艰难。

　　在她敲开成功之门的同时，心里却丢不下梦中那段传奇而美丽的爱情故事。闲暇时她常常想起住院时的那个梦：那个红衣女子和马背上的男子的邂逅，他们于深山丛林之中相爱三生三世的约定。

她不停在现实生活中寻找着这对男女，美化着身边男女各自不同的爱情和婚姻。这段内心期许的美梦时不时地滋润着她的生活，同时美化着她对爱情至高无上的赞许。

千帆过尽，不在一瞬间脱胎换骨，便在一夜间盛开五彩缤纷的花朵。是爱情滋润了生活，还是奋斗的硕果恰好阳光总在风雨后呢？她决定写下这段美丽的爱情故事，让世间男女在爱情的道路上仔细地品味。

此时，谁都不会想到一个身价过亿的女老总心里装的不只是能与男儿相提并论的企业操盘相争的话题，还装有女儿家那份美丽的情愫。

"草木也知愁，韶华竟白头，叹今生谁舍谁收？"而她自己何尝没有演绎一段艰苦创业、惊心动魄的人生故事呢。

第一章　最后的晚餐

马蹄声从遥远的地方传来，山路旁边一个红衣女子轻轻地转过头去注视着那个马背上的人，竟然是一个二十左右的俊俏男子，两人的目光交替，男子随着由近到远的马蹄声早已消失得无影无踪。

看着被马儿掀起渐落的尘土，红衣女子心里突然感觉到一丝惬意，好俊俏的男子，他从哪里来？要去哪里？山里的夜漆黑得让人窒息，红衣女子深一脚浅一脚地依然往前走着。

马蹄声又一次传来，似是那男子又掉转了马头朝她奔来。
"你要去哪里？为何一个人走？天这么黑多危险！"

一个清脆的男声发问。红衣女子指指山间："那是我家。""上马吧，我送你。"男子回答。红衣女子搓着手，夜幕下脸色格外绯红……

"张舒枫，张舒枫！"张舒枫被护士的叫喊声惊醒。

擦洗、消毒过后，护士对她说："明天你就可以出院了。"

张舒枫想着刚才那个梦，红衣女子是谁？那个男子怎么和打过她让她住了院的丈夫赵秋横如此相似？

刚刚那个梦多美啊，为何现实生活中自己深爱的人竟会动手打她，想起大学时他们两人手拉手在铁路边嬉笑，他们曾经憧憬着一起变老的样子。为什么刚结婚不到三年时间，他们之间竟然会变成了熟悉的陌生人。

想起父母的反对，想起他在提科级干部时，她三番四次地去找她的老师帮忙。想起年前为了他的工作自己毅然打掉了的孩子。

而这一年多来他总是喝得酩酊大醉很晚回家，每天她都要一个人面对冰冷的家具。为了他能够飞黄腾达，她买一些官商小说看，试图帮他在其中找到一些在官场中生存的方法。

她竟然曾为了他研究相术，她相信一个人的命运可以通过后天的努力去改变，她也相信改命的做法会遭到反噬，但她为了他，并不害怕。

今年以来，各种不顺利全部在她身上呈现。自己动手杀掉了自己五十几天的孩子，骑自行车被酒鬼司机碰断了肩头，总之一切都在不如意中度过。

深圳这个城市，冬天似乎没有老家甘肃那样寒冷。张舒枫拎着这几天在医院里的洗漱用品，拿着出院手续松散地走出了医院的大门。

太阳从四面八方照射着这个被老公打过之后，在医院里躺了半月有余的女人，她突然不知道要去哪里。

回家？冰冷的家具依然那样等待着她，去找玲儿？算了……就在她漫无目的地往前走的时候，电话铃声响了，"喂，出院了？我去接你，我们去外面吃饭吧。"冰冷的几个字之后电话那头已经挂断了。

是气愤，还是无奈？她不知道是否该在医院门口等他。

就在她顺着马路漫无目的地走的时候，一辆黑色的本田小轿车停在了她面前。

"上车吧"，她老公，把她打得住了院的男人，阴沉着脸说。她上了车，一路上彼此无言。

小车在他们经常一起吃饭的川菜馆停了下来。他们习惯地坐在了经常坐的那个座位上，他没有问她便点了她最爱吃的苦瓜炒蛋和泡椒鱼头。

吃饭时依然无语，这顿饭吃得非常安静，她几乎数遍了碗里所有的米粒，熟悉的他们竟然变得如此陌生。

"我们离婚吧。"她生硬地说，一句话竟然说得如此吃力，她的心是痛的，似乎有东西要从她的身上硬生生地揪下来一样。

此时此刻，她突然觉得自己依然那么爱他，真的很贱，她悄悄地骂自己。

赵秋横没有回答，燃起一根烟，目光注视着窗外，沉吟很久，随后冒出一句，"你想好了吗？你没有工作，自己能养活自己吗？我说了，我把钱都交给你，你想咋花就咋花，这样不好吗？"

张舒枫双手一直握着水杯，她抬头望了望这个曾深爱过的男人，这个下手打过她两次的男人，这个让她丢掉工作，背弃家人背井离乡的男人，一张英俊傲慢的脸庞依然那样的冰冷。

"过不下去了，你不觉得吗？"舒枫哽咽着说，圆圆的大眼睛里滚动着泪花。

赵秋横瞅了一眼这个被自己养了三年的女人，蜡黄的脸庞清秀而又憔悴。"至于吗？就你矫情，那天我是喝多了，一切都不记得了，你还记恨上了啊？"赵秋横不屑一顾地说。

舒枫不知如何回答他，一切又回到了吃饭时的安静，舒枫依旧拨弄着手中的水杯，缓缓地说："这样吧，我去玲儿那里住几天，你考虑考虑，考虑好了我们办离婚手续"。

看样子张舒枫这次是铁了心要离开这个男人了，说完后，她拿起提包离开了饭桌，径自走出了饭馆，招手拦了一辆出租车，向玲儿家的方向驶去。

赵秋横望着这个温柔而又执着的女人离去的背影，又一次燃起了一根烟，此时，饭馆里突然响起了《有一种爱叫作放手》的歌曲。

他思索着这几年对待舒枫的不屑和冷漠，想着那个单薄的身体居然还能经得住自己酒醉后的暴打，不知是悔恨还是自责，但他知道张舒枫的性格，这次肯定是铁了心要离他而去。

唉！赵秋横深深地叹了一口气，官场得意情场失意。这次正科的提拔，赵秋横已经稳操胜券了，他将是深圳钢铁公司这个国有企业提拔起来的最年轻的正科级干部，以后，他还要提处级，仕途不可限量。可他万万没想到自己心爱的妻子居然提出和自己离婚，还说得那么坚决。

赵秋横清楚地知道他和张舒枫真的已经走不下去了，也许他真的该放开她让她好好地活出真正的自己了。

舒枫轻轻敲着玲儿的门，一个化着浓妆，浓眉大眼二十七八岁的女子打开了房门。

玲儿，是从老家甘肃来的同乡，比舒枫小两岁，在深圳做化妆品网售，闲暇时喜欢找舒枫闲扯。

"我能在你这里住几天吗？"舒枫看着玲儿说。玲儿先是一愣，然后说："当然可以，你和姐夫闹别扭了？你们不是一直很恩爱吗？"

看到舒枫脸颊还未退去的伤痕，又看到她那认真的眼神，玲儿突然知道发生了什么，改口说："吃点啥？""吃过了。"舒枫将手提包扔到沙发上说，"我睡沙发吧。"

玲儿望了望这个熟悉但算不上闺蜜的老乡姐姐，径自走到电脑前开始拨弄她的鼠标了。

玲儿的房子是她来深圳时租的，一间房里面乱七八糟什么都有，一米八的双人床，一个长条沙发，还有一台跑步机，床前放着一个电脑桌和一台电脑，也算是玲儿的工作室了。

舒枫从沙发上站起来接了一杯水后，说道："玲儿，我想回老家了，过几天就走。"

玲儿停下了手上的鼠标，转头端详着舒枫，问道："姐，你是回去看看还是……"

张舒枫喝了一口水对玲儿说："我回去后就不再回来了。"玲儿惊讶着，"姐，你走了，姐夫呢？也一起回去吗？姐夫刚刚被提升为深圳集团事业部部长，他要调回老家吗？"

舒枫放下水杯说："我准备离婚了。"

玲儿张大了嘴，半天没有说出话来，从电脑桌旁走到沙发旁与舒枫坐到一起，说："姐，为啥要离婚？你们打架了？姐夫现在可正是风光的时候，你不要做傻事，两口子床头吵架床尾和，过几天就好了，你不可以感情用事。"

玲儿虽然没有什么文化，但是人很直爽。由于从小家庭困难，她年纪轻轻就到外面闯荡，很是知道一番人生道理。

张舒枫看了看玲儿，用手指转着左手无名指上结婚时买的钻戒说："过不下去了，缘尽缘散，不是你我所能左右的。离吧，我放了他，他也放了我，我们彼此再不折磨了，这都一年多了，实在是太累了。"

第二章　校园里的浪漫

夜安静得就连掉下一根针都能够听得见，张舒枫脑子里像过电影一样想起了她和赵秋横在大学里的一幕幕。

"同学，你是坐第二位还是第四位？"

手里抱着书本的张舒枫转头看到一个一米七八左右的帅气男同学。"坐第四位吧。"舒枫说。

"第四位和我坐啊，那我就和你是同桌了，我是深圳本地人，你呢，老家哪里的？"

舒枫说："我是甘肃省张掖市高台县的人。""嗯？张掖？没听过，甘肃倒是知道，酒泉卫星发射基地离你们那里不远吧？"

"不远，离张掖市有二百多公里路。"舒枫说。

深圳的夏天格外炎热，晚上大学的宿舍里热得让人透不过气来。张舒枫宿舍里面总共住着四个人，其他三个女孩子都是学校附近的，放学都回家去了，宿舍里只有舒枫一个人，她有条不紊地整理着从家里带过来的衣物和书本。

"当、当、当"敲门声突然响起，拉开房门时看到了白天那张帅气的脸庞。"可以进来吗？"赵秋横问道。

舒枫拉大了门，示意让他进来。

"热不热？"说话间，赵秋横手里拿着一个小电风扇，递到舒枫面前。随后坐在了舒枫对面的床上。

"以前离开过家吗？ 你是家里的老几？ 你爸做啥工作？"一连串的问题，不由得让舒枫有了一些本能的戒备，心里悄悄说："他干吗问这么多？"

张舒枫没有停止手头的"活"， 回答说："我是老大，还有个弟弟，爸爸是中学老师。"

赵秋横也简单介绍了自己家庭的情况，原来，他也是个普通家庭的孩子，父亲是个工人，母亲开着一家理发店。

两人聊得很投缘，不知不觉已经两个小时过去了，赵秋横才起身离开了舒枫的房间。

千里姻缘一线牵，舒枫和赵秋横很快就开始恋爱了，他们时常手拉手漫步在学校后面的铁路旁边，打闹、嬉笑，除了睡觉时间几乎形影不离。

他邀请她去了他家里，秋横的父母也很喜欢她。

一个学期马上结束了，他们约好去了当地最近的一个牧场玩耍，当天她穿了一身红色的连衣裙，而秋横穿了一件白色衬衣，蓝色牛仔裤，很是俊美。

赵秋横不知什么时候学会的骑马，马背上他就像《白雪公主》 里面的王子一样格外英俊潇洒。

秋横知道张舒枫喜欢牡丹，所以出去的时候常常叫她牡丹，舒枫也习惯了这个称呼，她搂着他的腰，随着马儿肆意地奔跑，那种幸福和快乐让她深深地爱着这个俊美的男孩子。

第三章　再一次相遇

一阵铃声将张舒枫从梦中惊醒，拿起电话时看到一个陌生的张掖号码，她知道这是老家的人打过来的。

"喂！你好！哪位？"舒枫问。电话那头传来了弟弟的声音，"姐，怎么换手机号了吗？"

"姐，咱先不说这个，有个重要的事情和你商量一下"。

"说吧。"舒枫翻了一下身说。

"姐，我要去深圳办个公司。我和姐夫都说好了，姐夫答应给我投资呢，还帮我选了地址。项目很好，我预算了一下，一年下来也能挣个百八十万的。"

弟弟张斌成兴高采烈地说着他的规划和打算，以及项目的运营模式。

此时的舒枫一句话都没有听进去，心里五味杂陈。她知道弟弟一直和赵秋横关系不错，并且秋横也没少帮衬斌成。

可她已经把婚姻经营成这个样子，让她如何向自己的亲人提起此事呢？

记得当时父母极力反对她嫁这么老远，此时她脑海里不停地比对着那个大学里爱过的男子和喝醉酒就打她的男子，无论如何都不能把他们联系起来。

"姐，你在听吗？"张斌成在电话那头问道，舒枫从弟弟的问话中回过神来，"斌斌，这事我不好说，因为我也不懂你说的那个行业，况且，我对做生意一点概念都没有，所以，你自己考虑好，我不能给出任何意见。"

电话那头传来了嘟嘟的声音，小家伙是生气了还是怎么了？

夜幕被地平线拉得异常低沉，张掖冬日的夜晚还是很冷，张宝松和妻子周兰在碎石子铺成的道路上走着。

刚刚退休的张宝松依然步履矫健，金丝边眼镜框下面一双和张舒枫一样大大的眼睛，透着智慧，透着些许沧桑。

妻子周兰边走边说："枫儿最近一直没有来电话，不知道咋了，自从孩子没了，女儿一直都不开心。"

张宝松用手扶了一下眼镜框说："是好久没有女儿音信了，这丫头真的不让人省心啊，自己能力那么强，本应该能够成就一番事业的，非要辞去工作做什么全职太太。说实话，枫儿应该比斌斌有出息。瞧你那儿子，整天游手好闲，那么大了连个正经女朋友都没有。"

周兰转眼瞅了一眼在她眼中依然帅气的这个男人，说："要不过几天我去深圳看看女儿吧，昨天听斌斌说，他要去深圳和他姐夫一起开公司，真要这样的话，我们老两口去深圳和孩子们一起生活也挺好。"

张宝松并没有转头，眼睛依然看着前方，若有所思地说："还是等斌斌安定下来再做打算吧，另外，爸岁数大了，又不愿意出门，也走不脱呀。"

"爸爸那里可以做做工作，应该没事，让爸到大城市生活一段时间也不错呀，斌斌没成家，可以让他把家安到深圳。"周兰说。

"八字还没一撇呢，再说吧。你是太想和女儿在一起了吧，当时你就不同意枫儿去外地。"

说话间已经走进了家门。

张斌成看到父母进来后气呼呼地说："妈，您的好女儿不愿意让我去深圳，她这模棱两可的态度，姐夫肯定不会支持我了。"

周兰边换鞋边说："你姐那里我打电话和她聊，听听她究竟是什么想法。"

那是一个高高的山崖，红衣女子的长裙在风中飘动，美丽的双眉间似乎有一丝甜蜜，手握笛子，红红的小口在笛子小孔处吹奏着一支悠扬的曲子，笛声洋洋洒洒，柔美无比，宛如小鸟在行云流水间穿梭，青山绿水美不胜收。

一个牵着马儿的年轻男子不知何时已经悄悄地站在了女子的身后，似被这笛声吸引，还是被这俊美的女子吸引，抑或是他知道她可能会在这里等他。

"吹得真美，是《姑苏行》吧？"

女子停下了吹奏，看了看男子，脸颊依旧绯红："你来了？"

自那日两人深夜邂逅，男子执意要送她回家。女子没有上马，他陪着她步行走到了家门口。

路途之中女子一路无语，男子通过询问才知道，这个红衣女子名叫"牡丹"，数年前牡丹随父母回周县老家，路途中遭到仇家劫财追杀，父亲和管家舍了自己性命才将她和母亲所乘坐的马车驱出重围。她和母亲落脚在这深山已经数年，日子倒也过得清净。

男子问道："你为何要站在这山崖顶上吹曲，多危险呀！"

牡丹粉嫩的脸庞愈加绯红，用手指了一下山那边说："那里是我的家乡，自从父亲不在之后，母亲一直念叨说要回去看看，我也想回去，所以，我常常在这里远远地看看家乡。"

阿木望望牡丹，又看看远处的山说道："忙过这段时间，我护送你们回家。"男子告诉她说自己叫"阿木"。两人挥手告别，似有些依依不舍。

不知为什么，张舒枫自从住到玲儿家以后总是嗜睡，而且，每次都会梦到这个红衣女子，梦见她在山间那个小茅草屋和母亲相依为命，梦见她修长的小手画出的一幅幅美丽的山水画，还梦见她写出的一首首美妙的诗篇。

这是个什么梦？这个女子究竟是谁，我为何总是能梦见她？那个男子呢，怎么和赵秋横长得如此相似？

舒枫舍不得睁开眼睛，多美的男女，如诗如画的场景，而现实中的她却如此凄凉地想撕碎这个自己苦苦经营几年的家庭。

我该怎么办，舒枫这几天脑子里一直旋转着同样的问题，缘分真的尽了吗？ 心中泛起一股撕心裂肺的疼痛。

算了，离吧。天下没有不散的筵席，既然缘尽又何必勉强自己呢？

第四章 有一种爱叫作放手

还是那个餐厅，还是那张座位，两个熟悉的陌生人面对面地坐着，谁都没有说话。

舒枫依旧转动着水杯，餐厅里今天似乎屏蔽了所有的嘈杂声，整个世界安静得好像只剩下他们两个人了，就连旁边的桌椅都显得那么多余。

"什么时候去办手续？"舒枫说。

赵秋横深深地吸了一口烟，望了望对面这个小巧而美丽的女人，说："我不同意离婚。"

张舒枫喝了一口水，似乎这水里面放了醋，放了咖啡，格外酸涩。"这日子还能过吗？"

"为什么不能？ 这都是夫妻之间的磨合过程。"赵秋横轻描淡写的一句话里面竟然没有些许歉意。

舒枫是该生气还是该哭泣呢？"家我是肯定再不回了，今天我去收拾东西，明天回老家去。离婚的事情，我等你答复。"

"斌斌要来深圳投资办公司，我答应他给他投资的，要不到时候你去他公司上班 。你不是一直吵着要工作，不愿意在家待了吗？"赵秋横平静地说。

饭店里走进一个牵着小狗的女人在他们旁边座位上坐了下来。她不停打量着他们，似乎想说，多么般配的一对男女啊。

张舒枫坐在了驶往老家张掖的列车上，她不停地瞅着窗外，火车匀速地行驶着，而她却漫无目的不知何去何从，似乎是一种逃避，似乎又是一种重生。

这数年来，她放弃了追求，放弃了梦想，放弃了一切和外面世界的联系，一心一意地陪伴着那个她深爱的男人，转头来却发现自己竟一无所有，内心深处竟然那样孤独。

她待在家里，不停地看书，不停地写东西，她想将自己的一切都表达于文字。她也想从书本中找到一条真正属于自己的人生道路。

人生的旅途，有许多错过，也有许多遇见，有许多念念不忘，还有许多肝肠寸断；一些经历可能会换来一身的疲惫；一些寻觅，让它随风而去，这未必不是一件轻松的事，向前走，丢掉那些过去的风景，学会收藏，学会遗忘，更要学会坚强。

张舒枫一路思索：婚姻像风筝，你只要不放弃手中的线，掌握好松紧程度，不管它飞多高，只要线还在你手中，风筝永远都在你的掌控之中。是这样吗？这根线我真的抓住了吗？这婚虽然没有离，但是，他们却真的无法走到一起了，接下来的路究竟该怎么走？我是该去找父母还是去哪里呢？直到出发的前一秒她都没有想好要去哪里。

列车上突然放起了梅艳芳唱的《女人花》："女人花摇曳红尘中，女人花随风轻轻摆动，只盼望有一双温柔手，能抚慰我内心的寂寞……"

是啊，女人究竟该怎么活？经历过了伤痛，她渐渐明白，女人一定要独立，女人不能把男人当成唯一。

她记得老家县城的一个闺蜜——霞子曾经告诉她说："你与其下功夫改变一个人，不如去做一件有意义的事情，最后收获到的会完全不同。"

想到这里，她突然想起了霞子，她在张掖市区，是一家美容院的老板，虽然没有上过大学，但一直喜欢读书，这个高中时期的朋友能把《红楼梦》看三遍，并且能够完整地向她讲述《红楼梦》中的相关人物特点。

想到这里，她决定去张掖市区找霞子，婚姻的事情暂时还不能告诉父母，她不想让父母担心。

　　车票是买到高台县的，这趟车是发往嘉峪关方向的列车，她决定在张掖提前下车，便拨通了霞子的电话。

　　"喂，猪样，你终于想起给我打电话了，你这个没良心的，嫁了外地男人，就把我忘得一干二净了？

　　电话那头像拨珠子一样一口气说了一大串。

　　舒枫哽咽着，是温暖？是幸福？她一时间竟说不出话来。

　　"喂，喂，说话呀！"霞子急切地在电话里面喊叫着。

　　"我，我在火车上，我在张掖下车后去找你。"

　　霞子从这短短的一句话里面似乎已经知道发生了什么，说："啥时候到，告诉我车次和时间，我开车去接你。"

第五章　闺　蜜

　　看见霞子之后张舒枫哭了，她将这些年来积攒的泪水全部哭了出来，她们抱在了一起，"我老城区那套房子房客刚搬走，本打算再租的，你来了，给你住吧"，霞子边打方向盘边说，现在我和你去置办些铺盖日用品。

　　闺蜜就是闺蜜，能够不问出处，在她落难的时候热情接纳她，让她感觉到无比的温暖和贴心。

　　那日，霞子没去美容院，帮着张舒枫置办了生活用品，和她聊到很晚。两个人一阵子哭，一阵子笑，倾诉着这几年分别后的思念和各自的生活经历。

霞子的婚姻也不是很好，她男人好赌，欠了一屁股债。霞子提出离婚，男人不同意，双方父母开了一次时间很长的家庭会议，最后决定让霞子男人去西藏打工还债。从此，算是将这个负担剥离出去了，霞子和儿子两个人倒也轻松。

美容院发展得还是不错，她父亲给了她十万元，她将美容院规模扩大，并且招聘了三个员工。因为霞子人缘好，生意一直很好，几乎都是老顾客。

"你以后有什么打算？"霞子问舒枫。

"想自己干点事儿，这几年从赵秋横那里我也存了点钱，还没想好要干啥。"

"这样吧，我认识几个当地的也能称得上小有成就的老板，改天介绍你认识一下，看看能不能从他们那里找到什么商机。"

那日闲暇无事，舒枫想出去走走，炎热的夏日里女人们都穿着短裙和短裤，张舒枫穿着白色的连衣裙松松散散地在街道上走着。

拐过东盘旋路再走一段便是润泉湖公园了，当走到润泉湖公园门口时她的目光被一个小女孩所吸引。

她看到一个大约五六岁衣裳不整、头发凌乱的小女孩正在公园门口的垃圾桶里翻腾着饮料瓶。

张舒枫不由得走了过去问道："小姑娘你几岁了？"小女孩正在很专注地干着自己的"营生"，被这突然的问话声吓得惊了一下，抬起头时，看到一个个头不高，一头披肩长发，大圆眼睛的美丽阿姨在和她说话。"六岁"，小女孩说。

"你叫什么名字？ 怎么不去上学？"小女孩扑闪着一双细长的丹凤眼，停下了手中的"活"， 似有很多委屈憋在了嘴角。

"我叫彤彤。奶奶没人管，不能上学。"

"嗯？"舒枫听到这个孩子的回答后，平添了无尽的好奇。

"奶奶？ 那你父母呢？"

无论大人还是孩子最害怕的就是提到自己最不愿意提起的伤心事情，

一旦提到便会毫不犹豫地回避。

小女孩似乎根本就不愿意有人提起自己的父母，听见问话，提着装了几个瓶子的塑料编织袋扭头便跑，转眼已经消失在人群之中。

张舒枫站在那里思绪久久不能平静，这个女孩子家里究竟发生了什么事情？她家住哪里？她父母怎么了？

张舒枫边思考边漫无目的地往前走着。她希望再一次碰见那个女孩子。要巧妙地问她，再不要把她吓走，张舒枫要知道小女孩家里究竟怎么了。

此时，天空突然零零星星地下起了小雨，张舒枫看到一只黄毛小土狗本能地躲闪着来来往往的车流。

流浪的人，流浪的小狗，舒枫不由得发出了一声长长的叹息。

第六章　柳暗花明

玲儿被急促的敲门声惊醒，开门后看见一张自己暗暗喜欢了几年的脸庞，"姐夫"。

赵秋横横冲直闯地进了玲儿的房门，说道："玲儿，你姐她收拾行李回老家去了，好几天了电话也打不通，我问了张斌成，斌成说她根本就没回家，她是不是还在你这里啊？"

说完之后，赵秋横在玲儿房间里瞅了半天，然后问道："她究竟去了哪里，你知道吗？"

玲儿看着这张英俊的脸庞说："你们不是离婚了吗？"这个刀子嘴急性子的女子竟然直接将刀子扎进了赵秋横心里。

"别瞎说，那只是舒枫的气话。"

玲儿边倒水边说："我可不知道你那宝贝老婆去哪里了，在我这里不声不响地住了几天就走了。你们两个这次闹得这么厉害吗？"

玲儿似乎想探听些啥，又似乎想知道什么答案。

"她没有告诉你要去哪里吗？"赵秋横继续追问。

玲儿端详着这张英俊的脸，回忆着这些年来对这个人的相思之苦。

自来到深圳第一次看见这个"姐夫"之后，玲儿便无法将其他男子装进心里。也曾偷偷地去赵秋横单位看望他，也向他暗示自己有多么喜欢他。她每次都以找张舒枫为借口，偷偷地去看这个"姐夫"……

"她没说要去哪里，就说想要回家，和你过不下去了，要离婚。"

玲儿叙述着和张舒枫聊天的过程。

"这死妮子，怎么可以在别人面前乱讲话。"

玲儿听后瞬间涨红了脸，着急地说："别人？赵秋横，这些年来你难道真的看不出来我对你的心意吗？居然在你嘴里我变成了别人？"

赵秋横苦笑着转身要走，玲儿突然从背后抱住了他，嘟嚷道："我喜欢你，秋横，真的！"

时空被这突如其来的表白所屏蔽，赵秋横只能听见自己扑通扑通的心跳声，这些年来，这个女子明来暗去的纠缠，他怎能一无所知。

说实话，他也曾偷偷地观察过这个女孩子，她是一个和张舒枫完全不同类型的女孩子，她性格开朗、活泼、大方，无忧无虑，算得上是个好女孩，只是他心里除了张舒枫已经装不进去其他的女子了。

这些年来他有意无意地回避着玲儿，从来不给她任何单独在一起的机会，今天要不是来找舒枫，他断不能独自来到玲儿家里。

此时，他不知所措。

"玲儿，快松手，这，这不合适，你姐姐知道会生气的。"赵秋横说。

"我不管，舒枫她肯定不愿意和你过了，我这次绝不能放过这个机会。"

"不会的，我没有答应她，她离不了婚，玲儿，对不起。"

说罢，赵秋横扯开了玲儿搂着他腰的手，打开房门离开了玲儿家。

玲儿站在原地一动没动，泪水从她脸颊滑落了下来。她气愤地摔掉了桌子上的存钱罐，哗啦啦，硬币如仙女散花一样撒向地面。

阿木和牡丹约好二日辰时在那个山崖相见，辰时刚到，阿木便牵着马儿来到山崖，还没有看见牡丹到来。

他拿起埙吹起一曲《追梦》，埙曲典雅优美、荡气回肠，似千年古迹幕幕回放。

曲罢，牡丹方才赶来，"妈妈病了，我来迟了。"牡丹说。

阿木紧张地问道："严重吗？"

牡丹为了赶路气喘吁吁，"喝了草药，已无大碍。刚刚埙曲真美。"

阿木仔细端详着牡丹，深情地说道："你真美！"

牡丹羞涩地低下了头，嘟囔着说："哪有这样夸人的？"

"我说的是实话，你真的很美，你比我们寨子的任何姑娘都美。"

牡丹羞涩的脸颊泛起桃花般的笑容，那是一种甜蜜，是一种幸福。

"牡丹，我带你去个地方！"阿木说道。

那是一片遍地开满紫色小花的地方，这些叫不上名字的小花将大地装扮得雅致而芬芳，宛如一片紫色的海洋徜徉在这地平线上。

牡丹嬉笑着在花丛中奔跑，她闭着眼睛吮吸着这些花儿的芳香，似要将这别样大自然的美丽揽入怀中。

她在花丛中旋转着，就像红色牡丹花在紫色帷幕中层层开放，又好像紫色的花海中点缀着一枚红色娇艳的花蕊，如诗如画。

阿木看着，遐思着，嘴角露出了欣慰的笑容。

突然牡丹似被什么东西绊了一下，要摔倒的样子，阿木急忙上前将牡丹拉住，由于惯性，牡丹被结结实实地揽到了阿木的怀里。四目相对，牡丹感受到了阿木急促的心跳声，世界瞬间被这相拥揉得粉碎，冰封已久的灵魂被这彼此的眼神所融化。

一只白鹤从他们头顶飞过，牡丹才从这幸福的相拥中惊醒，推开了阿木羞涩地从花丛中跑出。

阿木追了出来，两人一路无言，朝牡丹家方向走去。

相互道别时，阿木突然对牡丹说："牡丹，父亲接了一趟去沪县押镖的营生，此去路途遥远，我得随父亲一同前往。"

牡丹惊讶地问："押镖？去多久？""估计来回得十二个时日。""这么久？"问完后牡丹一下子脸红了起来。

阿木将此表情尽收眼底说："十四日辰时在山崖等我，我准时回来。"说完后阿木挥手向牡丹告别，"照顾好自己！"

张舒枫开始记录梦中的情景。写完这段后，她长长地舒展了一下身体，红衣女子和那个男子最近总是不停地出现在她梦里，为了不忘记这段美丽的爱情故事，她决定下笔将这段故事写下来。

"枫，枫，起床了吗？"霞子边喊边进门，她有一把舒枫房门的钥匙。进门就喊，这也是霞子风风火火的性格。

"早就起来了，咋了？有事？"

"今天晚上我约了几个大老板一起吃饭，我把他们介绍给你，你自己瞅瞅从他们这里能不能寻到商机。"霞子边说边自己倒水喝。

"嗯。"张舒枫答应着。"约到哪里了？"舒枫问道。

"一品茶餐厅，就在东街，你出门左拐就到了。下午六点半，你先过去，我忙完手中的事情就去。"

由于离茶府很近，张舒枫提前出了家门进了一品茶餐厅后，突然想起没问霞子是哪个包厢，最近她不愿意让任何人打搅，将手机关了机，所以也懒得再去问霞子了。

她随便找了一间包厢坐了下来，刚刚坐下就听见隔壁包厢里有一个大嗓门男子在打电话，"妈的，竟敢动老子的女人，等老子回去和他理论。"

此时，房间里传来了另一个男子的声音，"谁啊？把我家东哥惹得如此生气。"

大嗓门男子说道："单玉，你知道吧，那是我放在办公室的眼线，也是我的女人，这四川龟儿子竟然将她调到了工地让她做材料统计员。"

另一个男子问："东哥，啥你的女人？啥四川龟儿子，我咋听得云里雾里的。"

大嗓门男人说："你知道我名下有四个公司，就这个建筑公司规模大一点，但是资金周转不开，银行贷款现在额度太小没法用。前段时间有人介绍了一个四川老板，这家伙身价过亿，挥金如土，他同意给我投一千万进来，但是，前提条件是要占我51%的股份，并且要自己亲自做总经理。我答应了，合同也签了，这不刚第一笔款入账，他就开始插手我的人事问题，竟然先从我女人身上开刀。"

"东哥，单玉我倒是见过几次，那丫头长得真算标致，东哥和她有事儿？"

"嘿嘿，你小子也觉得好看啊！"大嗓门说道。

话音刚落，就听见摔碎茶具的声音，"对不起，对不起。"这显然是服务员的声音。

"老子今天够倒霉了，你干啥吃的，当个服务员都当不好！"大嗓门骂骂咧咧。

听到此处，张舒枫突然想起自己读过的相术书上这样说：一个人的命势是天生的，所谓三分天注定，就是这个说法，而一个人的运势是靠后天的惜福、感恩和努力去把握的。如果一个人早早将自己的福报挥霍掉，不要说七分运势，就连这三分的命势也会随即被吞噬。所谓口德也是惜福的一部分，如果一个人嘴上不积德，也会将自己的福报消耗掉。同样，对人乱发脾气的人本以为占了便宜，其实，他骂别人什么，所骂的现象在不久就会反噬到自己身上。

这个大嗓门男子不积口德，又在糟蹋自己的福报，长期下去，估计这生意也做不了多大。

此时，霞子已到，听到隔壁霞子的说话声——"东哥，你和王总来这么早啊！"啊！霞子请的是这种人啊，张舒枫不由得倒吸了一口凉气。

说话间，隔壁包厢里好像又多了两个人，听他们打招呼的时候称呼为张总、蒲总。

舒枫从自己包厢走出来，然后也进了这间包厢，包厢里瞬时热闹了起来。

霞子先给这四个男人介绍了张舒枫："这是我闺蜜张舒枫，深圳理工学院企业管理毕业的高才生。"随即指了指一个三十多岁，一米八个头一脸傲气的中年男子说，"这是东哥，建筑公司老总，旗下有四五个公司呢，大老板。"

舒枫看着这个男子，心想，这不就是刚刚那个大嗓门吗？

只见东哥伸出手示意要和舒枫握手，"美女好！"

张舒枫递了自己的手指头尖过去，敷衍一握。

其他几位霞子逐一介绍，那个之前和大嗓门说话的王总也是个什么老板，后面走进来的蔺总是做水暖件生意的老板，另外一个张总是做旅游生意的。

世间万物皆由缘分所定，张舒枫能够从旅游行业开始起步，这起因就缘于这个张总。

张总三十出头一米七八的个头，一双精致的小圆眼睛显得格外的聪慧，一桌饭吃完后各自留了名片和联系方式，算是相互认识了。

从茶府出来，霞子有事先走了，张舒枫自己步行朝回家的方向走着，刚走没多远，一个小身影不由得让她停住了脚步，那个捡瓶子的小姑娘彤彤，这次不是在捡瓶子，而是在一家烟酒部门口收拾一些废纸板子之类的东西，她用一根绳子将绑好的废纸板拉着往前走着。

张舒枫上前从彤彤手中接过了那根绳子帮她拉纸板，说道："彤彤，还记得阿姨吗？"

彤彤瞅瞅张舒枫，点点头，她似乎记住了这个和自己说过话的阿姨。

"家在哪里？远吗？"张舒枫问道，

"就在前面。"小姑娘回答说。

她们穿过街道来到一个很深的巷子，进了巷子后拐了两个弯，便到了彤彤的家里。一个用铁皮横七竖八补过的木头门，里面是一个不到十平米的院子，院子里堆满了空饮料瓶和破纸箱子。

彤彤很客气地将张舒枫让到屋里面。

一进屋靠墙放着一张双人床，床上的床单似是绿色但已经脏得认不出是什么花纹了，双人床旁边放着一个到处是窟窿的有些地方露着海绵的破布沙发。房子中间摆放着一个铁制火炉，用红砖铺起来的地面，整个屋子凌乱得无处落脚。

听到有人进来，从里屋缓缓走出一个六十五六岁弯腰驼背的老太太，这便是彤彤的奶奶了。

"彤彤，有客人来了？坐啊。"老太太说。

张舒枫对着老太太说："我路过帮彤彤送了一下纸板。"说着顺势在沙发上坐了下来，老太太也坐在了对面的床上。

张舒枫问："大娘，彤彤的父母呢？"老太太看到张舒枫不像坏人，就开始讲述彤彤父母的事情。

原来，彤彤父亲嗜酒如命，娶了老婆后也不好好过日子，天天醉醺醺地回家。自从彤彤爷爷去世后，家里大大小小的事情几乎都是这婆媳两个在操持。

在彤彤出生那天，老太太为了请接生婆骑着三轮车被一个面包车碰倒，将腰碰断了。

真的是屋漏偏逢连夜雨，两个女主人先后躺在了病床上。彤彤妈妈在家里将彤彤生了下来后一个月里，眼泪就没有干过，自己的男人不争气，婆婆腰又成了这样，以后的日子该咋过呀！

彤彤爸爸依然天天喝酒。好不容易熬到彤彤出了百日，婆婆渐渐能下床走路，只是这腰却使不了劲，啥都干不了。

彤彤妈妈真的是苦不堪言，自己在里屋哭了一夜，天亮后便丢下女儿偷偷地离开了家，她没有回娘家，直接跑到了安徽自己舅舅那里。

听到女儿的哭闹和老太太的哀叹，这个酒鬼男子在酒醒后的次日，气冲冲跑到丈母娘家要人。老丈人早就看这个女婿不顺眼了，三句不对头就和女婿吵了起来，彤彤爸爸二杆子气一上，拾起院子墙角的棒子，一棒子下去将彤彤外公打倒在地。

见此情形，彤彤爸爸吓得赶紧往家里跑。第二日警车开到了彤彤家门口，爸爸被抓走了，听说外公被打之后经过抢救无效竟然死了。

爸爸成了杀人犯，被判了无期徒刑，妈妈跑了，抚养三个多月大彤彤的事就落在了这个残疾老太太的身上。

老太太一直背着彤彤去捡破烂，本来就有腰疾，这一来二去的，腰直接就开始弯曲变形。

彤彤学会走路后也一直随着奶奶去捡破烂，有时候娘儿俩连一顿饱饭都吃不上。

彤彤奶奶不知道怎么把这个孩子拉扯到了六岁，这期间的艰难和苦痛张舒枫真的无法想象，出了彤彤家门后，舒枫心里有说不出的滋味。她真的想哭。

现实生活中竟然还有如此凄惨的家庭，这样不幸的老人和苦难中长大的孩子。赡养父母和抚养孩子是男女组建家庭应当承担的社会责任。除两情相悦外，有些男女或是为了父母之命而成家，抑或是为了繁衍后代而成家，无论是出于哪种目的组建的家庭，在其社会关系群体里都应肩负一种责任和担当。

当一个人在没有将自己活明白之前不要轻易地组建家庭，否则，将会把自己推向苦难，同时也会将自己的儿女和父母推向深渊。

第七章　有朋自远方来

张舒枫好久没有打开过手机了，今日打开手机后发现有很多未接来电，还有好多短消息。电话有妈妈打来的，有赵秋横打来的，有弟弟打来的，还有玲儿打来的，最多的还是妈妈的电话。

周兰发疯似的到处寻找女儿。这几日没了女儿的消息，每次电话打过去都是关机，后来她只能把电话打给赵秋横问枫儿究竟咋了，咋不接电话。

赵秋横告诉她说，张舒枫回老家去了。一周多时间过去了，周兰却未见女儿踪影，担心女儿出什么事了。

周兰直接问赵秋横，究竟发生了什么事情，为何女儿会突然回老家，至今不见人影。

问急了，赵秋横便一五一十将事情的经过告诉了周兰，周兰非常生气，告诉赵秋横说，无论如何都要找到枫儿。

为此，无奈之下，赵秋横才去了玲儿家寻问张舒枫的下落。

就在张舒枫翻看手机的时候有人打进了电话，一个石家庄的号码。

"喂，舒枫，你怎么回事，玩失踪啊，你家赵秋横电话打我这里来了，是不是我真的将你拐了啊？要不你真的让我拐走算了，省得我惦记这七八年，哈哈哈！"

舒枫听完电话那头蒋飞一口气的发问，心里想，这个赵秋横搞什么名堂，告诉他以后再不要管我，还把电话打给了蒋飞。

她说道："我在张掖霞子这里，你且保密啊，不要告诉任何人包括赵秋横。"

"你是不是遇到了什么难处，告诉我，如果真过不下去就来石家庄，我蒋飞家的大门随时为你开着。"蒋飞说。

张舒枫在电话这头轻轻笑了笑说："我没事，别弄得大惊小怪的。"蒋飞听完说道："霞子美容院没挪地方吧？你在她家住吗？"

舒枫回答说："嗯。"

电话那头回答："好的，我知道了。"

电话挂断后接下来便是妈妈打来的电话："枫儿，你在哪里？赵秋横那个王八羔子竟然打了你，过几天我和你爸去找他算账。"

张舒枫回答妈妈说："妈，我出来散散心，过些日子就回去了，你不用管我，我没事。"

"你究竟在哪里，这孩子，散心也得有地方去啊。要不回家来，别在外面乱飘了。"周兰着急地说。

张舒枫回复妈妈："妈，我真没事，你也别问了，过几天我就回家。"

妈妈还要问，张舒枫挂断了电话，又关了手机。她抠出深圳的电话卡决定重新办一个张掖的电话号码。

这几天张舒枫睡眠一直不好，脑子里一直思考着那天吃饭时张总谈的有关企业发展那些思路，她感觉张总这个人对做生意很有建树，并且她本人对旅游这个行业也非常感兴趣。下一步她打算要约一下张总呢！

张舒枫这样想的时候，霞子进来了："枫，怎么还没起啊？"

张舒枫吓了一跳说："亲，你能不能进来时敲一下门啊？全不把自己当男人看！"霞子嘻嘻笑道："亲爱的，我本来就是纯女子好不好？何况我和你穿的一条裤子，哪来那么多的讲究啊？"

"好吧，一条裤子两个人穿，不把人窝囊死。"

霞子坐到了床边，看着张舒枫说："有心栽花花不开，无意插柳柳成荫，蒋飞来了，在我店里等你呢，你怎么让他追到了张掖啊？这都七八年过去了，这人咋还不死心啊？不过，我觉得蒋飞真的比你那个赵秋横好很多，要不你就从了他吧，嘿嘿。"

张舒枫转过头去无奈地说："这个蒋飞，我前天刚刚开机，电话就打了过来，估计是挂了电话就飞过来了。好吧，去见见他。"

霞子愣了半天，斜着眼睛瞅了舒枫好久，说："你莫不是真的要从了他？"

张舒枫对这个闺蜜几乎什么都不隐藏，边起床边说："我准备和张总合作搞旅游文化公司，蒋飞在这方面很在行，刚好他来了，我和他谈谈正经事儿。不过你放心，蒋飞这个人他有分寸绝对不会乱来，要不哪能交往七八年啊？他啊，和你一样是我的知心朋友，放心吧亲！"

在霞子美容院的大厅里，舒枫见到了蒋飞，一个一米八个头，三十出头的男子，虽然谈不上帅气，但却男人范十足。

"舒枫，你别吓人啊，你要是有个三长两短的，可对不起我那铁杆哥们赵秋横啊，哈哈哈。"蒋飞依旧那样爽朗。

张舒枫问道："你怎么来了？"

"别啊，听说你被别人拐走了，我吓得连夜坐飞机专程来看你的，要是看到少了一根头发我就拿他赵秋横试问。"

张舒枫听完乐了，说："你呀，还是那么逗，既然你来了我刚好有事找你聊，我们找个安静的地方聊聊吧。"

听到舒枫如此认真地讲，蒋飞便收起了开玩笑的态度，随张舒枫和霞子找了一个安静的茶府坐了下来，谈起了投资办旅游文化公司的事情。

张舒枫对蒋飞说："那我就开门见山地说了，这次回到家乡，我想自己做点事情，那天霞子介绍认识了一位姓张的老板，他讲了自己对河西走廊旅游行业发展的规划，我感觉他思路很独特。本来张掖就是河西走廊的咽喉要道，也是丝绸古道的必经之路，其间有很多的古迹，同时蕴藏着好多的传统文化需要人们去挖掘，我打算在张掖成立一家旅游文化公司，通过旅游文化的发展引入一些新型的行业入驻张掖，一则可以带动张掖地方经济的发展，二则对我来讲也是一种历练。这是市场导向所趋，也是经济规律的必然呈现，按照这个思路一旦在张掖做起这方面业务来，对当地政府来讲也是好事，势必会得到政府部门的大力支持，你这么多年一直在做这方面的业务，想听听你对此的看法。"

蒋飞听完之后，眼睛顿时睁大了，他惊讶这个自己一直深深喜欢着的女子竟有如此的胸襟和眼光，便滔滔不绝地谈论起旅游文化产业的定性问题来。

他说道："旅游行业行为的综合性、时间空间的延展性、景观意态的趣味性、旅游内容的丰富性，以及满足游客文化需求多样化的客观规定性，促使旅游业必须具有适合自身发展需要的文化形态，这就是旅游文化。

"旅游文化可以分为传统旅游文化和现代旅游文化，前者主要包括旅游者和旅游景观文化；后者则增加了旅游业文化和文化传播。旅游文化建设乃是现代旅游业发挥最大效益效能的新型经营思路。

"你可以将传统旅游文化和现代旅游文化结合起来，把旅游范围和项目进行延展，可以传承旅游景点的文化内涵，也可以挖掘传统文化产业产品，形成一条有规律可循的产业链，同时要结合现代文化传播的影响力开辟一条多层次辐射面宽畅的文化氛围道路。"

张舒枫听完后感觉和自己的想法完全吻合，并竖起了大拇指，说道："说得真好。"

时间就这样一分一秒地过去了，他们三个人边吃饭边聊天直到下午四点多，霞子说美容院有事要走了，蒋飞也找了个宾馆住了下来。

第八章　第一次分离

张舒枫又一次拿出了笔记本开始写牡丹和阿木的故事。

在键盘的敲击声中，牡丹的故事展现得栩栩如生。

自那日与阿木告别之后，牡丹边照顾母亲边等待着阿木回来，她用一张纸记录着一天天过去的时日。

第十三日，刚到卯时牡丹便起床梳妆打扮了一番，铜镜里一个仙女般美丽的女子，深情地期待着那个每每想起就让她心生甜蜜的男子。

牡丹出门后不久便走到了山崖边，却不见阿木到来，牡丹心想，许是自己来得早了些。

在等阿木的时候，她望着远方家乡方向的山，拿出笛子吹奏了一曲《妆台秋思》，笛声如行云流水，激起层层浪波，每层浪波里蕴藏着对久久不见的家乡深深的思念。

曲罢，牡丹瞅瞅四处空空的山崖顶，依然没有看见阿木的踪影。牡丹又等了一个时辰，将近巳时，山崖顶依旧只有她一个人。

牡丹心想："是自己记错了时日？ 还是阿木路途耽误了时日没有回来呢？"

回家的路上，牡丹不知怎的开始担心起了阿木，他押镖可还顺利……

就这样，牡丹连着四五日每天辰时之前赶到山崖顶等待阿木的到来，而每日都是她独自一个人来来回回，终究没有等到阿木的到来。

那边阿木押镖确实出了些状况，这次押镖任务是他和父亲保护高员外一家三口去沪县岳父家里。

高员外有一千金小姐，人长得非常标致，在他们家乡方圆百里那是大家伙公认的美人，因许久没见到外公外婆了，所以随父母去沪县看看两位老人。

高员外的夫人和女儿婷婷乘坐马车，高员外骑着自己的那匹白马随着阿木父子的镖队一路前行。

阿木一行晓行夜宿，已经行走五日，次日清晨风和日丽，小鸟在山林间叽叽喳喳地叫着，高家小姐时不时地拉开马车窗帘观赏着这良辰美景。

同时，她也顺便偷偷瞅瞅那个年轻的押镖男子，这几天一路随行，这个年轻俊美的男子，白日专注赶路，晚上望着星辰吹奏优美的埙曲，高小姐看在眼里，渐渐爱慕在心。

就在此时，一只飞镖从旁边树林飞来，恰好射到高员外白马的腿上，马儿撕心裂肺地吼叫过后栽倒在地，高员外也被摔下马去。

真的是天有不测风云，人有旦夕祸福啊，阿木闻声后即刻掉转马头向树林方向驶去，以便查清发出飞镖之人情况。可是，树林里面根本找不到任何人的踪迹。

阿木转念一想，坏了，明修栈道暗度陈仓？ 他掉转马头向镖队方向奔去，看到父亲已经和匪徒厮杀了起来。

高员外看到阿木出来了便冲着阿木大喊："阿木，替我保护好小姐和夫人。"

阿木朝马车方向瞅去，只见马车已被掀翻，高小姐和母亲正在被一个匪徒追杀。阿木冲上前去和追杀高小姐的匪徒厮杀在了一起。

就在此时，他背面又来一匪徒趁阿木不备一刀插进阿木左臂，阿木一个趔趄几乎栽倒在地，鲜血不停往外流淌。

阿木父亲见状冲上前去保护儿子周全，经过一番厮杀之后，匪徒死的死，逃的逃，高家三口人安然无恙。

但是阿木因为受伤和厮杀显得格外疲惫。

高员外提出暂时停止前行，就近找一家客栈休息，第二日清晨再开始赶路。因为马车被毁高员外白马受伤，所以，高家母女只好徒步前行，一路行动速度很是缓慢，影响了行程，又经四日之后，方才抵达高员外岳父住处。

一路之上阿木因为失血过多身体格外虚弱，他被枣红马驮着，面色苍白。旁边的父亲心疼地看着自己的儿子，急切地想抵达目的地，以便找个大夫给阿木看看伤势。

可高员外一家走得实在是太慢了，为了赶路他让高小姐母女坐在自己的马上，自己步行走着。

阿木强忍着伤痛，他告诫自己说："我不能倒下，抵达目的地后再松一口气，一定要完成这次押镖任务。"

就这样阿木随父亲抵达高员外岳父府邸后便倒了下来，昏迷数日。

此间一直有高家小姐昼夜陪伴守护左右，阿木在昏迷当中无数次呼唤着牡丹的名字。

当他苏醒过来后却看到高家小姐坐在床边，便问道："我在这里睡了几个时日？"

高婷婷告诉他说："你三天三夜高烧不退，昏迷不醒。"

阿木闻言屈指一算，明日正是和牡丹在山崖顶上见面的时间，他急忙翻身下床就要回家。

此时，阿木父亲和高员外同时走进房间，两位长者看见阿木安然无恙，颇感安心，见阿木着急回家，高员外对阿木说："公子近几日一直昏睡，身体虚弱，在岳丈住处调养几日再返回吧，另外，公子舍命搭救小女，我得设宴好好答谢一下公子。"

阿木闻言更加着急说："我那边约好了朋友相见，今日不走，恐超时日会更多，怕食言后无颜和故人相见。"

阿木父亲见状对高员外说："这样吧，木儿近几日也没少叨扰高小姐，今晚我设宴和高员外一家小聚一下，明日如果木儿身体再无大碍的话，我们就启程回去。"

高员外看到父子两人执意要走，便说："咦，怎么可以让你付镖头设宴呢，公子搭救小女才受的伤，我做东，谁都不要推辞了。"

当晚高员外岳父府邸热闹非凡，此时，却有一人暗暗伤感不愿意参加宴会，躲在房间里偷偷流泪。

高员外问丫鬟："小姐呢，怎么还不过来？"丫鬟偷偷在高员外耳边嘀咕几句，高员外夫妇同时离开餐桌往高小姐房间走去。

高夫人看见女儿哭泣，便说："婷儿，母亲知道你在想啥，那付家公子虽一表人才，但是，我看他对你无意啊，你可不能为此苦了自己。"

高小姐听母亲如此说话，便说道："你说那阿木也太不像话了，我整整陪伴照顾他三天三夜，可他在昏迷中却一直喊着牡丹的名字，醒来后看都不看我一眼，扭头就要回去找那个牡丹。"

高母听女儿如此之说，便道："既如此，人家已有了心上人了，你何必自讨苦吃呢？"

高员外见这母女二人对话，便说道："我觉得阿木这个孩子真的不错，我挺喜欢的，婷儿，你且去堂前用餐，完了我向那付镖头说说此事。"

高婷婷听见父亲很是赞赏阿木，又支持她喜欢阿木，便高兴了起来，道："爹爹，你真的要去向那付镖头说此事？"

高员外瞅瞅自己的女儿说道："我的女儿这么出色，想必那付镖头是求之不得呢。"

于是，这一家三口说说笑笑便来到了餐桌前。

牡丹这边已经去山崖等待阿木足足五日，仍然不见阿木踪影。

第五日那天她从山崖刚刚到家，就看到母亲米巧珍高兴地对牡丹说：

"丹丹，你还记得那日去寨子赶集遇到的李大叔吗？他和他儿雨儿要去周县做生意，他夫人也要一同前往，问我们要不要一起去周县老家。"

牡丹听母亲如此说，甚是高兴，说道："娘亲，我们去吧，我真的太想去周县老家了，当时离开时我年纪尚小，好多儿时的记忆都已经模糊了。"

米巧珍看到女儿如此高兴地答应了随李员外一家去周县，便说道："他们明日启程，今日我们收拾一下衣物。"

牡丹疑惑地问母亲："为何如此匆忙？"

米巧珍告诉牡丹说："此事他们告诉我好几日了，我看到你早出晚归的，像是有什么心事，就没有向你提起，还以为你不愿意去呢。明日他们要走了，我便同你说起此事。"

夜，异常安静，牡丹同母亲收拾完远行衣物后，静静地注视着窗外，思念着那个在紫色花丛中搂过自己的男子，满满的幸福感悄悄地洋溢在娇艳的脸颊。

他究竟去了哪里？他还会不会回来？我和娘亲去周县后他会不会还来找我？一系列的问题让牡丹隐隐有种不愿离去的感觉。

次日清晨，李大叔家的儿子李鑫雨赶着马车早早停在了牡丹家门口，牡丹一行五人随着马车的蹄踏声缓缓地向周县方向驶去……

第九章 "出轨"

集团季度总结大会上，赵秋横得到了董事长的嘉奖，集团领导及旗下五个子公司领导纷纷向赵秋横敬酒。

深圳一区王总说："赵总年轻有为，前途不可限量啊，老哥哥敬你一杯。"

在几番轮流敬酒过后，赵秋横已经喝得晕晕乎乎了，他心里默默嘀咕，为何今天这么不胜酒力呢，还没喝多少就开始发晕了。

最近由于张舒枫的离去，他似乎对什么都不感兴趣，今天年会照理说应该高兴才对啊，可他却怎么都高兴不起来，他没有什么兴趣再继续在这种酒局上纠缠，便悄悄地从后门溜了出来。

厂区的大门口依然车水马龙，他摇摇晃晃伸手拦下了一辆出租车，对司机说："师傅，到解放路华联超市门口。"

出租车司机瞅了一眼喝得醉醺醺的这个年轻人，掉转车头直奔解放路方向。

咚，咚，咚，玲儿被一阵急促的敲门声惊醒，"谁呀？"开门后看到赵秋横一身酒气站在门口，玲儿急忙将赵秋横扶进房间，问道："姐夫，你怎么喝成这样了？ 我给你倒杯水吧。"

赵秋横一把拉住玲儿的胳膊说："舒枫呢？ 舒枫是不是在你这里？ 让她出来，跟我回家。"

玲儿将胳膊从赵秋横手中抽出，转身去给他倒水了。"喝点水吧。"玲儿说。

还不等她说完，赵秋横便将玲儿搂在了怀里，说道："舒枫，对不起，是我不好，我不再打你了，跟我回家吧……"

次日清晨，太阳光毫无遮拦地照射在赵秋横的脸上，睁开惺忪的醉眼之后，他看见身旁睡着一个背对着自己的女子，心想："舒枫，是舒枫。"便轻轻地喊了一声"舒枫"。

玲儿听到呼唤声便转过身来。

赵秋横惊讶地坐了起来道："怎么是你？ 你怎么和我睡在了一起？"

玲儿甜甜地笑道："你觉得呢？"此时的赵秋横不知是悔恨还是懊恼，他即刻去床边抓自己的衣服。

玲儿上前搂住赵秋横的腰说："就这么说走就走啊？"

衣服从赵秋横手中滑落了下来，是无奈还是悔恨呢？ 他无暇去推开玲儿搂着他腰的手臂，从衣服口袋中取出一支烟点燃后，深深地吸了一口。

夏日的夜风将树枝吹得飘飘荡荡，一对对情侣携着手在马路上甜蜜地走着。

赵秋横左肩头搭着外套，懒懒散散地瞅着这些年轻的男女，不由得想起他和张舒枫在山坡追赶着羊群的情形。

那娇小的身影映衬在山的绿色中，显得格外的秀丽，他爱她，爱恋她的柔美，爱恋她与天同乐的性格，在那个山坡上他第一次吻了她，他曾发誓要一辈子呵护她……

可是，我怎么就打了她呢，并且不止一次地打。

单位同事还有好多朋友对他说："秋横，你金屋藏娇，舍不得把老婆带出来让我们看看啊。"

赵秋横心里清楚，上大学时张舒枫有很多追求者，后来在同事聚餐以及同学聚会时，很多人对张舒枫虎视眈眈，有偷偷留电话的，有主动搭讪的。

赵秋横看在眼里悄悄记恨在心里，他认为张舒枫是他的，别人不得随意接近，每次喝了酒便会想起这些烂事，真的是酒能乱性，怎么可以动手打人呢？

这次喝醉酒却上了玲儿的床，真的是乱七八糟得一塌糊涂，他想不清楚自己为何能和张舒枫走到今天这个地步，同时，他也一点都想不起来昨晚有没有对玲儿做过什么。

此时，电话铃响了，"喂，斌斌。"赵秋横接起小舅子张斌成打来的电话。

电话那头说："姐夫，我来深圳了，在你家门口呢，敲了半天门，里面没人应声。"赵秋横回应道："你等我，我这就过去。"

赵秋横走后，玲儿想起昨天赵秋横将自己抱住后，竟然趴在她的肩头呼呼大睡，想想既甜蜜又生气，这个赵秋横把我当抱枕了。

这些年来玲儿没有停止对赵秋横的思念和惦记，这次好不容易看到张舒枫被打后悄然离去，并且打算离开赵秋横，可这个赵秋横却对张舒枫念念不忘，心里很是不舒服。

看到赵秋横醉成了烂泥，便将他扶到自己床上安置睡下，她默默注视着这个沉睡着的俊俏脸庞，轻轻抚摸着那张脸，浓浓的眉宇间似带着淡淡的忧伤。

玲儿心里知道，这个男人心里已经装不进去别人了。

玲儿将赵秋横被子盖好后便带着被子睡到了沙发上，她一夜无眠，因为赵秋横总会把被子踢掉，她时不时地过去给他盖被子。

在最后一次拉被子的时候赵秋横竟然用手臂将自己揽在了怀里，她看着那张脸，不知不觉便睡着了。

第十章　花开见月

张舒枫从童装店里走了出来，夏天的阳光抛洒在那张秀丽的脸庞上，黑色的皮筋束着一把柔顺又黑亮的马尾辫在行走中左右摆动着。

她手中拎着大大小小的包，里面有给彤彤买的衣服，有一些小孩子喜欢吃的零食，还有给彤彤奶奶买的营养品。

她知道这个孩子肯定没有吃过什么零食，平时，她和奶奶相依为命，六岁的孩子宛如一个成年人一样，承担着家里的吃吃喝喝和所有的家务。

从孩子幼小而又略带成熟的脸庞上，她看不出丝毫小孩子应该有的快乐来。

张舒枫要挽救这个孩子，她要让这个孩子回归到真正属于自己的天空，想办法让这个孩子走进学校读书。

她很熟悉地朝彤彤家方向走去，今天，她要和彤彤奶奶交流一下孩子上学的事情。

"咚、咚、咚。"张舒枫敲开了彤彤家的院门，门里面露出一张稚嫩的小脸来，不知为何今天彤彤的脸蛋上到处涂着黑色的煤灰。

张舒枫边进院门边问道："彤彤，今天这小脸咋弄这么脏啊？"

彤彤指了指屋外的蜂窝煤炉子说："炉子点不着，奶奶病了。"

张舒枫匆忙走进房间，看见屋里奶奶正躺在床上，经过询问才知道，奶奶昨天因为去卖废纸板，被淋在了雨里，感冒了。

张舒枫放下包便去给彤彤奶奶买药，回来后奶奶已经坐起来了。

喝完药后，奶奶对张舒枫表示万分感谢，张舒枫见彤彤奶奶有病便没提孩子上学之事，和老人家寒暄几句后起身就要离开。

彤彤用一种依依不舍的眼神看着张舒枫，眼神里满满的期待，似乎期待着舒枫下次还能再来。

张舒枫从彤彤家出来后，拦了一辆出租车，去了霞子美容院，她前日和蒋飞、张总约好在霞子美容院谈论旅游公司的事情。

这几日张舒枫闲暇无事时就开始翻阅有关张掖名胜古迹的资料，经过一番查阅发现家乡张掖原来有这么多历史景观值得让游客们知道，这让她更加坚定了在旅游行业发展的念头。

张掖市在河西走廊中段，古为河西四郡之一张掖郡，取"张国臂掖（腋）以通西域"之意，是丝绸之路的必经之道。市区划分为高台、临泽、肃南、山丹、民乐、甘州区五县一区。

其中，甘州区有全国闻名的大佛寺，寺院始建于西夏永安元年，原名迦叶如来寺，又名西夏国寺，卧佛长三十四点五米，为中国现存最大的室内卧佛像，是丝绸之路上的一处重要名胜古迹。

市区内还有隋代的万寿木塔、明代的弥陀千佛塔、钟鼓楼以及名扬西北的清代山西会馆。

高台县位于河西走廊中部，黑河中游下段，东邻临泽县，西与酒泉市、金塔县和肃南县明花区相连，南与肃南县大河区接壤，北依合黎山与内蒙古阿拉善右旗相邻，著名景点有魏晋汉墓群、佛教圣地梧桐泉寺、红五军高台烈士陵园、月牙湖公园、大湖湾水上乐园等旅游景点。

位于临泽县和肃南境内有方圆五十平方公里山地丘陵地带，有造型奇特、色彩斑斓、气势磅礴的丹霞地貌，丹霞是红色砂砾岩经长期风化剥离和流水侵蚀，形成的孤立的山峰和陡峭的奇岩怪石距今已有两亿年之久。

大学时她所学专业是企业管理学，她知道要想投资创业，首先要了解当地的城市文化还有当地的民风民情，挖掘城市亮点，考察市场需求，分析市场份额，去有的放矢地寻找一方能够让企业生存和发展的行业和商业价值模型。

霞子美容院里有一间会客室，蒋飞和张涛早已等在了会客室，张舒枫进门后分别和两位打了招呼："两位老总好，我迟到了不好意思。"

蒋飞风趣地说："等待美女是我们乐此不疲的事啊，哈哈哈。"

张总急忙欠身道："没事、没事，我们也是刚来。"

各自坐定后，张舒枫对蒋飞介绍说："这是张涛张总，他旗下有一家物流公司还有一家旅游公司，他对企业经营和发展有一套完整思想体系，我想找他作为合作方共同启动我们的旅游公司。"

蒋飞起身又一次和张涛握了手，便自我介绍说："不用舒枫介绍了，我自己说吧，我是石家庄人，在石家庄有一家小小的旅游公司，很高兴认识你，张总。"

霞子在旁边插嘴道："还小小的旅游公司呢，人家可是身价上千万的大老板呀。"

张舒枫端起水杯喝了一口说道："我之所以想到把创业方向定到旅游业上，也是源自张总上次提到对旅游业发展的整体思路，感觉很新颖，所以，我自作主张邀请张总作为公司的合作伙伴，不知张总是否愿意帮助我在家乡做一点事情呢？"

张涛三十岁左右，举手投足之间都显得格外沉稳，没有丝毫的张扬，让人第一眼看去就是一个靠得住的男人。

他是一个退伍军人，因心思一直放在事业上至今未曾成家，他第一次看到张舒枫时就被她外在的美丽和内在的气质所吸引。

昨天接到舒枫电话，知道她要投资创办旅游公司，并且有意向让自己做合作伙伴，非常高兴便欣然答应前来赴约。

听张舒枫如此之说也来了兴趣，将身体坐得端直了许多说道："张掖这个地方人杰地灵，在源远流长的历史长河中演绎了很多传奇的历史故事，同时也留下了很多名胜古迹让后人观赏和探索，在这里启动旅游行业，舒枫你真的是独具慧眼啊。"

他整了一下衣领又说道："根据现在旅游市场需求情况结合张掖当地旅游资源的优势，要对旅游项目进行定向、定位，也就是说我们要对旅游产品、项目进行研发和优化，首先启动传统旅游项目开发，其次配置旅游服务、旅游导向产品的销售和推广。"

"目前，旅游产业内相互之间的竞争变得日益激烈，好多人在寻求能够吸引游客眼球的旅游项目，所以我们要以创新原则为导向，求新、求异、求最、求需，确定项目产品后，对项目产品进行构思、对项目市场进行构思，同时要对项目营销进行构思，才能够有序将项目实施开。这中间一定要防止项目规划的盲目性，培育并打造出具有市场广度和深度的旅游品牌来。"

蒋飞听得非常专注，他万万没想到张掖这个地方还有对旅游行业了解如此透彻的人才，便道："好！说得好。"张舒枫听完也很高兴，微微点头。

几个人通过商议，先创办注册资金为二百万元的旅游公司，取名为"张掖神宇旅游有限公司"。

蒋飞说道："如果出资额定为二百万元的话，我从公司账户打过来一百四十万元，其中一百一十万元算舒枫的，我的三十万元，其余六十万元由张总出吧，大家看如何？"

张涛听完后端详着这个大高个子的石家庄男子，心里想："这蒋飞是不是在追张舒枫啊？为何白送她一百一十万元？我先不作声看舒枫如何表态？"

张舒枫看了一眼张涛又看了一眼霞子，看到霞子正在偷笑，便知道这两个人分别想的啥了，道："蒋飞，我知道你有钱，但你的事业在石家庄，你也无心在张掖这个地方发展，你不必无缘无故送我一百一十万元了，正所谓无功不受禄。如果公司启动之后有资金短缺，我会向你借款的，按照银行贷款利率支付你利息费用。"

蒋飞闻言，顿时不高兴起来："舒枫你真的是见外啊，这个时候了你还把哥们儿拒之门外，我是不愿意在张掖发展企业，但是，真的是想帮你。"

张舒枫听后笑了笑说："蒋飞，我已经非常感谢你了，能够在我最低迷的时候过来看我并且能够给我出谋划策。这已经足够了。"又道："反正现在办公司都是认缴制，也不必一次性出资这么多，我们先定一下股份比例吧。"

张涛听到张舒枫如此说，不由得从心里开始佩服这个女子，这真是一个女中男儿啊，不错，便说道："这样吧，股份呢还是照蒋飞的意思给舒枫百分之五十五，我呢，占百分之三十，蒋飞占股百分之十五，按照这个占股比例三个股东总共出资一百万元启动公司吧，大家看如何？"

张舒枫觉得张涛说得很有道理，便说道："好，我出五十五万元，张总出三十万元，蒋飞出十五万元吧。明天找个人去办理一下注册公司的事情，注册资金比例就按照这个比例走，等对公账户办好后大家分别把出资款打到公司账户。"

蒋飞听到两人这么说，默默点头道："公司地址选哪里？"张涛说道："新区那里才开始开发，好多地方的房租都很低，明天我们去看看就注册在新区吧。"

张舒枫点头默许。

一项好的事业在起步之前，几个志同道合的人在一起，或者是一顿饭或者是一次喝茶过程中的闲谈，便会达成共识。

几人说话间已经到吃饭的时间了，刚打算出去好好庆贺一下议事成功并且放松一下时，一个熟悉的声音从美容院的大厅里传了过来。

"霞子，霞子，我家舒枫应该在你这里吧？"

这是舒枫妈妈周兰的声音。

霞子瞅了舒枫一眼道："咋办，干妈来了？她咋知道你在我这里？你不是没告诉她吗？"

张舒枫向霞子摆头，示意大家出去。

"妈，你怎么来了？"舒枫边走边说。

周兰看到会客室一行走出四人，两男两女，除了自己的女儿和霞子之外，蒋飞她认得，当时为了追张舒枫买了很多贵重东西来家里看望过他们夫妇，另一个年轻的小伙子她没有见过，便道："枫儿，我就知道你在这里，赵秋横告诉我你回家了，一直不见你去高台，我猜你肯定来霞子这里了，除了她你还能去找谁啊？"

张舒枫看见妈妈并没有生气，只是焦急，便撒娇似的抱住周兰的胳膊说："我说了过几天就回家去了，况且这市区和高台县城也就几十公里的路，你担心啥呀，我这不好好的吗？"

霞子也上前拉住周兰的手说："干妈，舒枫来我这里还不是到家了呀，瞧你，把我当外人。"

周兰闻言后开心了许多："是是是，知道你姐俩关系好，无论如何也得告诉干妈舒枫在哪吧？"

蒋飞见状也开始打招呼了："阿姨好，叔叔一起来了吗，怎么不见人？"

周兰说："他开的车，车在门口呢，他让我进来看看。"

霞子说道："这干爸也真是的，到门口了都不进来，我去看看。"

张舒枫说："我们都下去吧，同爸妈一起吃饭去。"

张舒枫一行六人吃完饭后，周兰夫妇随同女儿来到了舒枫的住处，周兰看到舒枫生活得很好，并且这住处也不错，便为舒枫有霞子这样的朋友而高兴。

张宝松自从见到在吃饭间女儿和两个男子在一起相谈甚欢，不明就里，只是观察发现，这两个年轻的男子都很沉稳，女儿估计已经从忧伤中走出来了吧。

此时，就他们一家三口人，张宝松便开始向张舒枫询问道："枫儿，你在市里住了这么久，以后有何打算？"

舒枫看到爸爸好像发现点什么了，她知道爸爸心思细腻，思维缜密，不便隐瞒什么，便把今天在霞子会客室商讨成立公司的事情一五一十地说给了父母。

张宝松听女儿说起创办公司的设想后，频频点头，额头深邃的八子纹却紧紧地拧到了一起，说道："枫儿，你这几年待在家里，并没有收入，从哪里去弄那五十五万元的出资额？"

　　张舒枫看到父亲说到了要害之处，便说道："我手头有二十万元，是这几年赵秋横陆续给我后攒下的，霞子借给我十万元，还差十五万元。"

　　周兰接话说："霞子情况不是很好，她那钱你就别用了，妈这里有十万元，你拿去用。"

　　正在说话间手机短信响了，张舒枫拿起手机看到自己建行卡上收到蒋飞转入款十五万元。

　　张舒枫看完短信后笑道："这个蒋飞，好像在我身边装了监控一样，咋啥都知道。"

　　周兰问道："怎么回事？"

　　张舒枫告诉父母说，蒋飞打过来了十五万元。

　　周兰一脸的迷茫，说道："蒋飞这孩子人还是不错，这么多年来一直对你没有断过心思，你要想好，如果不给人家什么承诺就别用人家的钱。"

　　张舒枫刚要回复母亲，电话铃声响了："舒枫，这十五万元算我借你的，以后赚到钱带了利息还我，别一天总觉得为了和我拉开距离就将我的好意都拒之门外啊。"

　　不等张舒枫回话，蒋飞已经把电话挂了。

　　电话回音很大，周兰夫妇听得清清楚楚，便相视无言。

　　张宝松转头对张舒枫说："我和你妈回去给你把那十万元打过来，霞子那10万元就别用了，她老公欠那么多账，这孩子这几年太不容易了。"

第十一章　寻寻觅觅

话说阿木在高员外岳父家待得真的是心急如焚，他担心牡丹会天天去山崖等他，山崖那么险峻，要是遇到坏人将如何是好？ 他催促父亲早些启程回家，可是高家小姐唆使员外一再挽留，这一住便又是五日。

这日清晨，阿木来到父亲所住房间，告诉父亲自己伤势已经好了很多，和父亲商量向高员外辞行。

阿木父亲看到孩子一直急切着要回家去，再者出门至今也有二十几日了，家里还有很多事情要去打理，便去找高员外，看到高员外正在院子里喂鱼，上前说道："高员外，真的是好雅兴啊。"

高员外看见了阿木父亲过来并和自己说话，说道："付镖头早，阿木伤势好些了吗？"

阿木父亲听到高员外在问孩子的伤势，便说道："木儿伤势基本痊愈，我离开镖局也有二十几日了，是时候该回去了，今天过来就是要向高员外辞行的。"

高员外听到付镖头说得如此真诚，心想可再不能由着婷儿的心思耽误人家付镖头的正经事了，便说："既然付镖头执意要走，我高某也就不再挽留了。"说完，便吩咐管家取了银两交给阿木父亲。父子俩告别高员外全家后即刻骑马往回家方向驶去。

父子两人带着的两个随从日夜兼程，马不停蹄五日便赶回了家。

阿木顾不得回家，掉转马头朝着和牡丹相约会的那个山崖驶去。

来到山崖看到崖上脚印已经被风吹平，说明这数十天来，牡丹未曾来过此处。阿木便骑着马儿向牡丹家方向驶去，到小屋门口看到竹篱笆围成的院门紧紧关闭。

他站在门口喊了起来，"牡丹、牡丹"，屋内无人应声。

由于牡丹家住的地方偏僻，也没有什么邻居，阿木无法打听到牡丹去处，他自己在那里想，是不是赶集去了呢？阿木在牡丹家门口等了足足两个时辰，还是不见牡丹踪影，便悻悻地回到了家里。

之后一连几日，阿木天天来到牡丹家门口等待，依然不见牡丹家有人出来。

此日，阿木正无精打采地准备从牡丹家离开时，遇到一位老者，这个老人喊住了阿木说道："年轻人，我看到你天天来这里，是不是在寻牡丹母女啊？"

阿木闻言欣喜地说道："大叔，你可知道牡丹母女去了何处？"

老者说道："在十几日之前，我在山路边遇到了贩卖药材的老李，老李告诉我他们要去周县做生意，牡丹母女随着去了周县老家了。"

阿木听到老者所言，甚是高兴，原来牡丹母女去了老家周县，便拱手向老者表示谢意道："多谢老伯。"

月亮像弯弯的镰刀一样悬挂在柳树梢上，阿木心里惦记着那个红衣女子小巧的身材，娇艳的小脸，还有那双让人一看就心生爱怜的大眼睛。

阿木向父母辞行后星夜兼程往周县方向驶去，他将马儿抽得跑得飞快，企图能够追赶上牡丹的马车，他不知道是否能够再次见到这个女子，他没想到他这一次押镖的远行竟会让他们两个分开无数个日夜。

一次邂逅，一份情愫，这两个有情人也许是要经过九九八十一难才能再次相遇吧。

张舒枫急速地敲击着键盘，其实她真的希望这一对男女能够少经历些磨难，可是昨日梦中他们却在分离中各自相思忧伤。

自那日起，牡丹随着李大叔父子马车一路颠簸，日行夜宿自是也很安全，沿路山山水水，风景确是很美；而牡丹眼前依然浮现出那个吹着埙的男子的身影，她不知道阿木此次押镖究竟经历了什么，为何迟迟不见回来，她也不知道这次返乡后，能否和阿木再次相见。

望着南飞的燕儿，她多想让它们捎封信，问问那个男子是否在那个山崖等她。

此时，她不由得拿起笛子吹奏了起来，她和阿木说好要合奏一曲的……

就在此时，马车突然开始飞驰，马儿似是受到了什么惊吓，不顾车上载着的这一对母女和车夫安危，仓皇逃命般不管蹄下磕磕撞撞。马蹄踩在了大石之上，马儿一个趔趄差点摔倒，马车硬生生地被甩到了山崖之下。

牡丹缓缓地睁开了双眼，发现自己正躺在一张竹子做的床上，左肩微微有些疼痛，她试图坐起来却感觉身体沉重无法起身。

牡丹想："我这是在哪里？ 只记得马车翻覆……咦，我娘呢？ 我娘在哪里？"

就在她挣扎想下床时，一个中年妇女走了过来，扶她躺下，说道："姑娘，你醒了？ 你整整昏迷五日了，我在你伤口处敷了草药，你感觉还疼吗？"

牡丹看到床前坐着的一个四旬多的妇女，头发用花布裹着，一脸和蔼。

牡丹问道："妈妈，我这是在哪里？ 我娘呢？"

妇人告诉牡丹说："姑娘，我路过采药时，看到你满身是血，躺在山下面，一看你还有口气，就找了侄儿阿娃将你扛了回来，一直昏睡至今。我并没有看到你娘啊。"

牡丹此时方才知道，马车掀翻后自己坠入山崖被这妇人所救。可是，娘是不是还在山崖下面啊？

牡丹说道："多谢妈妈相救，我和娘亲乘李大叔的马车回周县老家，路途中马儿受惊，把我和娘亲同时抛至崖下，我昏迷被妈妈所救，但我娘估计还在那崖下面，我现在要去寻找娘亲。"

牡丹说罢就要起身下床去寻母亲。

妇人见状将牡丹摁在床上，说道："你伤势未愈，不便行走，这样吧，我去找阿娃，让他去山崖帮你找找你母亲可否？"

牡丹感激地望着妇人说："那就有劳妈妈了。"

阿娃去山崖底寻了半日回来后告诉牡丹，崖底寻遍不见有任何人身影。

牡丹顿时哭了起来："娘这是被摔到了哪里？ 是否也会被人搭救呢？ 等我伤势恢复好后一定要去周遭找找娘亲。"

第十二章　创　业

张斌成自从到赵秋横家后，不断找姐夫讨论在石家庄创业的事情。

张斌成从小受周兰宠爱，娇生惯养，高考时连专科线都没上，后来经人介绍到民乐一中复读，复读之后勉强考入天津一家专科学校读书。

由于所学专业是化工，他毕业后一直没有找到像样的工作，整日游手好闲，不停结交狐朋狗友。

有一次他和几个朋友一起喝酒，被喝醉的朋友在腰间插了一刀，幸亏送医院及时，否则小命不保。

他每次来到深圳都喊叫着要在这里干一番事业，并且提出让姐夫赵秋横帮忙给他规划创业之事。周兰夫妇也经不住张斌成的死缠，便同意他来深圳发展。

且说赵秋横不知为何偏偏就非常喜欢这个小舅子，也一再要求他来深圳闯荡。这样一来二去的，张斌成便铁了心来深圳发展。

这几天张斌成和赵秋横两人跑遍了深圳所有商业区，经过对市场需求方向的调研，两人协商一致要开一家火锅店。

确定项目后两人进入选址过程，最后把地方选到了深圳北区广场附近，那里人多热闹，估计生意会很好。

两人从深圳北区回到家里，张斌成倒了一杯水边喝边说道："姐夫，我们这个火锅店筹办你估计一下得需要多少钱？"

赵秋横换了拖鞋，拉开冰箱取出两罐啤酒，扔给张斌成一罐说道："装修、房租、设施设备整体下来也得一百万元吧。"

张斌成眼睛睁得滚圆，说道："这么多？ 姐夫，我可没钱，这钱你得帮我垫上，等我赚到后再还给你。"

赵秋横边喝啤酒边对张斌成说："斌斌，没事，你创业是姐夫出的主意，我会全权负责你创业全部经费和规划的，你就安心赚你的钱吧。记住，有了钱好好在深圳找个媳妇儿，别整天让你姐担心了。"

赵秋横说到这里，眼中突然泛起阵阵忧伤，他不知道接下来张舒枫还会不会回到他身边，想想那天他酒醉后迷迷糊糊睡到了玲儿床上，这要让张舒枫知道了，两个人距离将会越来越远。

张斌成看出了赵秋横忧伤的神情，问道："姐夫，你和我姐究竟咋了？你说她回家了，可是至今她还没到家里呀。"

赵秋横一脸的茫然之色说道："都是我不好，以后我不再喝酒，我要戒酒。"就在两人正谈论张舒枫之时，传来了敲门声。

赵秋横疑惑道："谁呀，是不是你姐姐，不对啊，你姐她有钥匙啊！"张斌成起身说道："我去看看。"

门打开了，一个大眼睛化着浓妆的女子站在门前，一股股香水味道扑面而来。

张斌成并不认得玲儿，问道："你找谁？"

玲儿被这个个头高挑，染着黄色头发帅气而又新潮的男孩子拒之门外，道："我，我找张舒枫。"

里面赵秋横听出是玲儿的声音，心里不由得咯噔一下，完了，找上门来了。但出于礼貌他还是走到门口说道："斌斌，她是你姐的朋友，让她进来吧。"

玲儿坐下后，张斌成给她倒了水，说道："对不起，我不知道你是我姐的朋友啊。"

玲儿坐下有十几分钟时间了，竟不知该说点啥，此时的张斌成目光始终没有离开过玲儿，嘴里悄悄嘟囔道："奇怪，老姐还会交往这么时尚的朋友，也忒不像她的风格啦。"

自那日玲儿看到赵秋横悔恨和痛苦地离开她家之后，便陷入了深深的思索："什么叫爱情？我所喜欢的人如果和我在一起时有那么痛苦，只能说明一个问题，我这一切的执着都没有任何意义。"

真的是"多情却为无情恼"。经过几天的思想斗争，玲儿终于鼓足勇气想对赵秋横说清楚，那天在她房子里他们两人什么事情都没有发生，自己也不再纠缠他了，让他好好地去爱张舒枫。

可是，进屋后却什么都说不出来，一则是张斌成在，二则是她感觉赵秋横眉宇间满是忧伤和悔恨，还是改日再说吧。

她便说道："姐夫，我姐还没有回来啊？马上中午了你们不吃饭吗？"

赵秋横听到玲儿并没有提那日之事，便说道："本打算和斌斌去外面吃的。"

张斌成闻言道："好啊，外面去吃吧，我们三个一起去。"

赵秋横瞅了张斌成一眼心想："这孩子啥时候能长大呀。赶紧让她走，还一起吃饭，多尴尬呀。"

此时，玲儿大方地说："行，我们三人去外面吃吧。"

看到这两人都要一起去外面吃饭，赵秋横只能无奈地顺从了："好吧，我们去咖啡厅吃西餐吧。"

张斌成瞪大了眼睛说道："不去，不去，太麻烦，又是刀又是叉的，上次和我姐吃过，还不如去吃火锅呢。"

赵秋横总是拗不过这个小舅子，他自始至终都把张斌成看成自己的亲弟弟的："好吧，听斌斌的，去吃火锅，顺便看看人家火锅店如何经营。"

三人去了附近一家自助火锅店，吃了足足两个小时，吃饱喝足后，张斌成提出要去迪厅蹦迪。

在迪厅里，张斌成和玲儿真是活宝似的一对啊，两个人疯狂地蹦跳着，随着迪台的旋转他们尽情地扭动着。

赵秋横坐到台下，静静地瞅着这一对年轻人在舞池中放纵，心想："我是不是老了呢，为何如此不喜欢这些花花绿绿的东西？斌斌倒是和玲儿挺般配，我那天究竟对玲儿做什么了没有，如果有，那将是多么龌龊的事啊，如果有，我将永远都无法面对舒枫了。"

各种的烦心事折磨着这个三十岁出头的男子，他暗自告诫自己："我再不喝酒了，等我彻底戒酒之后，要去找舒枫回来，我要向她道歉，要和她好好地过日子。"

想着想着便端起一杯啤酒一饮而下。

喝完后，他看看酒罐悄悄说道："赵秋横，赵秋横，你就是这么没出息，一分钟前说要戒酒，一分钟后又端起了酒杯。"

从迪厅出来，张斌成和玲儿相互留了联系方式，玲儿边挥手告别，边对张斌成说："斌斌，过几天我们还来玩。"

赵秋横近半个月来，跑前跑后一直打理着张斌成的火锅店。所有手续办妥后，火锅店选了个好日子正式开业，在开业那天玲儿被张斌成叫来在前台收款。

开业之日赵秋横设计了系列优化酬宾套餐，比如新办会员可以免费用餐一次，首次进店五折优惠等。

张斌成雇了两个大妈做员工，一天下来营业额已超过一万元，张斌成看着这流进来的人民币，高兴地对玲儿说："玲儿，你哥我这个火锅店搞得不错吧。"

玲儿瞪了张斌成一眼，说道："啥你哥，你比我小两岁好吧，你得叫我姐姐。"

张斌成诡异地笑道："女大两黄金涨，你哥我就喜欢比我大的，嘿嘿。"

玲儿经过和张斌成接触一段时间后对他还是有些好感，但是，她还是喜欢赵秋横那种类型的。不过，她清楚地知道，自己和赵秋横完全是两类人，正所谓"强扭的瓜不甜"，何况人家还没有离婚呢，自己不能当第三者破坏人家家庭啊。

想着想着玲儿抬头看了一眼这个小男生后，没有说话，埋着头去算着今天的收支账目。

清晨，小鸟叽叽喳喳地在窗户旁边叫着，太阳似乎有意地向张舒枫房间拉近了距离，她梳洗完毕后，拦了辆出租车向新区方向驶去。

今天她约好了蒋飞和张涛去新区看办公室。

经过一番比较和权衡，她租下了那间临街二百平方米的门面房作为办公地点。

新区大多数房间都是毛坯房，房间内墙面和地面都留下被水泥裹过的粗糙。空空的一间大房屋得好好规划设计，经过装修后才能够成型。签订完租赁协议，三个人到了霞子美容院会客室开始设计办公室装修草图。

草图基本设计完成，张舒枫对蒋飞和张涛说："创业初期我们三个人分分工吧，我负责去办理注册公司的事情，蒋飞看着装修办公室，张涛你对当地熟悉，负责开始设计旅游产品策划案，所有的事情办妥后我们选个好日子筹办开业。"

张涛说："我认识当地一些很有名望的企业老板，到时候请他们来参加我们的开业仪式。开业仪式要搞就搞隆重一点，扩大影响力，也是对公司的宣传。"

蒋飞频频点头，经过好多件事，他发现这个小伙子很有头脑并且稳当。

张舒枫对张涛的说法也很赞成："好的，我们就按张涛说的办，开业前印些公司产品的宣传册，找人分发一下。那天还要请个乐队，找个主持人把这开业的气势搞起来。"

蒋飞说道："舒枫你也要请些人过来参加开业庆典，并且要请些政府相关部门的领导过来。所有的嘉宾全部要发请帖，开业仪式完了后要请嘉宾们去酒店用餐。我们不要小看这些俗套的礼节，这对扩大公司影响力很有帮助。"

真的是"一个篱笆三个桩，一个好汉三个帮"。

且说那周兰夫妇看到女儿和另外两个年轻人已经步入创业阶段，在舒枫那里小住几日便回到了高台。

在开车的路上，张宝松轻松地笑着对周兰说："我说过，枫儿比斌斌有出息，你看着吧，这孩子的事业肯定能够做起来。"

周兰多多少少还是有些重男轻女，回复张宝松说："斌斌说他在深圳开了一家火锅店，生意也不错，你不要只夸女儿，儿子也不错呀。"

张宝松一向怕周兰，便迎合道："是是是，你儿子也不错。"

第十三章　飞来的横祸

这天天气格外晴朗，街道上车流涌动，人们为着生计匆匆忙忙地奔走着。

张舒枫今天特意换了一身红色衣服。她喜欢红色，在这个特别的日子，她要让自己精神且漂亮。

在镜子里，一张秀丽的脸庞颇有神韵地端详着自己，她拿起口红轻轻地涂在嘴上。

两个月了，她精心规划的开业典礼终于要举行了。她格外高兴，经过一个多月的选址、装修以及注册公司等各种忙碌，张舒枫已经成功拿到了航宇旅游公司的营业执照，并且今天上午九点十八分要举行开业典礼活动，她作为公司法人代表以及大股东，要上台剪彩。

良好的开端是成功的一半，从今天开始，自己就要为了一份事业而开始实现自己的人生价值了。

"咚咚咚"急促的敲门声响起。"谁呀？"舒枫问道。"我。"门外面传来了霞子的声音，张舒枫开门后问："你有钥匙，自己不会开门啊？"

霞子看了一样眼前这个打扮精致而又美丽的女子说道："呵，不错嘛，今天打算和谁结婚啊，穿这么红？"

张舒枫回到梳妆台前说："谁规定的只有结婚才能穿红色衣服？你瞅瞅我柜子里好多红衣服呢。"

霞子诡异地笑道："嘿嘿，你今天这个打扮不怕被人瞅到眼里然后惦记上啊？"

张舒枫白了霞子一眼道："啥时候都没个正行，这么早来找我是不是来接我的？"

霞子说道："张涛请了很多老板，我得接你早些过去。"

张舒枫和霞子赶到公司门口时，张涛已经将彩门布置妥当，乐队的成员们也已经开始忙碌了，一切都在井然有序中进行。

近一段时间，舒枫常常去彤彤家里帮助彤彤做饭收拾屋子，彤彤渐渐地开始喜欢这个张阿姨了。

她们宛若母女，在分别时各自依依不舍。

昨天张舒枫到彤彤家把彤彤所有生活物资安排妥当后，告诉彤彤，她明天公司要办开业庆典，得忙一天，让她照顾好奶奶，不要乱跑。

张舒枫走后，彤彤小脑瓜子在想："张阿姨明天要搞庆典肯定很热闹，我要去看看，嘿嘿。"

第二天天刚亮，彤彤给奶奶和自己打了个荷包蛋，吃完，便偷偷地溜出了家门，当她打开街门的时候发现门口站着一个小眉小眼的中年男子，那个男子看见彤彤出来连忙问彤彤："彤彤，你是去找你张阿姨吗？我是张阿姨的同事，我领你过去吧。"

小彤彤看了这个叔叔一眼，心想："肯定是张阿姨让他来领我的"，高兴地说了一句"好啊"，便她随着那个男子七拐八拐来到了庆典现场。

只见庆典现场红色的彩门上面悬挂着一个条幅，乐队的小姐姐们正扭着纤细的小腰在跳舞。

彤彤四处张望，她在寻找张阿姨。就在此时，主持人拿起话筒说道："独立从创业开始，成功从开业开始，辉煌从经营开始，幸福从生意开始，财运从今天开始，梦想从现在开始，在此，衷心地祝愿航宇旅游公司今日吉祥开业，明朝大富启源。现在有请航宇旅游公司总经理张舒枫女士上台剪彩。"

张舒枫穿着红色套服，踩着高跟鞋，向红地毯走来，娇艳和美丽之中透着坚定，气场很足。

小彤彤像是看见了妈妈一样高兴得直往前冲。就在此时，她的脚被拉着彩门木头柱子的绳子绊了一下，随即那个木头柱子倒下，不偏不倚正好砸在了彤彤身上。

现场即刻混乱了起来，张舒枫冲下台去抱起了被柱子砸昏的彤彤，张涛也急忙赶了过来，接过张舒枫手中抱着的孩子，赶紧就往车里钻。

木柱断裂处尖尖的木条插入彤彤腰间，血流不止。

张舒枫一路抚摸着彤彤，并催张涛将车开快一些。经过几个小时的手术和抢救，彤彤已然脱险，但是，开业庆典就此被这意外事故搅黄了。

张舒枫当夜未回，一直陪护在小彤彤身边。

就在张舒枫陪伴彤彤的同时，另外两个人却开怀大笑，王强笑道："东哥，张舒枫这个小娘儿们想抢东哥你的饭碗，真的是痴心妄想。今天开业第一天就被弄砸锅了，真的是天助东哥也。"

贾东看了一眼王强说道："我让你弄的事情你弄了吗？"

王强奸笑道："东哥尽管放心，我保证张舒枫尽快关门大吉，哈哈哈哈"。

贾东笑着说："奶奶的，竟敢在东哥我的地盘上抢生意，真的是吃了豹子胆了。张涛这小子也不识数，不掂量一下自己几斤几两，跑去小娘儿们那里做股东，真是的。"

王强说道："这小子莫不是冲那娘儿们的长相去的吧？"

贾东点了一支烟，深深地吸了一口，吐出一个大大的烟圈，说道："你可别说，这张舒枫长得是有几分姿色，和单玉还不一样，呵呵。"

王强笑道："东哥是不是也想……要不我去想想办法？"

贾东诡异地瞅瞅王强："你说呢？ 如果她要是从了老子，老子让她企业办下去，如果她不从老子，老子让她从哪里来滚回哪里去。"

王强顺势也燃起一支烟道："明白，嘿嘿。"

第十四章　重　逢

夜异常安静，月牙儿悄悄地挂在天边，满天的星星忽闪忽闪地眨巴着眼睛。阿木瞅着这天空，瞅着这星星，所有的一切都显得那样的陌生。

天空中那么多颗星星没有一颗能够和他说话，也没有一颗能够告诉他牡丹究竟在哪里。

来到周县已经足足十日有余，他每天去打听牡丹的下落，却无人知晓。甚至于他每天试图想在街道遇见牡丹，可是，看到的红衣女孩的脸庞却不是他所思慕的那一张。

真的是"山有木兮木有枝，心悦君兮君不知。只缘感君一回顾，使我思君朝与暮"。

阿木不由得拿起埙吹了起来。一曲忧伤的相思之曲吹过之后，阿木转身发现身后站着一个女子。

夜色下似是牡丹，阿木惊喜地叫道："牡丹，是你吗？"

"付公子，是我，高婷婷。"

听到声音后，阿木方才回过神来，原来站在他身边的这个女子正是在他受伤后照顾他半月有余的高婷婷。

阿木上前施礼道："刚刚夜色下没看清楚，高小姐勿怪。高小姐怎么也在周县？"

说来也巧，这高员外在去岳父家之前早已规划好，看完岳父要去周县谈一桩生意，阿木他们离开两日后便启程赶往周县。

今日高员外一家刚刚抵达周县，便找一旅店住了下来。

夜幕下，高婷婷在房间里似乎听见熟悉的埙声，婷婷想："莫不是阿木也在周县？"随着埙声寻了过去，在旅店后花园旁边，她看到的正是阿木，她悄悄地站在阿木身后。

真的是"有心栽花花不开，无心插柳柳成荫"，缘分这东西有时候就是这么阴差阳错地捉弄着人。

第二日，阿木依然去周边打听牡丹的消息。一整日的寻找却还是杳无音信。

晚间，高员外来到了阿木房间，对阿木说道："刚听婷婷说，付公子也在周县，并且就住在这个店里，高某过来看看，付公子伤势如何？"

阿木说道："多谢高员外，我伤势已经完全好了。"高员外说道："听婷婷说，付公子此次来周县是为了寻人？

阿木说道："是的，我在寻找来周县做生意的李源之，李员外。"高员外闻言道："明日我向商界同行帮你打听一下，也免得付公子没有目的到处寻找了。"

阿木道："多谢高员外，有劳了。"

经过高员外打听，果真找到了来周县做丝绸生意的李源之，说是昨天刚刚买了一个新宅子住了进去。

阿木匆匆忙忙赶往李员外住处，一路之上阿木格外地兴奋，他知道只要一见到李员外就能见到牡丹了。

话说那李员外一路带着家人和牡丹母女赶往周县，其实，他是打算在周县长期定居下来的，所以，在来周县前就已经托朋友在周县寻找到一个能够买下来的宅子。

可是，路上牡丹母女马车翻覆，打乱了他来周县的整个行程。

那日李员外在看见牡丹母女马车飞下山崖的瞬间，他和儿子李鑫雨赶忙上前营救。说时迟那时快，鑫雨飞速地拉住了马儿的缰绳，马车在山崖顶上被几个家丁拉了回来。

马车停稳当后，车里却不见牡丹踪影。牡丹妈妈也被车甩得昏迷不醒。于是，李员外一行就地安营扎寨，安排丫鬟照顾牡丹母亲，并吩咐鑫雨和家丁去山崖下面寻找牡丹。

几日的寻觅下来却没有找到人影。

牡丹母亲身体倒无大碍，就是脸部有些划伤，醒来后不见女儿，哭哭啼啼，意欲自己下山去寻牡丹。

鉴于此，李员外父子便在附近找到一户人家居住了下来，打算再去好好寻找牡丹下落。这样一来二去，耽误了很多时日。

此日，牡丹母亲敲开李员外房门，向李员外夫妇深施一礼说道："这些时日为了寻找牡丹，也耽误老哥哥你去周县做生意了。要不这样，我们先去周县，你忙你的生意，我让周县亲戚再想办法寻找牡丹吧。"

李员外闻言道："也罢，这些时日寻找牡丹没有下落，在这荒郊野外的，我们也没有其他寻人的办法呀，就依你所说我们先回周县吧。"

李员外一行三日后便赶到了周县，并将之前说好的宅子买了下来，牡丹母亲尚且没有打听到还有哪位亲人在周县，所以，也暂且住在了李府。

阿木赶到李府，见到了牡丹的母亲，说明自己是牡丹的朋友，特意过来寻找牡丹。

牡丹母亲端详着这个千里迢迢特意赶来寻找女儿的年轻男子，顿时明白了，当时牡丹那几日天天早出晚归跑到山崖前等待的莫非就是此人？

她感觉到这两个孩子彼此都在思慕对方。只见面前这个男子年纪和牡丹相仿，八尺有余，面目清秀。

牡丹母亲心里暗暗想，这个孩子也能配得上牡丹。

阿木上前施礼道："伯母，付木这厢有礼了。"

牡丹母亲道："付公子是专程来周县寻找牡丹的，还是另有他事要办？"

阿木闻言后知道牡丹母亲在探听他和牡丹的关系，便干脆开门见山将此事说破，上前施礼道："伯母，我与牡丹相遇在蠡县山崖，我们两情相悦，互有爱慕之意。之后我有要事须前往沪县。我们说好的十二日后在蠡县山崖前相聚，可是，途中遇到绑匪，我身负重伤，昏迷不醒，耽误了和牡丹见面时日，待我回转蠡县后，却不见了牡丹。我每日都去你家门口等待，还是不见牡丹出来，后偶遇老者告诉我，伯母和牡丹随同李员外来到了周县，我便赶到周县来寻，已经十日有余也没有寻到牡丹。今打听到李员外住于此处，便寻将过来。不知牡丹可好，可否让小可一见？"

牡丹妈妈听这孩子说得如此诚恳，再加上思女心切，便经不住哭了起来。

旁边的李员外见状说道："孩子，事情是这样的，牡丹母女来周县的路上，马儿受到惊吓，将马车掀翻，牡丹被甩下山崖。后来我们在崖下寻找，没有找到牡丹，你提起牡丹，牡丹母亲也是思念女儿了。"

阿木闻言，顿时惊慌失措。他万万没想到，那日山崖一别至今，牡丹却经历了如此一劫，他不知道牡丹是生是死，随即便要去山崖之下寻找牡丹。

他问了李员外马车掀翻的地点后，匆匆向牡丹母亲辞行，又一次踏上了寻找牡丹的征程。

一个风和日丽的午后，一匹马儿载着那个年轻的少年像风一样飞驰在尘土飞扬的道路上。满路的芨芨草狠劲儿地刺着马蹄。是马儿被扎后想逃离这难走的路途，还是马背上的人心急如焚地要去寻到那个牵挂的人？ 马鞭抽得飞快，马儿也跑得飞快。

不经意间月亮划过眉梢，不经意间太阳照在马后。晓行夜宿不几日阿木便到了牡丹翻车的地方。

顺着山势下行，一路磕磕碰碰，他在草丛中试图寻找残留的痕迹，同时，他也在张望着路上偶尔擦肩而过的行人，企图在人群中能够碰到牡丹。

他行至崖底之后发现，正如李员外所讲，根本就无任何行人踪迹。

阿木顺着树林最茂密的地方一直往前行走，或许在树林那面会有牡丹踪迹。

就在此时，他隐隐听到有女子喊救命的声音，他顺着声音寻觅过去。发现有几个男子正围着一个女子拉拉扯扯，那个女子已经被吓得不知所措。

阿木拔剑上前。几个男子见来了一个多管闲事的要坏他们好事，不由分说抄起家伙，向阿木反扑过来。

阿木自恃虽有几分武功，可这几个男子显然也有几分把式。

酣战良久。阿木忽然摸出飞镖"嗖嗖"两声射出，一镖射中一个男子左臂，另一镖钉在了树上。他趁势追击，可就在他转身挥剑时，其中一男子提刀直插阿木后背而来。眼看阿木将被刀捅到，那瘫倒在地的女子如梦方醒拾起路边木棒向持刀男子头部奋力一挥。

男子应声跌倒在地，阿木挥剑向剩余一人戳去。

那人躲闪不及，被阿木戳中了胸口，惨叫一声仓皇逃跑。至此，阿木一把将那女子拉至马上，向树林那边奔去。

马儿走了很久，阿木发现并没人跟过来，停下马儿，问那女子道："姑娘家住何处？ 为何在这荒郊野外被贼人所劫？"

姑娘此时才发觉自己在马上一路都紧紧抱着这个男子的腰，便急忙松开双手，不好意思地低下了头说道："我在前面村庄居住，常常来到山林采药，从来没有遇到过贼人，今日不知怎么这么倒霉。"

阿木闻言后便翻身下马道："既然姑娘离家很近了便可以自己回家了，我还有要事要办，就此别过吧。"

姑娘见状道："我怕贼人再度追来，另外，这天色渐晚，公子到我家喝口水吃点东西再上路办事可否？"

阿木看到太阳已经下山，也是该找个地方歇息一下了，便道："好吧。"

阿木牵马行走，女子坐在马上被马儿驮着缓缓向家的方向走去。

姑娘问道："公子这是要去哪里办事？"

阿木道："也不是办什么事，就是来寻人的。"

姑娘问道："寻人？ 公子是在寻亲戚吗？"

阿木道："前数十日这附近山崖跌落了一位姑娘，至今寻她不见，我就是要寻找那位跌落山崖之人。"

姑娘惊讶道："可是个红衣女子？"

阿木眼睛顿时一亮，止住脚步问道："姑娘可曾见到过她？"

只见那姑娘很是自豪地说道："我阿姑数十日前在山崖下面救得一红衣女子，这些时日她一直在阿姑家养伤呢。听说女子要去山崖寻她母亲，我阿哥还去山崖帮着寻了好几趟呢。"

阿木越听越像是在说牡丹，问道："姑娘可否带我去你阿姑家看看？"

姑娘闻言笑道："公子刚还不愿意去我村庄呢，现在怎么这么急切？"

阿木看着有炊烟升起的村庄，脸上终于露出了甜蜜的笑容，这一切让这女子尽收眼底。

阿木牵着马儿驮着那位姑娘，在天黑前赶到了她们那个村庄。阿木未去姑娘家便径直让姑娘带路到姑娘的姑姑家里。

阿木看到了一个非常精干的中年女子。

姑娘先发话道："阿姑，你救那个女子伤势好些了吗？这位公子是来寻她的。"

阿姑道："你是说牡丹啊？"

阿木一听确定无疑道："对对，是牡丹。"

阿姑对阿木说道："年轻人，你来迟了。牡丹伤势痊愈后，天天哭哭啼啼要去寻找母亲，说她家在周县，要去周县找什么李员外，问问她母亲究竟是何种境况。"

阿木顿时有些失落道："阿姑，牡丹是自己去周县的吗？她怎么去的？坐马车还是步行？"

阿姑看到这个男子如此急切地关心着牡丹，便已知道这个孩子和牡丹的关系并不一般，便道："牡丹执意要去，我又不放心，所以安排阿娃赶马车去送她了，如果寻不到母亲，我让阿娃再把牡丹带回来。"

阿木问道："阿姑，牡丹何日动身的？"阿姑道："昨日便动身了。"那姑娘闻言道："我说昨日没见阿哥，原来让阿姑派上任务了。"

阿木听后随即就要告别阿姑去追赶牡丹，被那姑娘和她阿姑留了一宿，一则是，阿木对这姑娘有救命之恩，二则，天色已晚不便前行了。

阿木便在阿姑家里住下，阿木听说心上人并无大碍，欣喜不已，天还没有亮他就开始启程向周县方向驶去。

可是，一路上并没有看到牡丹马车踪迹，阿木渐渐陷入焦急，为何会这样？ 我这路径方向应该是对的呀。阿娃马车走这么快？ 眼看天色已晚，阿木便就近找了一家客栈住了下来。

夜黑漆漆的，天上零零星星挂着几颗星星，阿木心事重重地走出房门，瞅着那几颗星星黯然叹息，真是造化弄人，每次都是阴差阳错。

此时，突然从走廊里出来一个红衣女子转身进入他对面的房间里。

阿木看得清清楚楚，那便是牡丹，于是，阿木跨步走过去举起手来便开始敲门。

屋里传来了女子清脆的问话声："谁呀？"

阿木说道："牡丹，是我，阿木。"

门被打开了，开门的正是牡丹，牡丹看到阿木后，眼泪不由得流了下来。

阿木终于见到了牡丹，欣喜若狂，高兴地拉着牡丹的手说："牡丹，我找你找得好苦啊，没想到那日山崖一别竟让我们分离这么久。给我说说究竟发生了什么。"

牡丹便将前后经过诉说了一遍。

这些日子里牡丹日日都在思念着阿木，并且担心母亲是否安好。她没有想到会在这个小店和阿木相遇，她更没有想到阿木为了寻她一直追随着她的踪迹。

两人彼此诉说着相思之苦，由于分离之后相见甚难，他们此次相遇更加难舍难分。

当晚，阿木便找到阿娃让他即刻返回山寨，他要自己护送牡丹回周县。

第十五章　破镜重圆

话说那赵秋横自那日从玲儿房间出来后，便觉得对不起张舒枫，他更不知道下一步将用什么方式能够将张舒枫拉回自己身边。

最近张斌成火锅店生意一直不错，因为玲儿常常去火锅店帮忙，所以，赵秋横很少去火锅店。他真的很怕见到玲儿，他不知道怎么面对她。

偶然间，他隐隐发现张斌成似乎很喜欢玲儿，他多么希望玲儿也能够将注意力从他身上移开。

今日闲暇无事，赵秋横转悠到了火锅店，到门口时看到里面的顾客络绎不绝。心想："这斌斌，虽然平时做啥事都吊儿郎当的，这次却能够将火锅店经营起来，也算是有长进了。"同时，他看到玲儿正在吧台认真地记着账目。

进店后，玲儿道："姐夫来了。"

这一声姐夫叫得非常自然，而赵秋横却满脸的不自在，他不知道这个一直叫着他姐夫的女子，却一直深深地爱恋着自己，但无论如何都没有人能够替代张舒枫的位置。

张舒枫好像在他心里生了根一样，没有办法拔掉，可他为什么要打她呢？那些日子对舒枫的冷淡并不是因为心里没她，而确实是工作中烦心事太多了。

舒枫离开深圳后究竟去了哪里？没有回家，她会在哪里呢？一阵走神，他竟没有看到张斌成已经走到了他身边。

"姐夫。"赵秋横猛然从遐思中被唤醒,连忙说道:"不错啊,你小子这一次算是瞅对了方向。"

张斌成回答说:"我本来就很能干,只是老爸一直觉得姐姐比我聪明,从来都不夸我。要不是姐夫你的大力支持,我还没这个勇气迈出这一步呢。"

赵秋横道:"我们家斌斌最能干了,别人哪有这把子能力呢,对吧?"

张斌成乐道:"看吧,还是姐夫会说话。对了,我有事要告诉你,你来包厢。"

赵秋横随着张斌成来到了里间的包厢,问道:"啥事?"

张斌成说:"姐夫,你和我姐联系了吗?"

赵秋横道:"我们闹了别扭,她离开家去了老家,手机关机一直联系不上。上次和妈通了个电话,电话里把我骂得狗血喷头,因为我打了你姐。"

"啊?"张斌成惊讶道,"姐夫你真的下手打我姐了? 老姐可是爸爸的心肝宝贝啊,我们家没人敢惹她,再说了,姐夫,你打人真的不合适啊,不光是老妈骂你,我要是当时知道也不饶你。"

赵秋横道:"我喝醉了酒,不知道自己做了什么。"

张斌成也有些愤愤不平:"无论如何打人不对,那你打了人怎么不道歉,还让人从你身边跑了,都这么久了,也不去找找,你的心可真大。"

赵秋横看着这个一向娇生惯养的小舅子能够这么说话,突然觉得他长大了很多,说道:"是啊,我为何不去找她呢? 我又到哪里去找她呢?"

张斌成看到姐夫如此认真,道:"姐夫,我叫你过来就是要告诉你姐姐情况的,我姐她确实回到了老家张掖。并且她和蒋飞——蒋飞你记得吗?就是一直在追我姐的那个石家庄人,还有一个张掖的叫张涛的男老板一起创办了一家旅游公司,前几天刚刚开业。听说在开业那天有人动了手脚,现场砸伤一个小女孩,姐姐这几天一直在医院里照顾那个小女孩呢。"

听到张斌成如此说,赵秋横顿时像是被醋坛子打翻了一样,心里七上八下的,很不是滋味。再加上听说开业庆典差点儿出了人命事故,他更是担心张舒枫目前的境况。

他急忙对张斌成说道："斌斌，我要去张掖找你姐姐，你说你姐会不会还是不理我。你知道的，那个蒋飞在上大学时就对你姐虎视眈眈，这都多少年过去了还不死心。"

张斌成道："你自己不好好珍惜身边人，还怕别人乘虚而入啊？我觉得你该追还得继续，要不就会让别人捷足先登了。另外，这次老姐办公司可是向蒋飞借的钱啊，你可想好了。"

赵秋横惊讶着半天没有说出话来，站了许久后说道："我今天就去单位请假，去找她。"

张斌成笑道："希望我不要换了姐夫，哈哈哈。"

赵秋横听后，心里更加不悦，说道："你小子好好说话。"

就在此时，玲儿推门而入，问道："你们两个在包厢里密谋啥呢，嘀嘀咕咕的。"

张斌成看看玲儿说道："男人的事，女人少插嘴。"

玲儿道："呵，看不出来，张老板还大男子主义蛮严重的啊。有啥见不得人的话不能当面说，偷偷摸摸的，至于吗？"

张斌成瞬间柔声道："玲，不是你想的那样，我这不就是想让姐夫去找姐姐回来吗？"

玲儿看了看赵秋横，她知道自己虽然深深喜欢着这个男人，但是，他终究不属于她，她也知道她再不能这么干扰下去了，最终没有结果肯定还是两败俱伤，说道："姐夫，你去找姐姐吧。我和斌成都支持你。"

赵秋横惊奇地看了玲儿一眼，又转眼看了看身边站着的张斌成，一句话也没说便转头离开了火锅店。是啊，我为何不去找她呢？

赵秋横去单位请了假，坐上了开往张掖的火车，去寻找自己的妻子张舒枫了。

自从彤彤被木条砸伤后，张舒枫天天守候在医院，就像母亲照顾自己的孩子一样，照顾着她的饮食起居，期盼着她醒来。

在医院这些日子里，张舒枫一直在思考一个问题，庆典前一天她还和张涛亲自去检查了活动现场，应该没有什么问题，为什么那天这木桩如此不堪一击，不偏不倚砸在了彤彤的身上。

是有人蓄意为之，还是这真的是个意外呢？

就在她陷入深深思索的时候，蒋飞悄悄走进了病房。

这些日子里，张舒枫天天陪护在医院里，公司的事全权交给了蒋飞和张涛打理，不知为何原准备按计划开发的张掖旅游业务，如今却阻力重重。

公司开业已经四五天时间了，一单都没有接到，有些单位组团旅游项目刚开始说得好好的，这几天去谈判的时候处处都遭到拒绝。公司办公室一个客户都不来，整日冷冷清清。

今天蒋飞决定去医院找张舒枫就是要说说此事。同时，他也一直认为开业那天彤彤的事故确实有些蹊跷。

是不是张舒枫在张掖有什么仇人或者是得罪了什么人？

张舒枫看见蒋飞进来便开始问起公司的事情，蒋飞逐一将情况说完后，便问道："舒枫，你在张掖有没有什么仇人？或者说你得罪过什么人没有？"

这也是张舒枫这几天一直在问自己的一个问题：究竟是哪个环节出现了问题？她始终没有想通，今天蒋飞一问，她便更加坚信肯定有人在故意为难自己，说道："究竟是谁呢？在张掖市区，我认识得没几个人，谁会刁难我呢？"

蒋飞此时半开玩笑地说道："莫不是中学同学或者是你的追求者？哈哈。"

张舒枫答道："我中学的同学都在高台县，张掖几乎没有，即便是有也想不起来了，都毕业多久了。更何况，我这几年在深圳，很少和这边的同学联系。"

两人在说话的时候，彤彤醒了，看着身边的张舒枫道："阿姨，你那天真漂亮，好好看的衣服。"

张舒枫用手摸了一下彤彤的头说："等你好了，阿姨给你买漂亮的衣服穿。"

彤彤突然问道："阿姨，我是不是在医院睡了好几天啊？"

张舒枫说道："嗯，你那天真的把阿姨吓坏了，不是告诉你不要来找我，阿姨将事情处理完后再去找你吗？"

彤彤道："有个叔叔来到家门口，说阿姨你让我过去，并且把我带到了那里，说让我从那个柱子旁边绕过去就能够找到你。"

张舒枫和蒋飞听到彤彤如此说顿时彼此明白了什么，便问彤彤道："你还记得那个叔叔长啥样子吗？"

彤彤说："是个小小眼睛的叔叔，说是阿姨的同事。"

张舒枫在记忆库里搜索小眼睛的男子，但是，无论如何都想不出来接彤彤去庆典现场的究竟是谁。

这几天彤彤时而醒了时而睡着了，从来没有像今天这样和她完整地对话这么久，由于流血过多，彤彤身体还是很虚弱。

彤彤似乎又想睡觉，突然问道："阿姨，我睡着这几天奶奶没法吃饭了。"

张舒枫将彤彤的小手放在被窝道："奶奶那里我已经安排人去照顾了，彤彤好好地休息吧。"

不等张舒枫说完，彤彤又睡着了。

蒋飞说道："舒枫，这些日子你照顾彤彤很辛苦，没日没夜的，今天我来照顾彤彤，你回家去好好睡一觉。"

张舒枫确实有些疲惫，并且也该回去洗洗了，只好点头答应蒋飞了。

回到家里，张舒枫梳洗完毕，正准备睡觉时便听到了咚咚咚的敲门声。

张舒枫应声道："来了。"

房门打开后门口站着赵秋横和霞子。

张舒枫闪到一边意欲让他们进来。

霞子进门说道："赵秋横早上让我带他来找你，我想你们应该好好谈谈，夫妻之间也没有什么过不去的坎，是吧？ 这样，我就不打搅你们了，你们聊。"

说完，霞子便转身离开了。

屋子里顿时陷入了异常的沉静，两人似乎已经无话可说。

想想曾经那些不离不弃的日日夜夜和自己写下的一段段爱情故事，现实生活中的爱情却让人无话可说。爱情有很多理由让人在一起，生活有更多的理由让人分开，有时候左右为难，有时候依依不舍。那些被美好掩盖住的伤心，我们都不敢轻言，只会让人徒增悲伤不敢再奋不顾身。

多么希望两个相爱的人有一天能够真的看到自己的内心，并去追寻它。

张舒枫这些日子里脑海里一直回忆着和赵秋横在一起的点点滴滴，其实，分开时间长了，想起来的反而是赵秋横的好处。觉得似乎不怎么记恨他了。

而赵秋横和张舒枫分开的这段时间，时时刻刻都想找到张舒枫，可是，见面后突然不知该说点什么。

生活就是这么矛盾。

彼此安静了一阵子之后，赵秋横说道："那个小女孩恢复得如何？ 她的家人有没有找麻烦？"

张舒枫道："彤彤就剩一个奶奶了，奶奶知道后只是偷偷地抹眼泪，什么也没说。"

赵秋横看了张舒枫一眼说道："你瘦了，是不是最近没有好好吃饭啊？"

张舒枫没有回答他，然后说道："你请了几天假？"

赵秋横说道："五天。"

张舒枫问道："你吃饭了吗？"

赵秋横回答道："我吃过了。你呢？"

张舒枫说："我也吃过了，这几天在医院照看彤彤，没有好好休息。今天蒋飞替了我，我好好补一觉。"

赵秋横看着张舒枫疲惫的眼神，回答说："你快去休息，我去医院看看这个小姑娘。"

张舒枫回答说："也好，你去吧。彤彤住在区医院，儿科，208床。"

赵秋横从张舒枫住处出来后，没去医院而是去了张舒枫的办公地点，因为，他听霞子提到有人故意给张舒枫使了绊子，便想去看个究竟。

他来到开业典礼彤彤出事的现场，仔细地勘察了地势，并没有发现什么问题，于是他又径直走进张舒枫旅游公司的办公室，想问问工作人员当天的具体情况。

刚进办公室他便遇到了在公司打理业务的张涛。

张涛问赵秋横道："请问你找谁？"

赵秋横看了一眼张涛，心里不由得掀起了阵阵的不畅，人们都说女人有第六感官，想必男人也有。

他隐隐觉得这个帅气的男子似乎要和他争夺自己最重要的东西一样，随即便说道："我是张舒枫的丈夫。"

张涛上下打量着这个让舒枫曾经伤心欲绝的男人，看着他精致的五官和骨子里透着些许柔软的个性，说什么都不敢相信这个男人会动手打自己的妻子，更何况是一个娇小的女子。

想到此处，张涛只进出两个字："有事？"

赵秋横被这个不屑一顾的家伙弄得不知道是进去还是出去，竟无法回答张涛。"也没事，您怎么称呼？"

张涛边翻阅手头文件，边说道："张涛。"

赵秋横很是无趣便说道："舒枫不在吧，那我就不打扰了。"

赵秋横走后，张涛一直在回忆蒋飞向他诉说赵秋横和张舒枫的恋爱经过。他不由得开始羡慕这个赵秋横了，"这小子竟然能够捷足先登娶到舒枫这么好的女子。不过照目前这种情形，估计我应该还有机会，我要和这个赵秋横公平竞争，好女子一定要嫁给好男人才对。"

赵秋横从公司出来，内心失落，他不想去医院，因为，他怕蒋飞见面会责备他，他们当时在大学时蒋飞就对他说过，一定要对舒枫好，如果让他发现有对不起张舒枫的时候，蒋飞绝不轻饶他。

赵秋横孤孤单单地游荡在张掖的大街上，格外迷茫。

那天，天空将太阳压制得喘不过气来，非常低沉，周兰夫妇驾车从高台高速公路向张掖驶来，一来她要给张舒枫送那十万元的投资款，二来，她也是想女儿了，听说前几天开业庆典，不知姑娘最近公司筹办情况如何，生意如何。

下了高速后周兰给张舒枫拨了电话，可听到的是"您好，您所拨打的电话已关机"。

周兰嘟囔道："枫儿怎么关机了，这大白天的，什么情况？"

张宝松道："没事，我们先去霞子那里吧，估计枫儿手机没电了，霞子应该一直都在店里。"

周兰答道："也是啊。"夫妻两人将车开到了霞子美容院，进了美容院之后，周兰发现了一个人，不是别人正是赵秋横。

赵秋横看到周兰夫妇进来，便打招呼道："爸，妈。"

此时的周兰一脸不屑，道："你怎么来了？ 怎么还不想放过枫儿啊？"

赵秋横显得格外尴尬，说道："妈，您这是说哪里话，我这次是想看看舒枫公司有没有什么我可以帮到的地方。另外，斌成在深圳的火锅店开得也很不错的。"

周兰听到儿子在赵秋横帮助下把火锅店经营得不错，脸上瞬间有了笑容，说道："你见到枫儿了吗？"

赵秋横答道："见了，这几天她累坏了，现在在补觉呢。"

张宝松倒是没说什么，问道："枫儿在家睡觉还是在霞这里？"赵秋横回答说："在家里呢。"

就在此时，传来霞子接电话的声音，声音比较大："你不是说只欠三十万元吗？ 咋又变成四十万元了，你究竟搞的啥名堂？ 这都还掉了将近二十五万元了，怎么又冒出来十万元，你有完没完？"

周兰说道："霞子是不是又和他对象在吵吵，这孩子怎么这么命苦，这么好的孩子嫁给这么个货，让她不停还账！"

赵秋横一直不知道霞子情况，听到后非常惊讶，问道："这是什么情况？"

周兰看看赵秋横，坐到沙发上气呼呼地讲起了有关霞子老公的故事。

霞子老公邱勇原来是个小学老师，头脑也算好使，工作也不算忙碌，闲暇没事喜欢去找人打麻将。一开始，手气非常好，每次都能赢个千八百的，有了多余的钱，便给霞子买鞋子或者首饰之类的东西。

刚开始，霞子问他钱是哪来的，他告诉霞子说是单位发的奖金。霞子看到自己老公有了奖金还会想到自己，感到非常高兴，当时，霞子和邱勇两人关系甚好。

邱勇由于平时工资很低，霞子开美容院收入还行，所以他在朋友那里总是抬不起头来，觉得男人的自尊心屡屡受挫。每从麻将馆出来，他就有一种莫名的成就感，为了证明他自己也能赚到很多钱，他去麻将馆越来越频繁。

可是，这赌博就是赌博，谁能保证每次都能赢钱呢，渐渐地他开始输钱，输了钱之后便更想去把原来的本钱捞回来。岂不知，这本越捞越控制不住，最后赔得一塌糊涂。不仅连工资全部赔了进去，后来他还开始借钱去赌，从朋友那里借了钱，人家催要时，他也不敢对霞子说。

一次，霞子美容院来了一个他俩共同的朋友，张嘴便问霞子要钱。霞子莫名其妙不知所措，经过询问才知道，邱勇天天在外面赌博，欠了很多外债。为了还债，他到处借钱，甚至通过网络借贷形式去借款。

霞子知道此事后便追问邱勇究竟欠了外面多少钱。

邱勇吞吞吐吐地说道："总共三十万元，霞子为了挽救自己的丈夫便从美容院营业额中拿出所有的积蓄，替他还掉了十五万元，并告诫邱勇说，剩下的十五万元我和你分头去还，但有个条件就是，你不得再去麻将馆赌博。"

邱勇见老婆如此支持便辞去工作去西藏打工，那里工资会比当小学老师高很多。

一年过去了，两个人好不容易又还掉了十万元，眼看只有五万元了，霞子也渐渐地松了一口气，可今天怎么又开始为钱吵吵开了？

就在说话间，霞子推开会客室门走了进来，周兰问道："霞，怎么了？又和邱勇吵吵了？"

霞子气愤地说道："干妈，真的太气人了，你说这邱勇，问得好好的说只有三十万元欠款，我每天加班加点的挣钱为他还账，好不容易快还完了，今天打电话来说，还有十万元的欠款，这样下来整个欠款金额就是四十五万元了，我刚打电话过去问他，他说，这十五万元是高利贷，你说气人不气人。"

周兰也气愤地说："这个败家子，实在是太气人了，看把霞苦成啥样子了。"

赵秋横听到此处，默默在想，真的是家家有本难念的经啊。

周兰说罢，安慰霞子几句后准备去找张舒枫，她听霞子说，开业庆典时差点儿出了人命，舒枫天天在医院守护住院的孩子。她起身和张宝松、赵秋横一起去了张舒枫的住处。

可是，当他们赶到张舒枫住处时，房子里却是空的，估计张舒枫已经去了医院。

他们又来到医院去找张舒枫，顺便看看孩子。

推开病房门时，他们看到张舒枫和蒋飞正在喂彤彤吃饭，似乎让人感觉这才是真正的一家三口人。赵秋横看到这种情形心里格外不爽。

蒋飞看到周兰一行三人来到病房，便打招呼道："叔叔阿姨好。"

周兰看了蒋飞一眼道："小蒋你好，这段时间多亏你照顾舒枫，要不，这孩子遇到这么多事情如何应对得来？"

蒋飞说道："没事，都是公司的事情，我应该承担这些的。"

蒋飞边说边用愤恨的眼神瞪着随周兰他们进来的赵秋横，蒋飞走到赵秋横面前，抡起拳头朝秋横脸部砸了过去，赵秋横一个趔趄差点儿跌倒在地。

张舒枫急忙上前去拉蒋飞，说道："蒋飞，你想干啥？"

蒋飞气愤地说道："干啥？ 我打的就是这个兔崽子，赵秋横，在学校时，我给你咋说的？ 谁让你动手打人的？ 告诉过你，能好好对待舒枫就姑且将舒枫留在你身边，你既然不珍惜身边人，就早说，有的是人来照顾舒枫，合着让你动手打人吗？"

赵秋横本来就想到了蒋飞会打人，不愿意见到蒋飞。可是，岳父岳母执意要来，他没有办法便跟了过来。

赵秋横说道："我对不起舒枫，只是单位事情多，喝了酒断片了。"

蒋飞问道："一次断片，你不吸取教训，还连续几次打人。谁给你的权利动手打女人？"

赵秋横连忙说："我真的错了。"

此时病房的气氛非常尴尬，充满了浓浓的火药味。

张宝松本来看到赵秋横后就非常来气，如果再年轻十年说不定他也要动手揍他，刚看到蒋飞在打人，其实他也觉得很解气。不过作为长辈，看到这种情形应该加以阻止，便说道："小蒋，在医院里不要这样，不要吵到其他病人。"

周兰在旁边帮腔道："是啊，等一会儿你们两个出去单独聊聊。"

周兰又来到病床前，摸了摸彤彤的小手，说道："多可爱的孩子，你叫彤彤啊？"

彤彤刚刚被这一群大人吓得不轻，看到这个奶奶和张阿姨一样和蔼可亲，便回答道："奶奶好，我叫彤彤。"

有时候在有些环境中，孩子往往是大人们之间的调解剂。

蒋飞顿时也觉得刚才失态了，便站在了旁边，说道："对不起叔叔阿姨，我刚才没忍住。"

第十六章　阴　谋

一间三十平方米的大办公室里，贾东躺在那张太师椅上，双脚翘在办公桌上，口里接连吐出烟圈。

对面的王强也半个身子斜躺在沙发上抽着烟。整个屋子里烟雾缭绕，王强一手拨弄着手机，一手吸着烟，一个烟圈吐出后，对贾东说："经过东哥你的布局，张舒枫这小娘儿们的公司整天连个苍蝇都不进去。前几天张涛去了张掖几个大型公司谈团队旅游的事情，结果被人给家拒绝了，理由是，人家已经和兰州一家旅游公司签订了旅游合同。再这样下去他们那个公司保准关门。"

贾东将双脚从办公桌上移开，问道："那个小姑娘伤势如何？强子，你要随时关注别弄出人命来，要不然咱们这次可真的就玩过了。"

王强回答贾东说："没什么大碍，东哥你就放心吧。"

贾东突然对王强说道："强子，你说咱们现在是不是该反其道而行之呢？"

王强笑道："嘿嘿，东哥真的是高明，要不怎么能够俘获美女的芳心呢？"

贾东骄傲道："告诉你，这世上就没有我贾东追不到的女人，让她慢慢感觉东哥我才是最有能耐的男人。你说那么漂亮一个女人，我怎么忍心让她抛头露面在外面闯荡呢？这不得多少双眼睛盯着惦记着啊？哈哈哈哈。"

王强回答说："东哥最怜香惜玉了，只是最近便宜了张涛那小子，整天围着美人转悠，让人多眼馋啊。"

贾东道："这倒是，要不想办法把那张涛赶得远远的，让他能滚多远滚多远，少在我眼前绕来绕去，看着都让人酸溜溜的。"

王强回答说："这个事情得从长计议，容我想想办法。"

贾东走到王强跟前，拍拍王强肩头说道："兄弟，还是你最懂哥哥我了，以后哥哥我绝不会亏待你的。"

王强欣喜道："有东哥你这句话，小弟我肝脑涂地在所不辞。"

有句话叫作，龙跟着龙，凤跟着凤，叫花子跟着丐帮混。这哥俩确实是臭味相投啊。

贾东又说道："张舒枫男人是干啥的？你去查了没有？怎么她一个人来张掖办公司，不见她男人帮忙，一直是张涛和那个叫蒋什么的陪伴着？"

王强回答说："东哥，我已经打听到了，张舒枫的男人在深圳，是个国有企业的分公司老总，听说还很牛。不过，两口子好像不太对劲儿，张舒枫独自来到老家创业似的。"

贾东显得格外高兴，回答道："哦，竟有这事儿，照这么说那就更有的玩了，张舒枫迟早有一天是哥哥的，哈哈哈。"

王强阴笑道："东哥高明，但小弟没有明白，她男人在深圳，你怎么说更有的玩了呢？"

贾东笑道："哈哈哈哈，天机不可泄露，以后我让你咋做你就咋做，且不可轻举妄动。"

王强看看贾东道："好的，东哥。"

那是一个被烈日照射的下午，张舒枫从医院出来步行向她家方向走去。

就在她穿过一个巷子的时候，有一个五十多岁的中年妇女和她擦肩而过，此时，一辆摩托车直冲妇人飞驰而来。

妇人被摩托车撞倒，脑袋直接磕到了粗糙的水泥路面上，而摩托车司机早已经飞驰而去不见了踪影。

张舒枫急忙去搀扶那妇人，可是妇人已经昏迷不醒。就在此时，妇人身边伸出了另一双手，张舒枫听到这个搀扶妇人的人说："得赶紧送医院。"

张舒枫一扭头看到了一张有些熟悉的脸。不是别人，正是贾东。

张舒枫在慌乱中一时竟然想不起来在哪里见过这个人，答道："也没有车啊，得叫救护车，或者叫辆出租车吧。"

男子边搀扶妇人边说："我的车在路边，刚刚停下就看到摩托车碰人便赶了过来，将这大姐扶到我车上吧。"

男子顺势将妇人的一只手臂搭到自己肩上，张舒枫紧跟其后，把那妇人搀扶到了男子的车上。张舒枫也随着妇人上了男子的汽车，她想看护妇人。男子驾车一路朝着医院方向驶去。

路上妇人眼睛紧闭，张舒枫格外着急。

贾东边开车边说道："张总，这么巧我们又见面了。"

张舒枫路上正在思考这个男子在哪里见过的时候，听到男子如此说话，突然想了起来，答道："贾总？"

贾东应声道："真的是贵人多忘事啊，才想起来啊？"

张舒枫说道："那日应霞子之约和贾总你见过一面，感觉熟悉，竟一时没有想起来。"

贾东答道："没事，目前最重要的是将这大姐送到医院。"说完后贾东沉默不语，只管踩踏油门向医院方向驶去。

到了医院，贾东背着那个妇人进了急诊室，交代大夫做检查的同时，告诉张舒枫说："你在这里等着我去办手续。"

妇人被推进了手术室，张舒枫和贾东在手术室门口等待着。

张舒枫对贾东说道："贾总，是不是得联系一下这位大姐的家人，还不知道手术完了什么情况呢。另外那肇事之人已经跑了，我和你如何跟人家家人交代呀？"

贾东说道："等大姐清醒了问问吧。"张舒枫突然觉得哪个地方好像不对劲儿，这贾东怎么和刚开始见面的时候判若两人了呢？难道那天和霞子一起时误会了贾东？今天的贾东显然和一个暖男没有任何区别。

手术室的门被打开了，妇人被推了出来，医生向贾东说道："没什么大碍，就是脸部划伤缝了几针，脑部受到撞击，有轻微脑震荡，病人麻药过后就醒了。"

张舒枫长长地出了口气，说道："真的吓死我了，没事就好。"

妇人被推到了病房。半小时后，妇人醒了，看到病床前的一男一女道："是谁碰倒的我？"

张舒枫答道："碰你的人跑了，是这位贾老板送你到医院的。"

妇人像是没有听见张舒枫说话，指着张舒枫说道："是你推倒的我，我从你身边经过的时候，你一把将我推倒了，我头栽到了地上，便什么都不知道了，你还知道把我送到医院里啊。"

张舒枫看了贾东一眼，对妇人说道："我真没有推你，我就在旁边走着，一辆摩托车过来把你撞倒的。"

妇人不依不饶地说道："就是你推倒的我。"

此时贾东插话道："这位大姐，不要这么冤枉好人啊，我的车开在你被碰倒的地方停下的，我看到确实是一辆摩托车把你碰倒后，骑车的人逃跑了。她好心将你送到医院，一直陪伴着你到现在，你可不能胡说。"

妇人越听越来气，说道："分明就是她将我推倒的。"

贾东说道："大姐，你家人怎么联系，要不让你家人过来照顾一下你，碰人的事家里来人后我们一起说好吗？"

妇人说道："不行，我们就现在说。"

张舒枫见状突然有种被碰瓷的感觉，回答道："大姐，你想怎么办吧？"

妇人说："医院的费用你出，还要赔偿我误工费。"

贾东在一旁道："切，还有这样的人呢？ 恩将仇报，你再这样胡闹我们就不管你了，爱咋咋的。"

张舒枫一看这妇人说话这神情已经和坏人没啥两样了，便断定这个女人想讹她一把。

但在此时，除了贾东之外，再也找不到其他证明自己清白的证据呀，更何况这种事情还是尽量大事化小小事化了，便道："说吧，你要多少？ 如果给了你钱这事能不能算完事，你真不需要家人照顾吗？"

妇人见张舒枫已经妥协，便说道："连同医院的费用你总共给我两万元。"贾东惊讶道："你这不是在讹钱吗？"

妇人不屑地扭过头去说道："如果不答应那就她一直照顾我，所有费用她承担就是了。"

张舒枫见状实在没有再和这妇人闲扯的必要了，起身说："好吧，我答应你，给你两万元，给了你钱后，你不许再找我任何麻烦。"

妇人露出格外惊喜的表情："那肯定。"

张舒枫从病床旁边站起身，来到窗台边拿起自己的手机就要给霞子打电话，因为她确实一时半会儿拿不出两万块钱来，她想让霞子帮她找两万元。

等张舒枫将电话打完，贾东说道："舒枫，霞子没钱，别找她了。这样吧，我这里有钱，我给他吧。"

妇人看了看贾东说："原来你们认识啊，怪不得刚才替她说话呢。"

贾东看了妇人一眼："稍等，我去车上取钱。"

几分钟后，贾东拿着两摞钱走进了病房，并将钱交给了妇人，说："咱们算是两清了啊，你不可再生什么事端。"

妇人接过钱后说道："那是自然。"

贾东和张舒枫就此离开了病房，张舒枫边走边说："贾总，这钱我过几天还给你。"

贾东用一种贪婪的眼神看了张舒枫一眼，同时嘴角洋溢着一丝得意的笑容。注意到张舒枫也在看他的那个瞬间，他便收起了刚才所有得意的表情说："你也太小看你东哥了，这几个钱还算钱吗？"

张舒枫心里对贾东的印象，瞬间又回到了那日在茶馆见面时，说道："贾总，这钱我迟早会还你，就算我借你的。"

贾东感觉演得过头了，急忙说道："舒枫，瞧你把东哥我都说急眼了，好吧，这钱算我借你的可以吗？ 但是，电话还是要留的，难不成以后除了还钱，东哥我就不能和你联系了？"

张舒枫回答说："今天这事真的感谢贾总帮忙，你这钱我一定还你。"

她和贾东互相留了电话，伸手便去拦出租车。

贾东道："舒枫你这就见外了，我有车，你为啥还要打车啊？ 我送你吧。"

张舒枫看到贾东执意要送便再没说什么。

来到家门口，张舒枫下车便要向贾东告别。

贾东说道："都走到家门口了，你也不请我进去坐坐？"

张舒枫回答道："改日吧，谢谢贾总送我，再见。"

说完便进入小区，消失在黑漆漆的住宅区域内。贾东在张舒枫楼下面目送着她进了家门。

张舒枫感觉到有双眼睛一直在盯着她走进了家门，边开房门边想："我这样对待贾东确实有些不合适。今天贾东所做的一切让人感觉不到第一次见面的那种匪气，倒是挺暖人的。"

那楼下的贾东看着张舒枫消失在黑漆漆的小区里时，便迅速地钻进了车里，拨通王强电话说道："你小子摩托骑得速度也太快了些吧？ 差点儿弄出人命来。"

电话那头说道:"东哥,没事,我有分寸。再说了我表姐她需要钱,说好了后果自负的。"

贾东说道:"强子,你那表姐也忒能讹了,戏演得倒是不错,不过一个小伤口就要两万块,跟你一个德行。"

电话那头说:"嘿嘿,东哥,这次算是你我哥俩互惠互利了,也算帮了我老姐一次,何况张舒枫已经上钩了不是。"

贾东闻言笑道:"那倒是啊,这娘儿们的家我也认下了,咱们慢慢来,迟早有一天,她就是哥哥我的,哈哈哈哈。"

整个对话弥漫着阴霾和狰狞。

这一对臭味相投的狐朋狗友为了达到目的可谓是不择手段啊。

这世上的好人和坏人,实在是很难划出一条清楚的界限来,有的人做这件事的时候是善的,而另一个人却觉得那件事是恶的,有时候是立场问题。

所以坏人闻到了花香或许会变成好人,而好人因瞬间的私欲便成了坏人,好与坏都由各人的思想行为来定。

第十七章　第二次分离

话说阿木自那日和牡丹相逢之后,两人一夜尽诉相思之苦,阿木紧紧地抱着牡丹许久许久,似乎一松手心爱的人便会离他而去。

这久别的重逢来得确实太不容易了。他跋山涉水,日思夜想,每每相思便祈求上天给予重逢的机会。

两个相爱的人相互依偎着，静静地注视着天上的星星，阿木说道："牡丹，我们从此再也不要分开了，以后押镖我要带着你，要不一不小心便会将你丢了。"

牡丹幸福地笑道："好啊，只是随你押镖会影响你办事的。"

阿木将这个娇小的身体往怀里深深地裹了裹，深情的眼神凝视着这个美丽的姑娘。在小时候，母亲常常向他讲述仙女下凡的故事，而牡丹的美丽堪比仙女。阿木如何舍得将这种爱恋变成遥遥无期的相思呢？

两人聊完天色已晚，阿木告诉牡丹说："我已经打发阿娃回寨子了，明天天亮我护送你去周县，今晚你且好好睡上一觉。"

两人依依不舍相互告别，阿木回到了自己的房间。

当夜阿木睡得甚是踏实，因为，心里揣着那个美丽的爱人，甜蜜的梦从爱的那一刻升起。

次日清晨，阿木睡醒后看到牡丹房门紧闭，便未敢去打搅她，他想让她多睡一会儿。

可是辰时已过还未见牡丹有起床的迹象，阿木笑着自语道："这牡丹也会如此嗜睡？ 或是昨晚没睡好，早上起得晚。不过也该起床了，要不赶路会误了时辰的。"

边寻思边来到牡丹房门前用手轻轻敲击着房门，敲了好长一段时间房间里依然悄无声息。阿木瞬时开始着急了起来，莫不是牡丹在房间里真遇到了什么不测？

就在此时，店小二走了过来说道："公子是要找房间里的姑娘吗？"

阿木道："是啊。"小二笑着说道："昨晚姑娘的未婚夫抱着姑娘去了他的房间，我还和掌柜的开玩笑呢，现在这男女胆可真大，呵呵。"

阿木闻言道："未婚夫？ 你说的是不是随同姑娘一起来的那个男子？"

小二回答说："可不是吗？"

阿木听后顿时三步并作两步，急忙向走廊旁边阿娃房间走去。阿娃房间门虚掩着，阿木便推门进去，房间里空无一人。

阿木知道阿娃昨日并没有走，半夜回来劫走了牡丹。

阿木没有想明白，阿娃为何要这么做，他已经将牡丹送至一多半路为何还要劫持牡丹，这究竟居心何在？

这阿姑一家不是对牡丹挺好的吗？ 阿木边想边去后院寻找牡丹所乘马车，可是马车早已不见了踪影。

阿木便来到前厅去问店掌柜："掌柜可知那个房间的姑娘何时离开的客栈？"

掌柜瞅了一眼阿木说道："这个还真不知道？ 昨晚看见她未婚夫抱着她走进了自己的房间，便觉现在男女真的不可思议。今日公子若不去他们房间，我可真不知道人已经不见了。"

阿木又问掌柜的说："你们说他们是未婚夫妇，此话从何而来？"

掌故的边忙手中的事务边说："是那个男子自己说的，他此次是要护送自己的未婚妻回老家。"

阿木闻言思量道："原来这阿娃也一直惦记着牡丹啊，早知道这样，昨晚我就不该离开牡丹房间，哪怕一夜不睡也要看护好牡丹。"

阿木和掌柜说完便去后院牵出自己的马匹，翻身上马，顺着马车碾过的痕迹追去。

经过一段山路后，车辖辘痕迹突然消失不见，阿木感觉不对劲儿，便翻身下马，经过辨认判断出四周有打斗的迹象。

阿木感觉更加奇怪，"这里发生了什么？ 阿娃抱着牡丹到房间便离开客栈，而牡丹为什么会让阿娃抱着？ 阿娃为何要连夜离开客栈？ 这里是和谁在打斗？"一系列的疑问让阿木更加为牡丹而担心。

他在附近寻找了一段路途之后，突然发现路面有了血迹，阿木不由得着急了起来。

顺着血迹沿路过去，在一个山石旁边他发现阿娃血迹斑斑地靠在山石旁昏迷不醒。

阿木上前将手放在阿娃鼻孔处，发现尚有气息，便将阿娃唤醒。

阿娃睁开眼睛后着急道："付公子，快去救牡丹，牡丹被贼人抢走了。"

阿木听后顿时惊慌，他不知阿娃为何要连夜将牡丹抱走，缘何会遇到贼人，这中间究竟发生了什么？

阿木便问阿娃道："阿娃，这究竟是怎么回事？贼人为何要抢走牡丹呢？他们是哪一路贼人？去了哪个方向？"

阿娃便将事情的经过逐一向阿木讲述了一遍。

原来牡丹在阿姑寨子里养伤期间，寨子里突然来了几个不速之客——也就是一直喜欢阿姑的胭脂山土匪老大胡子。早年阿姑在山下救了胡子一命，等胡子伤养好后就渐渐开始喜欢阿姑，只是胡子一直在寻找自己的亲人无暇顾及两人感情之事，另外阿姑心里也一直装着另一个已经故去的人。

就这样两个中年人将这份感情深深地压在了心里，彼此牵挂近十年有余，这十年当中胡子年年都要过来看望阿姑，今年也不例外。

他每年来的时候都要携带几个随从，今年他带上了山寨二当家老虎，老虎比胡子小了几岁，一直在胡子面前吵吵说，要寻个女人给他做压寨夫人，这次正逢胡子去看阿姑，他便执意要跟随过来。

在阿娃所住山寨阿姑那里，老虎无意间遇到了养伤的牡丹，他对胡子讲道："大哥，我可是遇到仙女了，嫂子屋里那个仙女妹子我可要定了，这次大哥你可得给我做主啊。"

胡子知道老虎鲁莽，便将此事告诉了阿姑，问阿姑这姑娘是哪里人？可不可以给老虎做压寨夫人？

阿姑明确告诉胡子说，这孩子是个可怜孩子，从小就失去了父亲，和母亲相依为命，这次在回老家的路上马车突然被掀翻，自己跌落山崖母亲又不知所踪，所以，无论如何老虎都不能动这孩子。

胡子虽然身在江湖但也懂得大义。同时，他也深知老虎的心思，便告诉阿姑早做提防，不要让老虎动了歪心。

话说那老虎在阿姑寨子时多次试图要对牡丹下手，却都被胡子拦住，告诉老虎说，那姑娘是阿姑侄子阿娃的未婚妻子，万不可有其他企图。

在临离开寨子时，胡子将此说法也告诉了阿姑，阿姑便也如此这般地交代阿娃对外如何去讲，并提出尽快将牡丹送到周县老家免得生出事端来。

话说那阿娃，本来就喜欢牡丹，听姑姑如此之说格外高兴。此次护送牡丹回乡时沿路住店都如此向外人讲，牡丹是自己的未婚妻子。

　　那日在客栈阿娃见到了一表人才的习武之人阿木，同时知道阿木才是牡丹真正的意中人，心里很是不悦。

　　当阿木打发阿娃离开时，阿娃便暗暗下了决心要将牡丹从阿木身边带走。

　　他悄悄藏在牡丹房外，等阿木从牡丹屋里出来后，从窗户缝隙里看见牡丹已经上床睡下，便用迷香吹进牡丹房间。他估计牡丹已经被迷倒时，钻进牡丹房间把牡丹抱到了自己房间，收拾行李连夜离开了客栈，他想拉着牡丹返回寨子。

　　就在回去的路上刚好遇上贼心不死的老虎。

　　其实，老虎在随胡子离开阿姑山寨后，对牡丹念念不忘，带了两个兄弟偷偷地向阿娃寨子方向而来。

　　说来也巧，恰巧遇到了阿娃赶着马车往回走，老虎问道："阿娃，马车上拉的可是你未婚妻牡丹？你们这是要去哪里？"

　　阿娃听如此说，心里很是欣喜，也没有多想什么说道："正是我未婚妻。我要拉她去见一下丈母娘。"

　　老虎这等粗人哪能放过这等好机会，便道："阿娃，你哥我瞧上牡丹了，要不你就成全哥哥算了。"

　　阿娃一听如此之说，知道自己刚才讲错了话，说道："车上不是牡丹，是我妹妹阿紫。"

　　老虎发出狰狞的笑声："哈哈哈，兄弟们给哥抢。"

　　三个男子对阿娃一个人，阿娃用尽浑身解数也双拳难敌四手，他因为自己的一丝贪念令牡丹落入贼人之手，倍感悔恨。

　　他知道阿木是习武之人，能够救回牡丹，但是，老虎山寨兄弟一行几十人，这如何使得？阿木听完阿娃诉说，便陷入了深深的思考。

　　这事确实非常棘手，救牡丹还得要快，否则牡丹会有危险。但是，他和阿娃两人怎么能从山寨中救出牡丹呢？只能智取，不可鲁莽行事。

就在此时，阿娃想到了阿姑，阿娃说："要不去找姑姑帮忙，通过胡子去救牡丹。"

阿木觉得阿娃这主意不错，便将阿娃扶上马去，自己也飞身上马，朝着阿娃寨子方向驶去。

且说牡丹送走阿木后，卸去头上装饰，松开长长的头发，上床和衣而卧，准备天亮随着阿木去见母亲。从阿木口中她知道母亲已安然无恙，想到马上就能见到久别的母亲了，甚是高兴。

想到和阿木的重逢，想着这数月来的相思之苦，她原以为，再也见不到阿木了。这些日子里，她时不时地抹眼泪，既思念母亲，又思念阿木。

就在刚才，她却能够再次和阿木重逢，各种甜蜜和幸福涌上心头。

夜，格外安静，牡丹的心却咚咚乱跳，她想着想着脸颊泛起阵阵绯红。她突然一阵眩晕，昏睡过去。

再一次醒来时，她发现自己被关在了一间简陋的房间里，从房间窗户向外看去，这里四面环山，景色甚是美丽。

牡丹不知道发生了什么，为什么自己会在这个陌生的地方。她试图强闯出去，可是房门是反锁着的，就连窗户都是反锁的。

于是她开始呼唤："来人啊，为何关着我？ 这是哪里？"

就在此时，一个三十岁出头，体格健壮的男子向房间方向走来。牡丹感觉似乎在哪里见过此人，却一时想不起来。

这人走到房间门口说道："牡丹妹妹，我是阿姑的客人老虎，上次在阿姑寨子见到妹妹，甚是喜欢，昨夜正巧遇见阿娃拉你去你老家周县，便将你请了过来。妹妹可别惊慌，一会儿哥给你开门啊。"

老虎说完便打开房门跨步走进房间，并连声喊道："毛头，给牡丹姑娘把饭菜拿过来。"

此时，一个十八九岁小眉小眼的男孩子应声道："我这就去取。"

牡丹不解地问道："这是什么地方，我怎么到这里的，我咋什么都不知道？"

老虎听完哈哈大笑："我就奇了怪了，你这未婚夫咋还用迷药把你迷倒了再送你去老家啊。"

牡丹听完很是惊讶："未婚夫？ 迷药？"牡丹又问："是阿娃吗？"

她好像听阿姑说过好像有什么山寨的土匪惦记着她，故意拿阿娃打掩护的。

此时，牡丹瞬间明白了，阿木说已经打发阿娃回去了，阿娃又复转回来用迷药迷倒自己，目的是不让阿木将她带走，恰好遇见了土匪老虎将她抢了过来。

想到这里，牡丹瞬间双腿发软，一阵眩晕，顿时跌倒在地。她不知如何是好。

老虎见状，急忙上前搀扶牡丹，遭到牡丹拒绝。

牡丹自己慢慢起身对老虎说道："老虎大哥，我已经数月没见母亲了。自那日从山崖坠落，不知母亲是否安好，后来得知母亲尚在周县。这次让阿娃送我去见母亲，请大哥让我下山去看看母亲吧。"

牡丹边说边开始哭了起来。想那老虎虽在山寨飞扬跋扈，可哪里见过女子流眼泪啊？ 如此美丽的女子的哭泣，更让人心疼不已。

老虎急忙道："牡丹妹妹，你先别急，我老虎虽然是个莽汉，但是也知孝顺父母。你先好好休息，过几日我送你去见你母亲。"

牡丹听闻后渐渐地止住了眼泪，便道："有劳大哥了。"

老虎此时也不知再说什么，便吩咐毛头将饭菜放到了桌上，离开了房间顺手将房门又反锁了起来。

第十八章　第一单业务

清晨的阳光懒懒散散地铺洒在甘州这片大地上，东街十字附近的一个饭馆门前排了长长的一条队，有老人也有年轻人。

张舒枫知道这是一家臊子面馆，这家饭馆离她住的地方很近，每天去公司上班时都能看见有长长的一队人等待着去吃这家的臊子面。

今天路过，张舒枫依然看到有很长一队等待吃饭的人，她也不由地站进了这支等待的队伍里面，想尝尝这家臊子面究竟有多么好吃。

排到跟前时，她看到师傅从面盆里向碗里抓面，并且在抓了面的碗里舀上了打了淀粉的臊面汤，舀好汤后麻利地抓上卤肉、豆腐丁、香菜等。

臊子面入口时有一种和其他面食不一样的口感，面条薄而细，汤也有一种辣而淡香的味道。

张舒枫边吃边在想，张掖这个地方有很多特色小吃，为何不在张掖搞一个具有地方特色的小吃城或者小吃一条街呢？

如果将当地独具特色的小吃以一种别样的风格包装起来，让外地人一旦来到张掖便会想到这个地方，并且能够尝到张掖当地特色小吃，那么当地旅游行业也可以得以发展。

想到这里，张舒枫兴奋不已。吃完臊子面后，张舒枫拨通了张涛的电话，电话里面她将开小吃市场的想法告诉了张涛，张涛表示赞同，并说道："这得找甘州区的城市规划局，看看哪个地方能够搞起一个这样的小吃市场，不过张掖的甘州市场就有类似这样的小吃市场。但是摊点建设有些简陋，并且是露天的。要不问问相关部门，能不能把甘州市场进行改造修复。以后再通过招商引资或许能够形成一定的气候。"

张舒枫说："见面聊吧。"

所有的规划从张掖市区的甘州市场展开。经过打听得知，甘州市场使用权早已被甘州市场最大的超市所购买，他们已经向相关部门报送重新修建甘州市场小吃摊位的报告，报告正在审批中。

看来，真的有人捷足先登。市场方向的探索往往需要长远眼光并且要接地气，看来此人真的眼光独到啊。

张舒枫和张涛经过多方打听，了解到甘州市场以东的域名为"万寿商业街"，现正在修建和规划，张舒枫和张涛即刻从各种渠道找关系。

经过一番周折后，终于争取到了一片可以开发小吃市场的地方，拿下这块地方后，张舒枫随即对施工单位进行招标。

几家施工单位在张舒枫办公室里展开了激烈的投标竞争，终将建设单位确定下来。

张舒枫问张涛和蒋飞："我们的小吃街马上就要动工建设，我们东邻甘州市场，周边为万寿商业街，那么我们这个小吃城也得有个名字吧。等项目建成后可以公开发行招商引资项目，让当地餐饮行业人士前来投资。"

张涛看了看张舒枫这张美丽又坚定的脸庞后，心里想，这个女子真的很能干。这些日子里和政府相关部门的关系协调中，张涛能够看到一个带着气场且处理事务游刃有余的企业老板——所有的接洽拿捏得恰到好处。一种爱慕之情渐渐萌生。

蒋飞自从投资张舒枫公司以来，陆续回石家庄数次，公司事务多数由张涛和张舒枫两人打理。他听说新项目谈成便坐飞机来到了张掖。

蒋飞自己心里知道，石家庄生意已经成熟，每年有上千万利润流入。张掖这家公司，他完全是在帮助张舒枫创业，好多次他都不放心张舒枫作为女人在外打拼，也曾劝说张舒枫跟他去石家庄一起发展。

张舒枫也清楚地知道蒋飞对她的情感。这些年来蒋飞将她放在心里，而她自己始终只是把蒋飞当朋友看，她的心里装的是赵秋横。所以，她宁愿自己发展，尽管很缓慢，也不愿意欠蒋飞丝毫。

三个人经过一番讨论，最后确定小吃街取名为"甘州巷子"。

工程建设的所有手续办理得非常顺利，大家在忙忙碌碌中进入了紧张的施工。

这项工程由张涛负责监工。当工程进行到四分之一时，施工单位突然因工程材料短缺而停工。

张涛急忙找施工单位负责人询问原因，施工单位负责人对张涛说："张总，对不起啊，材料缺货得等一周时间才能开工，停工损失我们承担就可以了。"

张涛听完，决定去找施工单位老板理论，并打电话将此事告诉了张舒枫："舒枫，工程突然停工，说原料短缺，估计要停一周时间。我准备去找一趟施工单位老板问问原因。"

张舒枫此时正在给彤彤辅导作业。彤彤出院后，张舒枫已经和彤彤奶奶说好，由她出钱让孩子去上学，并且彤彤和奶奶的家里所需都是由张舒枫定期给买。

常年失去母爱的彤彤，就此能够幸福地感受着张妈妈给她的爱和关怀，每天她都期待着张妈妈的到来，陪她写作业、陪她说话。

张舒枫接到张涛电话后很是惊讶："工程进展得不是一直很顺利吗？ 为何会出现这样的问题？ 当时，我看到他们招标时法人代表叫李丽，但我们始终没有见过这个人，他们公司在哪里？"

张涛边翻阅资料边说："根据经营地址去找一下，或者再问问他们的负责人。"张舒枫一脸严肃。彤彤第一次看到张妈妈这么凝重的表情，问道："张妈妈，你咋了？ 是不是单位有急事啊？"

张舒枫已经意识到事情的严重性，便对彤彤说："彤彤，你自己写作业，我去趟公司。"

张舒枫急忙打车赶到公司。她见张涛正在办公桌前翻阅施工单位资料，并且满脸的愤怒，问道："怎么了？"

张涛看到张舒枫进来，停下手头的活说："这施工单位负责人怎么变了个嘴脸，当时招投标的时候看上去很有素质，怎么今天电话里头感觉吞吞吐吐的，连公司具体的地址都不愿意告诉我，真的很奇怪。"

张舒枫问张涛，资料里面有没有具体地址。

张涛说："有。"按照施工单位资料，张涛和张舒枫开车向施工方所在地址驶去。

二人经过询问找到了那个地方，但是看见那间办公室里只坐着一位二十岁出头的小姑娘。

张涛急忙询问："美女，你们是不是东乾建筑工程公司？"

小姑娘摇头说："我们这是个商务咨询公司。"

张舒枫拿出营业执照对小姑娘说："可这个公司的注册地址就在你们这

里呀。"

小姑娘看了一眼营业执照，便转身向文件柜方向走去。

张涛惊讶地看了一眼张舒枫，觉得这里面是有些问题。小姑娘从文件柜里翻出一本登记册，经过翻阅，说道："这是我们公司帮着注册的一个公司，当时，他们没有注册地址，给我们出了点钱就注册在这里了。"

张舒枫问："当时注册公司的经办人留联系方式了吗？"

小姑娘说："有，不过不能给你们，我们承诺要给人家保密的。"

张涛很严肃地告诉小姑娘说："你们把公司经营地址提供给了人家，人家和我们签订了施工合同。现在合同的履行出现了问题，我们当然要按照他们提供的地址来找你们。如果下一步牵扯法律问题，你们还说不能提供吗？"

一番话说得小姑娘几乎慌了神，她说道："好吧，我提供给你们，你们联系后可别说是从我这里问到的。"

当小姑娘把电话号码和联系人提供给张涛后，见上面写的是王强的名字，张涛顿时脸色凝重，一句话没说就从小姑娘办公室走了出来。

张舒枫不知道这个王强是谁，为啥张涛会有这么大的反应，也随着张涛走出了那间办公室。

来到车里后，张涛对张舒枫说："舒枫，你还记得东哥吗？"

张舒枫惊讶地说："贾东？王强是贾东公司的人？"

张涛并没有发动汽车，眉头紧蹙，说道："记得我和你在一品香茶府第一次见面，除了东哥、霞子、我，还有一个人一直跟在东哥后面打哈哈的。"

张舒枫脑子里突然想到了那个说话阴阳怪气的被贾东称为强子的人。

"想起来了，难道我们的工程给贾东了？"

张涛说道："东乾公司就是贾东的公司，你想想这名字。我知道他名下公司很多，为啥还有这么个公司，并且这次他应标给我们施工究竟是几个意思？据上次彤彤事件的线索看，那次就是贾东使得坏，这次他又想干啥？"

张舒枫侧转脸庞，看着这个帅气的男子，心里想，张涛心里竟然这么能够沉得住气，这事我自己怎么一点都不知道呢？

张涛看见张舒枫一脸的惊讶，便说道："我上次经过调监控，看见了强子将剪彩木桩移位，后来我又按照彤彤对领她去剪彩现场的那个人的描述，对照下来，就是王强！所有的一切都是贾东在使坏。"

张舒枫不解地问道："那贾东他为何要这么做？那你为何不告诉我呢？"

张涛用一种温柔的眼神看着张舒枫，欲言又止。

"你最近为了彤彤太忙了，没顾上告诉你。贾东就是想使坏呗。"张涛清楚地知道贾东这是故意让张舒枫去找他，便说道："你不用管了，我去找贾东说这事吧，不过，工程给他真的不是件好事情啊。"

张舒枫一脸的茫然，她真的不知道贾东为什么会这么做。根据上次路上帮她解围那件事情看，她觉得贾东人还不错，他为何要在剪彩仪式上做那种事情呢，这次施工他为何要去应标，好端端的为什么会施工材料短缺？

一系列的为什么让张舒枫越来越难以理解这些男人了，包括张涛，他似乎什么都知道，似乎还有其他事情瞒着她。

第十九章　梦里的思念

夜很安静，静得只有手指敲击键盘声，张舒枫习惯晚上在电脑旁开始写牡丹和阿木的故事。她很欣赏阿木对牡丹的执着，她也希望他们能够经过九九八十一难，最终有情人终成眷属。

无论如何，她在脑子里都会将赵秋横和阿木混到一起，因为他们两人长得真的是太像了，而她心中的赵秋横始终如阿木那样的英勇和专情。

写完阿木去找阿姑那一章后，她在跑步机上跑了半个小时的步，洗了洗便去睡觉了。

她做了一个美丽的梦，这次梦见的不是牡丹和阿木，而是她和赵秋横。她梦见他们两人在教室里讨论教授讲的课题，两个人为了一个命题争论得难分难解。

最后一个高大的男子走到他们身边说道："秋横，你就不能让让舒枫吗？ 干吗呀？ 你对了也是错了呗。"

说话之人正是蒋飞。赵秋横看了一样蒋飞说："老婆嘛还是放在家里疼的好，在做事业方面女人的智商永远不如男人。"

蒋飞哈哈大笑道："要不把你老婆让给我吧，我的家和事业都会让给她，怎么样？"

赵秋横在蒋飞胳膊上砸了一拳道："去你的，你就是堆座金山我也不让。"在一旁的张舒枫听到赵秋横那样说女子，顿时很生气，便收拾书本离开了教室。

两个男子面面相觑，蒋飞看了赵秋横一眼说："还不追，你不追我可就追了。"

赵秋横急忙去追张舒枫。赵秋横先是认错，后是做鬼脸，最后直接把张舒枫扛到了他们经常打闹的铁路旁边才把她放下。

他们依然像往常一样携手，欢快地跳跃在铁路的周边。不知为何张舒枫最近总是能够梦见赵秋横，不过梦境中却时而掺杂着阿木和牡丹两人在马背上奔跑的身影。

话说赵秋横自从在张掖见完张舒枫，看到舒枫依然对他不理不睬，心里很是不悦。回到深圳后，工作依然提不起一点兴趣来，最近业绩一直下滑，好几次都遭到领导的批评。

每天下班回到家中，他看着空荡荡的房子，一个人不禁黯然伤神。

他回忆着和张舒枫在一起的那些快乐的日子，回忆着每天回家后张舒枫给他做好的热腾腾的饭菜。为什么会变成现在这个样子呢？ 他不停地问自己。

前几天他去了张斌成的火锅店，火锅店生意还是那么的火，玲儿也在那家火锅店里就职了。

听张斌成说，他给玲儿开了很高的工资，让玲儿替他在火锅店操心，赵秋横也知道斌成喜欢玲儿，这是好事。

而玲儿对自己投来的目光却是那样的复杂。

此时，他便会想起自己那次喝醉酒醒来后在玲儿床上的尴尬局面，他发誓以后不再喝酒，即便是单位应酬他也是谎称胃不舒服，尽量少喝。

他从张斌成这里打听到张舒枫的公司已有起色，也开始重新认识了自己那位外表娇弱内心强大的妻子，爱恋之心比以前更甚，他决定改天再去看望张舒枫。他知道自己离不开她，他也知道舒枫心里还是有他的。

赵秋横的思绪凝重而又复杂，刚入夜时窗外的树叶沙沙作响，依稀能够听见马路上的车流声。他走到窗前，看着车流涌动，人影稀疏，心情格外迷茫。

突然，他听见了敲门声，咚咚咚。

赵秋横不知这么晚还有谁来找他。自从张舒枫走后，他几乎断绝了和外界所有交往，公司家里两点一线。

他匆匆走到门口，当房门打开时，却见玲儿扶着酩酊大醉的张斌成站在门口。

张斌成似乎有些清醒，嘴脸嘟囔着："姐夫晚上好！"

赵秋横急忙将张斌成从玲儿臂膀接过，搀扶到沙发上。张斌成倒在沙发上已呼呼入睡。

于是赵秋横将他的腿顺好，脱了鞋子，并且给他盖了被单，让他去睡。

忙完张斌成后，赵秋横看了一眼站在一边的玲儿竟不知所措，此时的屋子里的空气分外沉重，他和玲儿两个人都不知道在这深深的夜里该说些什么。

赵秋横急忙转身去拿水杯，道："我给你倒杯水吧，斌成怎么喝成这样了，怎么这么晚了扶他到家里来？"

玲儿顺势坐在了另一张沙发上，搓了搓手说："他在火锅店和几个哥们儿喝酒，喝完了非要闹着去找姐夫，没办法我就将他送过来了。"

赵秋横知道这个小舅子一直把他当亲哥哥，并且在这偌大的深圳他便是斌成最亲的亲人了。

赵秋横将水杯递给玲儿后，自己坐在了旁边的电脑椅上。

玲儿不停转动着水杯，赵秋横燃起了一根烟，两人良久无语。

玲儿自接过水杯后一口水都没有喝，她放下水杯还是搓着手吞吞吐吐地说道："最近有没有姐姐的消息？ 听斌成说她在那边创业很辛苦，你不去看看她？"

赵秋横深深地吸了一口烟，然后重重吐出道："过几天去看看。"

玲儿站起身来道："斌成就在你这里吧，我回去了。"

赵秋横也起身说道："好，打个车吧，我昨天是被司机送过来的，没开车，你路上小心。"说完就要转身去开门。

玲儿却没有移动脚步，她像是鼓足了勇气说道："那天你到我家后醉得一塌糊涂，迷迷糊糊地进门就呼呼大睡直到天亮。不过你在衣服上吐了很多，我替你换下来洗了又吹干放床头了。有些事你不必耿耿于怀，啥事都没发生。"

赵秋横认真地听着，一句话也没说，墙壁上的钟嘀嗒嘀嗒地响着。

不过赵秋横那颗悬着的心终于落了下来，他如释重负地看了玲儿一眼道："谢谢，谢谢你的照顾。"

玲儿将自己许久憋在心里的话讲了出来，心里顿时轻松了很多。

她虽然心里放不下赵秋横，但是，她也知道赵秋横心里始终忘不了张舒枫。况且这些日子张斌成对她的信任和爱慕，她不是没有看见也不是没有感觉到。

多少次她都想告诉赵秋横，其实那天他并没有做什么，但是，她还是抱着哪怕一丝希望，希望因此赵秋横能够将自己装在心里。

可是，良心和事实告诉她不能这样做，这样做就亏欠赵秋横太多了。

赵秋横看了看熟睡的张斌成，对玲儿说："好好去接受他吧，他是个好孩子。我也会像疼弟弟妹妹一样疼你们两个人的。"

玲儿轻轻地点了点头说道："我知道,你去找姐姐回来吧,也可以过去帮帮她,她现在正是需要你的时候。"

赵秋横答道:"嗯。"玲儿走出赵秋横家,长长的头发被风吹动得飘逸而洒脱,她像是卸下了千斤重担,脸角洋溢着微笑。

第二十章　蓄谋已久

贾东缓缓吐出一个烟圈后,办公桌前的电话突然响起,一看竟是张舒枫的号码。

他不由得坐直了身体,小心翼翼地接起了电话,"喂,舒枫,好久不见。"

张舒枫这头说道:"贾总,好久不见,近日生意可好?"

贾东听得出张舒枫似乎要说什么,他知道前几日工程部部长老李去张舒枫甘州巷子工程应标,并以成本价略高的方案拿下了这个工程项目。目的就是能够和张舒枫走得更近一些,昨天他特意交代老李将工程停下来,看她张舒枫会不会来找他。

果然,今天接到了张舒枫的电话。在张涛的帮助下,她不难知道那个工程公司就是他的。

看见鱼儿上钩后,贾东得意地笑了笑,说道:"还不错,舒枫你怎么样? 这么久了也不知道联系东哥啊!"

张舒枫在电话里面丝毫听不出贾东故意使坏的意思来,于是说道:"贾总今天下午可有时间，我请客大家一起坐坐，答谢你上次解围之事。"

贾东当然求之不得，道："好啊，我一定去。"

张舒枫说："我定好地方后将地址发给你，下午六点见。"

挂断电话后，贾东又深深吸了一口烟，嘴角露出了得意的笑容。在这段时间里，他谋划了各种和张舒枫见面后引她上钩的办法。今天见面后需得见机行事。他知道这次是张舒枫有事要求他了，所以主动权在自己手上。

在酸辣嫂大酒店，张舒枫订下了一间能够容纳八人的包间，她准备将张涛、蒋飞都叫上，并将包厢号发给了贾东。

贾东接到张舒枫发来的包厢号后突然改变了主意，他想到张舒枫订这么大的包厢肯定会叫很多人去，便有了另外的想法。

张舒枫三人在下午五点五十准时来到了酸辣嫂。

张舒枫带上了上次贾东替她给那妇人的两万块钱，并且准备和贾东谈谈，让他的工程队尽快开工，不要耽误工期。

时间一分一秒地过去。

张舒枫看看手表已经六点二十了却不见贾东人影，服务员小姐不停地过来询问要不要上菜，张舒枫告诉她说，先等等。

六点四十分了，还是不见贾东人影，张舒枫便拿起手机拨通贾东电话。

电话那头发出嘟嘟嘟的声音，似乎在占线，过了十分钟后，张舒枫再一次去拨贾东电话，电话里面还是嘟嘟嘟的声音。

张舒枫不解地看了一眼张涛，说道："看样子贾东今天是不来了，这电话一直占线是几个意思？"

张涛说道："这坏家伙估计又在捣什么鬼。"

张舒枫似乎有点不相信贾东会是这样的人，因为上次解围之事，她觉得贾东人还是很不错的，于是说道："估计遇到了什么着急的事情了，不管了，我们三个人吃吧，也难得我们三人聚聚。"

就在张舒枫他们三人酒足饭饱之后准备离开酸辣嫂时，贾东和王强两人匆匆赶到，一进包厢门便说道："真的不好意思，在山丹的一个工程项目出了点意外，我去了一趟山丹，然后风风火火从山丹赶来，舒枫你不要见怪啊。"

张舒枫表示很是理解，便说道："没关系。"并吩咐服务员赶紧将菜单拿过来要重新点菜，贾东告诉张舒枫说道："我们在工地上已经吃过了，这样，舒枫你如果方便的话我们换个地方聊聊，你看如何。"

说完后看了一眼张舒枫旁边的蒋飞和张涛说道："如果张总你们有事的话就先忙你们的去，我和舒枫单独聊聊如何？"

张涛一听便知道他想干什么，却又不知如何回答。他不知道张舒枫将如何应对，他看了一眼张舒枫。

张舒枫心里想，这个贾东竟如此犀利，这样做真的让人确实无法回答了，便说道："好吧，蒋飞你们要不就先回公司吧。"

贾东也打发王强走了，他和张舒枫来到附近一家茶府，选了一个安静的包间坐了下来。

张舒枫此时显得格外尴尬，她除了和赵秋横之外，还没有和任何男人这样单独在一个包厢里相对而坐。她脑子里不由得想起了赵秋横，她依然放不下他，不知道这段时间他一个人是怎么过的，想到此，心里不由得一阵疼痛。

贾东点完茶水后，对张舒枫说："舒枫，你再吃点啥？"

张舒枫根本没有听见他的话，脑子里依然浮现着赵秋横的身影。这些日子不知为何，她想到的总是赵秋横的各种好处，至于打了她的一些情形却渐渐地淡忘了，也许是因为自己写的小说里阿木纯美的形象掩盖了赵秋横的缺点吧。

贾东见张舒枫没有听见自己说话，便轻轻地敲了一下桌子。

张舒枫遭到了小小的惊吓，道："对不起贾总，在想事情。"

贾东很绅士地说道："没关系。你要不要再吃些甜点之类的东西？"

张舒枫笑笑说："不用，我已经吃得很饱了。"

贾东拿出一支烟问了一下张舒枫说："能不能抽烟？"

张舒枫微微点点头说道："您随便。"

贾东继而又把烟放到烟盒里，说道："还是算了，免得你吸二手烟。那个甘州巷子的工程是你公司的？ 我怎么一点儿都不知道？ 早知道这样我会加派人手，将这个工程做得漂漂亮亮的。"

张舒枫惊奇道："贾总真的不知道这个工程是我们的吗？ 我公司名称你应该知道啊。"

贾东用长勺舀了一颗杯子里的红枣边咀嚼边说道："工程上的合同都是王强在负责签约，我基本不去过问。他告诉我经过应标他拿下了一家餐饮街的工程项目。并且说，这项工程招投标竞争太激烈，最后损失了一点点利润，如果管理不好可以说根本就不挣钱。我还说了他一顿，这样的话你还竞争个啥名堂，买卖不挣钱还不如在家闲待着。不过他已经把合同签了，我也不可能再去追究了，毕竟是兄弟嘛，要给人家一定的权力让他放开干，你说是不是？ 这几天我才知道这工程是舒枫你的，那就更不能计较了。"

贾东此番话说得既合情又合理，还把低价应标这个人情全盘托了出来，让张舒枫心里更加觉得他是一个大度而仗义的男人了。

张舒枫涉世还是不够深，居然对贾东的说辞感动不已，说道："原来是这样啊，真的很感谢贾总的帮衬。公司初建，有你这么照应也是我们的荣幸。"

说完后，张舒枫拿过包，取出早已装好的两万块钱说道："这是上次你解围帮我给那个大姐的两万块钱，一直说给你送过去的，因为忙碌也没顾上，今天还请贾总务必收下。"

贾东显得有些生气，说道："舒枫，你这就太见外了吧，那次是我和你两个人遇到的事情，并且本来你就很冤，这钱为啥要让你出呢？"

张舒枫有些着急："但这钱也不该让你来出啊！"贾东也开始着急了，"舒枫，你要这么见外，以后还能不能交往了？ 再提此事，我可就真的生气了。"

说完便拿起钱塞到张舒枫包里，推到一边去。在推包的过程中贾东的手无意中碰到张舒枫的手上。张舒枫显得格外不自在，慌忙把手抽了回去，贾东见状急忙说道："对不起。"

两人相视而笑，坐定后，张舒枫将话题引入正题："还请贾总尽快通知工程部开工，这工程耽误不得，因为我们和政府部门有承诺开业时间的。"

贾东连连点头，说道："舒枫你就放心吧，我这就安排。"

说完便拿起手机拨通了王强电话："强子，甘州巷子那工程停工了，究竟是怎么回事？"

电话那头不知说了些什么，只听贾东只是在"嗯"，然后说道："行，我知道了，明天我亲自去一趟兰州问问何总那边究竟什么情况。"

贾东挂断电话对张舒枫说道："舒枫，是这样的，有个型号的螺纹钢断货，是兰州一家供应商在供货。我今晚去一趟兰州看看究竟是咋回事，实在不行我就在兰州另外寻找一家供应商吧。不过这一两天开工还是有些问题，货最快也得三天时间才能到。"

贾东这戏演得真的是太逼真了，让张舒枫很是感动，她觉得贾东此人整体还是不错的。

在贾东偌大的办公室里，传来的依然是贾东诡异的笑声，他吐着浓浓的烟圈，双脚同时翘在办公桌上面，看着王强道："强子，东哥这招如何？这叫欲擒故纵，哈哈哈哈。"

王强那被烟熏黄了的手指中间依然夹着一支香烟，耷拉着那双小眼睛说道："东哥真的很高啊。那下一步这工程究竟啥时候开工啊？"

贾东深深吸了一口烟又重重吐出后说道："不急，张舒枫这娘儿们真的太有味道了，老子要和她慢慢地玩玩，等得手了，你说这工开还是不开呢？哈哈哈哈。"

整间办公室弥漫着浓浓的烟味。

在办公室里成列的物品都被这种气味熏得开始窒息，花草也渐渐耷拉下了枝叶。

王强说道："东哥，那你今晚真的要去兰州吗？"

贾东说道："去当然要去了，上次去兰州在歌厅认识的那个叫红红的妞，一直叫着让我过去看她呢，嘿嘿，爷去了先好好地耍两天再说。"

王强即刻伸出大拇指赞道："东哥，真的是活神仙啊。"

第二十一章　绝处逢生

　　张舒枫伏在电脑旁边构思着牡丹接下来的命运，她多么希望牡丹和阿木能够有情人终成眷属，随着手指在键盘上击打的声音，画面瞬间回到了牡丹所在的房间。

　　牡丹在老虎山寨也待了些时日，老虎每天来看看牡丹，嘴里不停地嘟嘟囔囔道："牡丹姑娘，虎哥我是真心喜欢你。你就随了我做我压寨夫人吧，我会好吃好喝供着你，让你天天享福。"

　　而牡丹越是听到老虎这么说越是不吃不喝，并且对老虎不理不睬。老虎无奈，只好每天灰溜溜地离开。

　　这日胡子闲暇没事，转悠到了老虎房间，看到老虎板着个脸，坐在那里生闷气，便问："二弟这是咋了？谁惹你生气了？听弟兄们说，你从山下面劫了个漂亮女子，怎么还没搞定吗？搞定了哥给你置办酒席啊。"

　　老虎听到胡子这么说，知道胡子还不知道自己劫的就是阿姑那里的牡丹，便说道："人家不肯，气死人了。如果不是看着那么漂亮的脸蛋不忍下手，我早办了。"

　　胡子哈哈大笑道："看来二弟真的是喜欢上这个女子了，要不哥替你劝劝去？"老虎听见大哥如此之说想了想，大哥没有见过牡丹，他不知道这个女子就是牡丹，要不让大哥去劝劝也行啊，便说道："那就有劳大哥了，大哥你多替我说说好话。"

　　胡子用手指指着老虎说道："你呀，这事如果弄成也算是了却了哥一桩心事，我一直说给你娶个女人的。"

说完后，胡子便向牡丹房间走来。他让毛头打开牡丹房门后走了进去，看到这个女子坐在床边抹着眼泪。

牡丹看见有人走来还以为是老虎，便准备向他理论，当她抬起头来，看见的却是一位四十多岁的男子站在了自己的房间。这个人面容和善，看上去温文尔雅，反倒不像山寨的土匪。

当胡子清楚地看到牡丹那张脸庞的同时，顿时惊讶："巧珍，是你吗？"

牡丹听见这个男子在喊娘亲的名字，更加惊讶，这个男子怎么知道我娘亲的名字？

"你怎么知道我娘的名字？ 你是谁？"胡子一听这女子说米巧珍是她娘，便道："你是牡丹？"

牡丹更是惊讶："我是牡丹，你是谁？ 你怎么知道我娘的名字？"

胡子眼眶里顿时装满了泪水，便说道："孩子，你还活着啊，你娘在不在人世？"

牡丹一头雾水，便轻轻地点了点头。

胡子流着泪对牡丹说："孩子，我是你叔叔啊，你还记得吗？"

自牡丹记事以来知道自己父亲弟兄两人，有一个叔叔，从来都是来无影去无踪的，从不着家，她也没见过几次，所以没有什么很深的印象。

这周县原来有一家最大的商行。商行财主胡员外，便是胡子的父亲，胡员外生了两个儿子，大儿子胡仁富，二儿子就是胡子名叫胡仁武。

老大因为从小随父亲学做生意，人老实且又能干。二儿子胡仁武，从小喜欢舞刀弄枪，每次父亲喊他去交代生意上的事情时，便将大哥推到前面，自己悄悄溜出去游山玩水。

胡员外临终时将两个儿子叫到跟前，把家业交给了大儿子打理，并且告诉胡仁武，让他好好协助大哥经营好家业，保护好家人。

一日胡仁武从山上打猎回来，突然看到几个土匪在调戏一位女子，胡仁武不容分说上前便拳打脚踢，将土匪打得纷纷四散逃窜。

所救女子正是牡丹母亲米巧珍。

米巧珍因为胡老二救了自己便对他产生了好感，回家后便让父亲托人找到胡家说亲。当时，胡家已经是胡仁富当家了。

胡仁富找来弟弟商量这门亲事，胡老二一听是他救了的那个姑娘，觉得这个姑娘人不但长得标致并且知书达理，便对大哥道："大哥，我一天游手好闲，四处游荡，这么好的姑娘我肯定给不了人家什么安定，并且，大哥你还没有成家呢，当小弟的我怎么能够先于大哥娶妻呢？何况我现在心思就不在这家里，指不定要去哪里闲游，所以，哥哥你就娶了米家小姐吧。"

胡老大一听正色道："二弟此话不妥，人家米小姐是冲你这救命恩人来提亲的，爹爹让你接生意你推给我，怎么媳妇也要推给我啊？"

胡仁武双手搂着哥哥肩膀说："哥，这姑娘真不错，你就娶了她吧，如果你不娶，我就去拒绝人家了，这样的话，一则让人家米小姐没有面子，二则这姑娘真的很好，哥哥要不就抽空去见见？"

自从爹爹去世后，胡仁富是格外宠护这个弟弟，看到弟弟说得很有道理，用手撸了一把老二的头："你个小兔崽子，你让我如何向人家说呢？"

胡仁武见哥哥欣然应允，高兴得手舞足蹈："哥哥且把此事答应下来，改天你登门去看看那姑娘，向她说明此事，一切便会顺理成章了，嘿嘿嘿。"

胡仁富按照弟弟所说去做了，几日后他拿着聘礼到了米巧珍家里。

米家虽然不像胡家那样富有，但也还丰衣足食，与胡家算得上是门当户对了。

胡仁富见过米家二老后，胡老爷子便唤米巧珍出来和胡仁富见面。当巧珍走到厅堂后，胡仁富被这个美丽而端庄的女子所吸引，这米巧珍长得身材娇小并且秀丽清纯。

胡仁富便当着胡家二老的面表明态度说："那日救米小姐的是我二弟，因为弟弟顽劣，不日要去外地游历，且无成家之意，我是胡家老大，尚未成家，看见米小姐着实喜欢。如果小姐愿意的话，我回去寻个黄道吉日，由我来迎娶小姐如何？"

米巧珍听完后上下打量了一番胡仁富，发现这个男子比起胡仁武显得更加成熟稳重，并且言谈举止落落大方。

前几日胡仁武救了她性命后，她一直想报答胡家二公子便托父亲去谈婚事，对胡老二并没有很多的了解。

那日父亲回来后说，胡家人一口答应了此事。今日来到厅堂却看见厅堂之上坐着的并非胡仁武，而是另一个年轻人，正觉奇怪之际，胡仁富一番话，让米巧珍差点恼怒。

这胡二公子竟将我推给他哥哥，委实过分。一是因为自己主动在先拉不下面子，二是胡仁富确实让人感觉比胡仁武可靠很多，她便没有说什么，转身回到了自己闺房。

看到姑娘这个举动，米家妈妈起身跟到了巧珍闺房，问道："珍珍，这婚事你是答应还是不答应啊？"

米巧珍脸色稍稍有些难看，但还是回复了母亲的问话："是我们提及此事在先，如今真的很难回绝人家。"

米妈妈拉起巧珍的手说道："我看这胡家大公子一表人才，听说胡家产业现在都经他一人打理，甚是能干，答应他应该也是不错的选择，你说呢珍珍？"

米巧珍难为情地看看母亲："一切听母亲安排。"

米妈妈得到女儿应允，来到厅堂将此事告诉了胡仁富。

胡仁富也甚是高兴，便说："我回去选择黄道吉日前来迎娶小姐。"

就这样，米巧珍成了胡仁武的嫂子。

胡仁富成家后夫妻二人恩恩爱爱，一年后便生下了牡丹。

就在牡丹六岁那年，胡仁武在外云游好久不曾回家，而胡家生意遭小人算计一落千丈，负债累累。

最后经那些坏人一再逼迫，胡仁富携着妻女想投奔周县舅舅家。胡仁富一行人马走了半月，那些贼人追赶半月，后来胡仁富为了保护妻女被贼人杀害。

米巧珍在家丁的保护下逃到了附近的山里隐居，一住就是十年。

那日胡仁武游历回来，刚走进府邸，便放声喊："哥哥，嫂子，我回来了。"

就在此时，一个从来没有见过的家丁走来说："你谁啊？ 在这里乱嚷嚷啥呢？"

胡仁武一听便气不打一处来："你，新来的吗？ 我是你家二公子，我的家由不得我啊？"

说话间，一个贼眉鼠眼肥头大耳的男子从胡仁武住的房间走了出来："胡二公子啊，现在这个宅子姓丁了，你哥哥他们早都搬走了。"

胡仁武是丈二和尚摸不着头脑，一把揪住那个男子问："你胡说啥呢，这是我家，你给我滚出去。"

就在此时，院子里所有的家丁都围了上来，隔壁张大爷从外面走了进来说道："老二，这宅子现在真的是丁家的了，你哥哥半月前已经去周县寻你舅舅去了。"

闻言后，胡仁武方才放开手，随同张大爷走出了宅子，跟到张大爷家的还有张大爷的孙子毛头。

经过爷孙二人的讲述，他方才知道，他家生意都让丁彪给设套霸占了，他还听说，哥嫂以及侄女牡丹也被丁彪派人杀害了。

听完诉说后，胡仁武直气得咬牙切齿，之后，他便召集一起玩耍的兄弟老虎还有几个弟兄，抄起家伙赶到丁家杀死了丁彪以及他的家人。

为了躲避官府追拿，他们找到那个他们经常聚集在一起游玩的胭脂山，落草为寇了。

他落草后，从来不打家劫舍，反而行侠仗义，自己做些小生意，让弟兄们种些地，日子过得倒也自在。即便是抢劫，也是抢那些贪官污吏的官银。

有一天他无意中打听到，他嫂子米巧珍和侄女牡丹还活着，他顿时非常兴奋，便四处寻找母女二人下落。

在几年前他和几个抢劫民财的贼匪搏斗，由于他单枪匹马，贼人众多，他竟被打得半死，刚好被路过山上采药的阿姑所救。

经过阿姑精心照料，他伤势恢复很快。在养伤的这段日子里，胡子从阿姑身上感觉到了温暖，漂泊的心渐渐感觉有了归属感，为此他舍不得离开阿姑寨子并多待了一段时间。

由于牵挂着山上几十号兄弟，他便向阿姑辞行回到了山上，自此他每年都会来阿姑这里住上一些时日。

他喜欢阿姑，他知道阿姑也对他有好感。一则是因为自己心里一直惦记着寻找牡丹母女的事情，他在四处游历寻找牡丹母女；二则，他知道阿姑心里始终惦记着那个早已死了的男子，所以并没有向阿姑提及情感方面的事情。

等胡仁武向牡丹讲完自己经历之后，便问牡丹："丹丹，你母亲现在何处？你们这些年是怎么过来的，这一别就是十年。"

牡丹边听叔叔讲述边不停地抹着眼泪，就这样爷儿俩边聊边哭，早已成了泪人。

牡丹便一五一十地讲述了自己和母亲这些年的经历。她与母亲逃命到蠡县山，在山里人的帮助下母女俩建了一间草房。母亲平日里做些针线活，采点草药去卖，两人相依为命十年，后来听李大爷父子要来周县做生意，她与母亲乘坐李大爷的马车返回周县。据母亲说，周县还有叔叔、舅舅等亲人在，便想找到失散多年的亲人。

可是，走到半道马车翻了，她和母亲同时落下山崖，她在昏迷中被阿姑所救，母亲被李大爷父子从半山腰拉了上来，现在母亲在周县李大爷家里。

胡仁武听后，说道："苦了你们母女了，都怪我，当时要不是贪玩也不至于让你们一家三人走到逃难这一步，以至于大哥丢了性命。"

讲到哥哥，胡仁武更加控制不住自己的情绪。自父亲不在后他视兄如父，两人感情甚好，而哥哥却早早地离他而去。每每想起，他都会泪流不止，悲痛不已。

牡丹见状上前将叔叔的眼泪擦了后说道："叔叔不必太过悲伤，你已经杀了那丁家全家，也给父亲报了仇，叔叔你已经做得很好了。"

胡仁武看见牡丹如此懂事，渐渐收起了眼泪："我去了周县，看到家里那个宅子还是空着的，因为宅子里死了很多人，十年了竟无人敢住。这次回去，我派人去收拾一下，你和你母亲就搬回胡家府邸吧。"

牡丹见叔叔如此用心便不说什么了，因为，她知道这些事情需征得母亲同意。

正在爷儿俩说话间，听到了老虎在门口的说话声："大哥，你和我媳妇聊了这么久，聊得咋样啊？"

老虎是个粗人，人没到声音先传了过来，说话间老虎已经走进了房门。他瞪着虎眼生怕胡子会把牡丹给抢了去，随口道："大哥，这丫头是我的，你可不能看着漂亮跟弟弟我抢啊。"

胡仁武听见老虎如此说，厉声道："二弟你不许胡说，你知道这姑娘是谁吗？"老虎将眼睛瞪得更大了，显然他是被惊到了。

胡子接着说："她就是我寻找了十年的侄女，这是我大哥唯一的血脉，也是我胡家唯一的血脉，我不许你再对他动什么歪心思。"

老虎更加惊讶，嘴里嘟囔着："没这么巧吧？"胡仁武转身对牡丹说："丹丹，赶紧叫二叔，这是我的兄弟，就是你二叔了。"

牡丹倒是很乖巧，立马行礼道："二叔，牡丹这里有礼了。"

老虎见如此境况，竟不知所措，扭头甩门离开了房间。

胡子笑了笑道，"不管他，他就这样。"便向门口喊了一声："毛头。"只见那个小眉小眼的小伙子走了进来："叔，咋了？"

胡仁武兴奋地对毛头说："这就是我寻找十年的大哥的女儿牡丹。"毛头重新看了牡丹一眼道："真的是丹丹妹妹啊，这好多天了我怎么一点都没有认出来呢？ 丹丹，我是你家隔壁张家的毛头啊，小时候我们一起玩过的。"

牡丹依稀记得老家隔壁有个小眉小眼的哥哥，经常到府里找她去玩，便说道："记得，记得毛头哥。"

胡子安排毛头去准备饭菜，他要把小姐隆重地介绍给弟兄们，这些年来，为了寻找牡丹母女，山上的弟兄们没少跑腿。

说完后便领着牡丹到山上各处参观，以便让这孩子更加了解他这几年经营的产业。

就在胡仁武和山上兄弟们喝酒吃肉的时候，有守门的兄弟来报，说阿姑带着阿娃和一个年轻的小伙子来到了山下。

胡仁武闻言，甚是高兴，"赶紧让进来啊。"话音刚落便起身前去相迎。

胡子看见阿姑便说："真的是贵客啊，这数年来，我一直邀请你来山上做客，你就是不来，今日是哪股风将你刮来了呢？"

阿姑见状微微露出笑容道："听说你的兄弟老虎抢了姑娘做压寨夫人，我今天是特意前来要人的。"

胡仁武哈哈大笑道："快快里面请，一切都是误会，你进到厅堂后我慢慢给你讲其中情况。"

阿姑、阿娃、阿木一行三人随同胡子进到山寨聚义大厅，阿木眼尖，一眼看到牡丹端坐在厅堂最中间的桌前用餐。

胡子安排阿姑三人同自己以及牡丹坐在了一起，将手放在牡丹肩上郑重地向阿姑介绍道："英子，我介绍一下，这位姑娘就是我一直寻找的大哥的孩子牡丹。"

阿木闻言顿觉惊讶，这究竟是怎么回事？怎么这个土匪头子竟是牡丹的叔叔？

牡丹看到阿木进来也是格外惊喜，她知道阿木会来救她。此时，她看到阿木一脸的迷茫，便向阿木轻轻点头。

阿木知道这是真的了，很为牡丹高兴。胡子介绍完后，最惊讶的还是阿姑，因为，这些年来她知道胡子为了这个侄女几乎是寻遍千山万水，一直没有放弃。

胡子看看众人的表情，举起酒杯："这次还得感谢二弟将牡丹带到我的身边相认，虽然过程中有点儿小误会，但是老天冥冥中眷顾我胡子和亲人重逢。谢谢二弟，谢谢各位这些年来为了寻找这孩子付出的一切，我先干为敬了。"

说话间最不开心便是老虎了，他依然将眼睛瞪得圆鼓鼓的。将手中酒杯里的酒哐当一下全部倒入口中。

老虎当着众人的面说道："大哥，牡丹虽是你侄女，但，我喜欢。大哥一直说要给我娶个女人，这次我就要牡丹，大哥看着办。"

这时阿姑开始说话了："老虎兄弟，牡丹是胡子唯一的亲人，你得让这孩子嫁个好人家吧，在你这山寨里也给不了孩子什么幸福啊。"

老虎更加不服气，腾地从椅子上站了起来："凭啥我就给不了她幸福，我会用我的生命去疼她、护她。"

阿娃在椅子上气呼呼地直想跳起来。阿姑见状用手摁住了身边的阿娃："老虎兄弟，婚姻这事得听牡丹自己的，看牡丹愿不愿意，但我知道牡丹已有心上人了。"

牡丹闻言顿时脸颊羞得绯红，悄悄低下了头。

胡子听阿姑如此一说，转脸看了一眼身边的牡丹问道："丹丹，你阿姑说的是不是真的，你真的已经有了心上人？ 我得见见这个人，看能不能配得上我家丹儿。"

牡丹的脸更加红了起来，她悄悄抬起头，眼睛向阿木投了过去。

阿姑起身走到阿木身边说道："阿木，既然你和牡丹情投意和，并且两人也私订了终身，何不前去见过牡丹的叔叔。"

其实，胡子自打三人一进门目光就没有离开过阿木，这个年轻人气度不凡，并且一表人才，他甚是喜欢。

听阿姑这么一说，他回头看了看牡丹，看见牡丹早已和阿木四目相对，彼此的眼神中蕴藏着缠绵的爱意。

胡子顿时明白了。阿木向阿姑点头称是，起身来到胡子身边，举手行礼道："叔叔在上，小侄付木这厢有礼了。"

胡子上下打量了一番阿木，道："好标致的小伙子，你怎么认识丹丹的，给叔叔讲讲。"

阿木回到自己座位后，便把如何认识牡丹，后来如何一路寻找牡丹的经过讲给了胡子。胡子听得甚是感动，频频点头道："好好好，既然两情相悦，我们也当成全孩子们。不过，过几日我带着牡丹去周县见嫂嫂，这事需得嫂嫂同意。"继而又问阿木："你家在哪里，你家是做什么的？ 父亲是谁？"

阿木逐一回答后向牡丹投去了爱慕的目光。

老虎将此番情景看在眼里，腾地站了起来走到阿木身边："你有啥本事要娶牡丹？ 牡丹是我的！ 要想从我手里抢走牡丹，你必须过了我这一关，和我比试一下，赢了，我无话可说，输了的话，对不起，牡丹归我。"

胡子听见如此之说，心想，我这个兄弟跟随我十几年了从来都是很听话的，这次竟然不听我的执意要让牡丹做他媳妇。他清楚地知道老虎是真的喜欢牡丹了，同时他也想看看阿木究竟有什么本事，如果武艺平平，日后如何能够呵护牡丹周全，便道："好，就依二弟，你和付公子比试一番。不过，点到为止，不许伤人。"

说好了二人的比武定到次日辰时，当日大家喝酒吃肉相安无事，阿木三人也被留在了山寨住下。

晚间阿木敲开了牡丹的房门，两人在危难之后又一次重逢。阿木上前紧紧抱住牡丹，并在牡丹耳边嘟囔道："担心死我了，这几日我马不停蹄，生怕你遭到什么不测，还好遇到了叔叔。"

牡丹眼睛里浸着喜悦和幸福："我也很害怕，那老虎天天来房间纠缠，叔叔必是不知此事吧，吓得我天天无法入睡。"

拥抱过后，阿木拉着牡丹的手说道："你怎么从来都没有告诉过我，你还有个叔叔啊，你叔叔他怎么就成土匪了呢？"

牡丹见阿木一脸的好奇，说："我小时候，叔叔一向来无影去无踪，很少着家，我记忆不是太深刻了。"

说罢便将胡仁武杀丁彪全家后落草为寇的事向阿木讲了一遍，阿木听后连连点头，直夸胡仁武做得漂亮。

就在阿木两人倾诉相思之苦时，胡仁武去了阿姑房间，当他进来后，阿姑早已端坐在椅子上等他了，她知道他要过来。

胡子在阿姑旁边坐了下来："英子，今天你能够来到山寨，我真的很高兴。这些年来，我一直在想，什么时候能够和你在山寨一聚呢。今日如做梦一般。"

阿姑给胡子倒了一杯水递到他跟前说："这有啥奇怪的，缘起缘灭必有定数。"胡子笑了笑道："知道英子你对五行颇有研究，但是，你我这近十年的情义也该有个定数了吧？"

阿姑白了胡子一眼："啥时候都没个正形。"

胡子深情地看着阿姑，将自己的手放在阿姑手上说："英子，这些年来我为了丹丹她们娘儿俩的下落，而不曾向你开口说咱俩的事情。现如今孩子也找到了，我这桩心愿也算是了了，所以是时候谈谈我和你的事情了。"

"你知道我心里放不下你，我也知道你心里有我。这样彼此两两相望了近十年，这样的日子也该结束了。英子，嫁给我，改天我去你们寨子将你迎娶过来，我们朝夕相伴，让我彻底地感受一下有人疼爱的日子，可以吗？"

屋子里弥漫着浓浓爱意，整个房间像是被玫瑰花粉灌满，抑或是房间浸泡在蜜罐里，让屋子里的两个人显得格外甜蜜。

这期待了许久的告白，来得竟那么不容易，阿姑期待这一天已经很久了。

她以为这种期待会伴随着胡子那未了的心愿渐渐老去，她以为这种从来不曾表达的爱仅是一种简单的牵挂和惦记，而今天胡子说了，说得那样直白。

阿姑此时的心竟然像少女的心一样怦怦乱跳。

她尚未丢失清纯的脸颊竟然绯红了起来。

此时，阿姑从胡子手中抽出自己的手，慌忙起身道："我不能答应你。"胡子听到阿姑如此之说后瞬间惊讶了："这是为何？"

阿姑看了一眼满脸惊愕的胡子说道："你爹爹把保护家园的事交给了你，而你哥死了，现在丢下孤儿寡母，你当去照顾她们。"

房门突然被推开了，牡丹和阿木走了进来。原来阿木在牡丹房间说到明天比武之后要一起去周县，牡丹对阿木说了叔叔要把胡家老宅弄过来让她们娘儿俩住的事。

阿木对牡丹说："我在回阿姑寨子的路上，听阿娃对我讲，叔叔和阿姑两人相爱数年，缘于叔叔一直在寻找你们母女没有向阿姑提及此事，而阿姑也一直在等待着叔叔。如今你们母女已被找见，是不是也该成全这一对有情人了？ 要不我和你过去向阿姑说说去？"

牡丹觉得很有道理，便同阿木来到了阿姑房间，到房间门口时听见有人在里面。两人刚要离开，便听见了胡子向阿姑的表白，两人顿时兴奋不已，可是又听见阿姑直接拒绝了叔叔，并且原因是她们娘儿俩。

于是牡丹和阿木直接推门走了进来。

牡丹望了一眼着急得要哭的叔叔，又看了一眼脸颊绯红还没退却的阿姑说道："阿姑，你曾经救了叔叔的性命，后来又救了我的性命，你对我们胡家来说是大恩人。你们两位长辈已经为了我和母亲丢失了那么多可以在一起的时间，我希望你们能够在一起，想必母亲知道此事也是很赞同的。"

阿木紧接着说："既然叔叔的长嫂尚在，这次回去该让伯母给你们主持将阿姑迎娶进门了。"

阿姑看看两个年轻人半晌没有说出一句话来。

胡子又一次拉起阿姑的手说道："照顾她们娘俩和我娶你是两码事，我娶到你也可以照顾好她们娘儿俩的。这个你大可放心。"

阿木上前向阿姑和胡子行礼："叔叔和阿姑如果放心的话，照顾牡丹和伯母的事情就交给小侄好了，我会照顾好她们的。你们两位都是阿木的长辈，经历了那么多，不可再错过了，寻找和错过自己所爱的人确实是人生最痛苦的事情。"

阿木说完，将目光深情地投向了牡丹。

牡丹会意地笑了，悄悄地低下了头。

阿姑见三个人这样轮番劝说自己，又看到胡子竟当着两个孩子的面将自己的手抓到手中不放，慌忙从胡子手中将自己的手抽了出来。瞅了瞅身边的胡子，又看了看站在身边的牡丹和阿木，她竟然害起羞来，急忙转过身去说道："就依你们吧。"

胡子闻言像小孩子拿到糖块一样，顿时高兴地将阿姑抱了起来，在地上转了几圈。阿木和牡丹见状彼此使了眼色，慌忙从房间中跑了出来。

老虎和阿木的比武在山寨最平整的地方举办，这也是弟兄们闲暇无事操练武功的地方。阿木拿着自己那柄一直伴随他身边的长剑，站在场子的东头，老虎也拿起那支他平日里使惯了的长枪，站在场子的西头。

两人对峙而立，胡子、牡丹和所有的山上弟兄以及阿姑、阿娃等人分别站在场子周围观看。阿木双手抱拳向老虎行礼道："请。"

老虎哪里还能等阿木搞这么多礼数啊，早已架起长枪向阿木刺来。阿木连忙向右一闪躲过长枪，剑在空中划过，朝老虎左臂砍来。

老虎弯腰躲过剑锋。两人就这样战了五个回合，基本都是阿木略占上风。阿木因为顾及老虎年长，在招式上略让老虎。

这些举动所有围观的人都瞅在眼里。

五个回合过后，老虎长枪招招戳向阿木要害之处。

阿木此时纵身一跃双脚向老虎踢来，老虎结结实实地被踢出一米之远。老虎一个踉跄差点儿栽倒在地，好在平日基本功夫扎实，双脚在向后滑行数步后稳稳地站在当地。

此时，老虎心想，这小子武功不错啊。这样的赞叹同时也在胡子心中升起，心里说道："好小子，丹儿交给他，应该没有错。"

老虎还是不肯放弃，挑起长枪向阿木脸部刺来，阿木侧过脸去用剑将长枪挡回，并且甩出右腿向老虎扫来，老虎急忙躲闪。

就在此时，阿木利剑已架到老虎颈部。

老虎就此被打败，众人顿时投来了喝彩声。

阿木收起剑后双手举在胸前："承让。"

老虎也抱拳道："小子，不错啊，我认输了，我说话算数，牡丹丫头就交给你了，如果你欺负她，我这个做叔叔的可不饶你。"

胡子在旁边竟笑出了声来："哈哈，现在承认自己是丹儿的叔叔了，不和人家小孩子争了？"

老虎瞪着虎眼道："大哥你说话得算数，迟早得给我弄个女人回来压寨，不过，咋的也得有牡丹那么漂亮。"

胡子听后哈哈大笑："好好好，哥哥我一定照办。不过，缘分这个东西可不能用脸蛋来定啊，指不定你命里就得娶个丑媳妇呢，哈哈哈哈。"

第二十二章　误入狼口

张舒枫写完这段后，习惯性地走向窗口，打开窗户，看着马路上一辆接一辆的汽车来回穿梭，她又看看远处一座座高高的楼房，和那尚未退却的灯光，思绪渐渐从牡丹和阿木的故事情节中回到了现实。

自公司成立以来，业务发展缓慢，并且遇到了方方面面的阻力。筹建期间注册资金远远不能够满足公司资金需求，给她平添了许多压力。半年来经过各种各样的碰壁，她感知到商界的复杂和经商的不易。

她终于能够明白，赵秋横在大型公司里打拼时，为什么脾气变得越来越难以捉摸。

看着陆续汇入上班潮流的人们，她突然想起在上大学时有位同学说过自己喜欢水，说："水是柔性的，也是刚性的，它柔软的时候可以顺势流淌，刚强的时候可以掀起惊涛骇浪。水没有形状，但水能够塑造各种各样的形状。"

在茫茫人海中打拼，各种挫败柔软了人性。人在逆境中只能不停地修炼自己，比如修炼自己的性格，管控自己的情绪，修炼各种能力，修炼处世之道，才能在激烈的市场竞争和茫茫人海中立于不败之地。

如此，即便是经营家庭或者经营企业也会达到事半功倍的效果。而人往往因为内心埋藏很久的那一点点积怨，而渐渐丢失了本该属于自己的机缘。

想到这里她开始笑了，她问自己："对赵秋横是该原谅呢，还是该继续让他尝尝不好好经营家庭的伤痛呢？"

人往往都是这样，说别人的时候头头是道，而轮到自己时却变得手忙脚乱了。

正在胡思乱想时，电话铃声响了，一看是张涛打过来的电话，"喂，舒枫，贾东那边来电话了吗？ 他不是说要去兰州追问工程材料的事情，也不知道落实得怎么样了？"

张舒枫自那天和贾东说完材料的事情后，已经过了整整两天时间了，也没见贾东打来电话，正准备打个电话询问一下呢，张涛刚好来问此事，便道："没有接到贾东的电话，我现在就给他通个电话，问问他。"

张舒枫挂断张涛电话后，便拨通了贾东的电话，电话这头只听见刚刚睡醒的声音："喂……"

而电话那头的贾东正躺在宾馆的床上，左手搂着一个卷发的女子，右手接着张舒枫的电话。

听张舒枫问到材料的事情，便坐直了身体将那个叫红红的女子用手推到一边用温婉的声音说道："舒枫啊，昨晚请材料厂家老板吃了顿饭，陪着人家喝了酒，喝得我颠三倒四的。不过，事情已经搞定了，今天晚上装货，明天早上就到张掖了。"

张舒枫连忙说："太好了，谢谢贾总，这次真的辛苦你了。"贾东电话那头说道："没事，小事，我今晚就到了，咱们今晚见。"

挂断电话后，那个被贾东称作红红的女子将手臂搭到贾东肩头："看不出东哥撒谎骗女人的水平还蛮高的啊。"

贾东用手指捏了一下红红的脸蛋说："这是个生意上的竞争对手，做生意有很多的弯弯绕呢，你不懂。"

女子听完也没再提及此事，起身去卫生间洗漱去了。

其实，贾东那施工材料就在他库房里面，来兰州是为了吊张舒枫胃口。同时，也是为了找这个女子玩耍。至于招待供应商，和供应商喝酒的事情纯粹是瞎编乱造用来糊弄张舒枫的。

张舒枫下班后经常步行回家，娇小的身影配着高跟鞋嗒嗒嗒的响声，走在路上依然是那样强劲有力，每迈出一步都铆足了前进的力量。

路边有形形色色的品牌服装商店，她从来没有进去转过。她知道甘州巷子的活是与政府签订了开业时间的孵化项目，如果项目完成政府不但提供孵化资金补助，还要对这个项目进行经营成效方面的监管。可见政府对这个项目的重视度是相当高的，丝毫马虎不得。

与此同时，她也正在筹划招商引资的事，让餐饮行业老板来这里投资。公司要做到对这些企业予以减免房租，并进行企业孵化管理培训，以及经营规范性辅导，以便能够孵化出更多、更好的创业创新企业来。

在各种各样的压力下，张舒枫将自己的时间安排得满满当当，下班后还要抽空去看彤彤。她利用晚上或者清晨挤出来的时间去写牡丹的故事，对她来讲，写东西便是她最好的休息了。

就在她低着头想着这一系列事情的时候，手机急促地响了起来。

她从包里拿出手机后，看到是贾东的电话。"喂，舒枫，是我贾东，你在哪里？"

张舒枫回复道："我在下班的路上，贾总是从兰州回来了吗？"

贾东电话那头温柔地说："嗯嗯嗯，我刚来，你打车到巧婆婆，我在二〇五包厢等你，有事给你说。"

嘟嘟嘟，电话被挂断了，听上去电话那头的贾东似乎很着急的样子。

张舒枫急忙招手拦了一辆出租车，直奔新闻大厦旁边的巧婆婆而去。

张舒枫走进二〇五包厢后，看到贾东正在点菜，包厢里并没有其他人。

贾东示意张舒枫坐下。

点完菜后，张舒枫问："贾总，再没有其他人了吗？"

贾东习惯性地拿出一支烟在鼻子边转了一圈，拿出打火机刚要去点，又停了下来："在女士面前还是少抽烟吧。怎么舒枫你想叫几个人和我们聊天吗？"

张舒枫瞬间被问得哑口无言："我不是那个意思。"

贾东看见张舒枫被问住了急忙道："今天就我和你两个人，好好聊聊工程的事情，顺便给东哥聊聊你公司还有啥困难需要东哥我帮助的，我会尽力去帮助你，可以吗？"

张舒枫听到贾东竟然知道她公司遇到了很多困难，需要有人帮助，感到很奇怪，喝了一口水说："谢谢贾总关心，目前最关键的就是尽快开工，其他事情还得请贾总多多关照。"

贾东感觉到张舒枫快要上套了，连忙说："材料明早就到，到了之后马上通知开工，这个舒枫你尽管放心好了，我昨天为了你这事情喝了很多酒。"张舒枫看了一眼贾东，看见他非常诚恳地在说这件事情，便说道："真的谢谢贾总了。"

贾东拿起水壶给张舒枫水杯里加满了水后说："听说公司资金出现了问题，要不我明天通知财务给你打过去二百万元，你拿去周转。"

张舒枫不知道这贾东葫芦里究竟卖的什么药，怎么突然请她吃饭还要帮助她解决资金问题，女性的本能让她瞬间警惕起来，连忙说道："谢谢贾总，真的不需要。"

说话间，贾东点的菜已经上来了，两个人总共点了六个菜，确实是奢侈之极。

张舒枫看了一眼贾东说："贾总，这菜吃不了吧，这么多？"

贾东抽出一双筷子递给张舒枫："没关系，每个菜都尝一下，听说这一家新开张，厨子手艺不错。"

服务员上完菜后又拿来了一瓶白酒。

张舒枫惊讶地看看贾东用手指了指那瓶酒："这个你喝？ 你昨天不是喝了那么多酒吗？ 今天还喝啊？"

贾东打开酒瓶就要往酒杯里倒酒："我们喝酒从来都是，头一天喝酒第二天要透一下，要不这酒劲儿过不了。"

张舒枫摇摇头："我从来没听说过有这种喝法。"

贾东倒了两杯酒，一杯递给张舒枫，一杯放到自己面前。他夹了一筷子菜放到张舒枫盘子里说："今天你陪东哥喝两杯，自从那次遇到碰瓷那个女的在医院和你说过几句话，你我还没有好好聊聊呢。"说完便端起酒杯示意要和张舒枫碰杯，并说道："我喝干，你随意喝就是了。"

张舒枫是个实在人，看到对方端起酒杯一饮而尽，也不好意思留下半杯，便将自己这第一杯酒也全部下了肚。

贾东看着舒枫喝下这第一杯酒后脸上顿时露出了笑容："舒枫爽快，吃口菜。"他边说边将酒杯添满，又说道："甘州巷子接下来招商的事情准备得怎么样了？"

张舒枫将凤眼睁得很大，她注视着贾东心想："他怎么什么都知道，就连下一步我想做什么他都知道。"其实贾东这伪装的套路后面潜藏着占有和贪欲。

人一旦贪欲爆棚，会将自己的手伸向深渊而不能自拔。

张舒枫竟被问得无法回答："正在准备。"

贾东往自己嘴里送了一口肉："那就好，希望舒枫你此次甘州巷子的生意一举成功，只要这第一步迈出去了，接下来的路就越走越顺了。"

他边说边端起酒杯示意又要和张舒枫碰杯，并说道："这一杯祝你公司业务顺顺当当，这杯必须干了。"

说完后依然自己把酒杯里的酒喝得精光。

张舒枫无奈之下，也将这第二杯酒倒入自己口中。

喝完酒后，贾东给张舒枫盘子中又夹了一口菜，说道："舒枫，你以后能不能不要再叫我贾总啊，如果不介意的话和霞子一样就叫我东哥吧，这样就不生分了。"

两杯酒下肚，张舒枫渐渐感觉有些头昏，夹起盘子的菜送入口中："贾总是大老板，怎么可以随便改称呼呢。"说话间酒杯已经第三次被贾东倒满。

贾东将张舒枫酒杯端起递给她说："我认识的当老板的女人，身边都需要一个强大的男人帮助和支持她。舒枫，你就没想过让东哥我来做你身后那个强大的支持者吗？"

张舒枫接过酒杯说："东哥你安排工程队及早开工，这就是对我张舒枫最大的支持了。来我敬你。"看样子脑子还是清醒的，怎么称呼变了呢？贾东连忙端起酒杯和张舒枫的酒杯碰去。

这第三杯酒又妥妥地进入张舒枫的肚子里。接下来，贾东不停给张舒枫倒酒，每次都是自己先干，干完后晃着自己手中的酒杯在等张舒枫将酒下肚。

就这样接连喝了五六杯酒，张舒枫竟摇摇晃晃趴在了饭桌之上。

贾东用手摇了摇张舒枫，她早已经醉得不省人事。

贾东见状缓慢地从对面座位走了过来，顺势坐到了张舒枫身边，他轻轻喊着："舒枫，舒枫。"他顺势将张舒枫扶到了自己的臂弯里。

他看着这个被酒精浇醉了的女子，美丽而粉红的脸颊呈现着光亮和粉嫩。

他用手轻轻抚摸了一下这张美丽的脸庞，心想："这样国色天香的女子无论如何我得将她搞到手。"

他看着张舒枫那张脸庞越看越美，他缓缓地将自己的嘴唇向张舒枫那张通红的小嘴伸去。

就在此时，包厢门被人推开了，霞子和张涛冲了进来，看到这种情形，霞子一把将张舒枫从贾东臂膀中拢了过来。

张涛三步并作两步上前就抡起拳头向贾东砸来。

贾东被砸得向座位后面倒去，他翻起身来一边用手抹着鼻孔里流出的鼻血，一边愤怒道："你凭什么打我？"

霞子见这人竟不要脸到这种地步，狠狠地瞪了贾东一眼，将张舒枫扶到自己肩头。

张涛气愤地说："打的就是你，你这个流氓。"

贾东整理了一下自己的衣服说道："我和舒枫你情我愿，和你们有何关系。不要干涉别人的私生活。"

听到这里，张涛气愤地抡起拳头又向贾东砸来。

霞子也气愤地说道："你真的是不要脸到极致了。"

贾东看到张涛来势凶猛，自己又喝了酒，便匆忙拿起手包从侧门逃跑了。

张涛已经打了贾东两拳，也不好意思再去追赶，便和霞子一起扶着张舒枫离开了巧婆婆。

张掖夏日的天亮得很早，早上五点多钟，白日的光亮已经将大地照得异常清晰可见了。

霞子和张涛将张舒枫弄到家里后，张涛交代霞子不要回去了，陪张舒枫住下，自己开车回了家。

第二天天亮时，霞子醒了，她看着身边的张舒枫还在昏睡，便轻轻摇了摇她："枫，枫。"张舒枫却没有被摇醒。

霞子用手摸了一下张舒枫的额头，竟然发起了高烧，她知道张舒枫此时不是醉着而是昏迷不醒了。

她急忙给张涛打电话，张涛接到电话后连忙起床开车赶了过来。张涛到来后看到张舒枫高烧烧得脸颊通红，不容分说抱起张舒枫就往楼下走。他们将张舒枫送到了医院里，经过大夫检查后，诊断为酒精中毒外加感冒。张舒枫住进了医院。

此时，蒋飞也闻讯赶来。由于霞子要回去弄孩子上学，张涛公司还有事，蒋飞便留在了医院照顾张舒枫。经过输液后，高烧算是退了下来。但人还是昏迷不醒。就在此时，蒋飞电话响了，拿起电话后发现竟是赵秋横打来的。

赵秋横已经来到了张掖，去了公司后，公司文员告诉他说张总病了住进了医院。

他便将电话打给了蒋飞，问蒋飞张舒枫住到哪个医院了，他要过来。蒋飞告诉赵秋横医院和病房号后，将张舒枫额头上的毛巾换了下来。

过了不久，赵秋横赶到病房，看到张舒枫依然昏迷不醒，着急地问蒋飞："舒枫这是咋了，她得了什么病？为什么一直昏迷不醒。"

蒋飞告诉他说是酒精中毒，因为应酬喝多了就成了这样。

赵秋横一把揪住蒋飞衣领说道："你不知道她喝不了酒吗？"

蒋飞说："我当然知道，但是，我并不知道她喝了酒。她需要有人照顾，你躲在深圳，过来就质问别人，我说了，你如果照顾不了就把她交给我，你当初是怎么答应我的？ 你说你绝不负她，那为何让她离开家一个人单枪匹马地在外闯荡，你知道她有多难吗？"

所有的质问显得那么强劲有力，赵秋横被问得哑口无言，他松开了揪着蒋飞衣领的手，悄悄地坐到张舒枫床前，眼睛里竟流出了眼泪。

蒋飞见状，再也不说什么了，交代赵秋横说："你留在医院照看吧，昨天张涛遇到了麻烦事，我得过去帮忙。"

且说那贾东自在兰州与张舒枫通完电话后，便买了下午三点十分赶往张掖的动车票，他准备在张舒枫下班时赶到张掖，目的就是要找张舒枫喝这一场酒。

说来也巧他竟与去兰州进货的霞子坐在了同一辆动车上，只是车厢不一样而已。

霞子路途上厕所时眼睛余光里看见了在车厢中间抽烟的贾东，并且听见贾东边抽烟边和王强通电话，电话这头提到了张舒枫的名字，霞子刻意站在厕所旁边偷听。

只听贾东说："我下车后就约张舒枫，酒足饭饱后说啥要将她拿下，哈哈哈。"

霞子一听吓了一跳，赶忙回到自己座位，将这个情况发信息告诉张涛，并让张涛留意张舒枫今晚要去哪里，去之前务必跟着。

很不凑巧的是张涛一直在和政府接洽招商的事情，没顾上看手机。

霞子下了火车便给张涛打电话，问他有没有看见短信内容，张涛说并没有看见，霞子着急地问："舒枫人呢？"

张涛答复道："已经下班走了。"

霞子急忙给张舒枫打电话，可是电话一直占线，霞子情急之下便给张舒枫发了信息问她："枫，你在哪里？"可是短信迟迟还是没有回复。

张涛听霞子这么一说，便开车到火车站接了霞子一起去找张舒枫。霞子再去给张舒枫拨打电话时手机却无人接听。

张涛和霞子着急地顺着张舒枫下班行走的方向一路寻找就是不见张舒

枫踪影。

就在此时，张涛接到了工程应标而没有被选中的一家建筑公司老板赵总的电话："喂，张总吗？我是恒达建筑公司赵瑜，你还记得我吗？"

张涛答复："记得，赵总可好？"电话那头："上次那项工程你们是不是给贾东了？"

张涛瞅了霞子一眼答复说："应该就是贾东吧。"

赵瑜说："不是说政府采购工程项目秉公招投标吗，怎么你们张董事长还被贾东请到了巧婆婆吃饭去了。这样做是不是不妥呀？"

张涛闻言顿时觉得可以找到张舒枫了，便连忙道："哦，想必是赵老板看错人了吧。"电话那边答复说："不会错，巧婆婆二〇五，要不我拍照片给你，哈哈哈。"

张涛急忙回复："我过去看看，以后再向赵总解释此事。"就这样张涛和霞子匆匆忙忙开车赶到了巧婆婆，进门时看见张舒枫已经喝醉。贾东正要去亲她，被张涛他们及时阻止了。

巧的是，就在张涛在包厢里打贾东的时候，正好被在巧婆婆吃饭的恒达老板赵瑜看见，他顿时明白了怎么回事，他也知道刚才在电话里面向张涛讲的那番话确实有些过分了，便悄悄地溜回了自己的包厢。

其实，如果当时应标时不是赵瑜说话口无遮拦，论资质和实力这工程无论如何都是恒达的。这个赵瑜自己也很清楚。

张涛将张舒枫送到医院后即刻赶到施工现场，她听张舒枫说贾东答应她今天早上材料到场，工程复工。

可是，施工负责人老李却人影子都不见，张涛给老李打了电话问道："李队，这工程怎么还不开工，你们贾总不是答应今天早上材料到场正式复工吗？"老李似乎还在睡觉："没接到通知啊。"随后就把电话挂断了。

张涛正在着急之时蒋飞赶到了，张涛问："你不是在医院吗？怎么来了？"

蒋飞看了一眼张涛，表情很是复杂，边向工程现场走边说："赵秋横在医院里。"张涛明白后便不再提医院的事了。

"这贾东就是个浑蛋，我打听了材料明明就在他的库房，他偏偏停工，说好的今天开工连管工程的人影子都不见。"

蒋飞问张涛："应标单位中还有没有好一些的施工单位？"张涛说："说起资质和实力来，就数人家恒达了。"

蒋飞翻起手腕看看手表上的时间后说："你联系一下恒达老板，这种境况下他们敢不敢接这个工程？至于贾东那里我们做好他违约终止合同的准备，估计到时候要走法律程序，这种事情关键时候一定要当机立断，否则，一切商机就会被错过。"

张涛连连点头，拿起手机便将赵瑜电话拨通。电话那边答应得很爽快，"我就知道这工程迟早是我的，看吧，是不是张总。不过目前你们找个有资质的工程预算评估机构过来，将前期贾东施工成本进行估算，费用从我工程款里扣减，我还是按照贾东那个合同承包价给你们施工。其他牵扯官司方面的事情，你们最好找律师尽快摆平。我一会儿就到现场，工程预算评估机构和律师也得同时到场，清点完现场物资后，我明天开始动工。至于工程合同也要尽快签订一下。"

所有的一切因为一通电话而改变，赵瑜那通电话不但救了张舒枫还为自己揽到了生意，因为政府采购工程有工程补贴，不管是建设方还是施工方都有好处，这贾东真的是搬着石头砸自己的脚。

因为是特护病房，病房里安静得只有张舒枫均匀的呼吸声，赵秋横瞅着这个相守了三年的女人，那张美丽的脸庞在这病房里白色被单的映衬下显得格外憔悴。

赵秋横用手指捋了一下妻子垂在眼部的刘海，懊悔油然而生，他不该打她，他不该让她一个人在外打拼。

不过此时他想错的一点是，女人一旦想到不再依赖男人，通过自己的努力实现人生价值的时候，无论前面有再多的险阻，迈出的这一步便是她人生观的一次升华。

她品尝的是在打拼过程中的历练，她感受的是和其他女人不一样的人生。女子在现实残留的男权下，被瞧不起，被打骂，而哪个女子能够真的像张舒枫一样，不去吵不去闹，而是去让自己强大呢？ 思想左右着行为，格局决定一个人的结局。

赵秋横坐在张舒枫病床旁边的小方凳上，抓着张舒枫那纤细的小手，趴在病床前睡着了，由于昨夜乘坐火车，他已经很累了。

张舒枫渐渐睁开了眼睛，她看到自己竟然躺在医院的病床上，她记得自己在和贾东喝酒，怎么会躺在病床上呢？

转眼一看自己的手被人拉着，再仔细一瞅，拉住她手的人不是别人，正是自己的丈夫赵秋横。

她眨眨眼睛，看看光亮的窗户，以为自己还是在梦中。这些日子她经常梦见她和赵秋横在一起，且时常是若即若离，梦境中两人之间似乎变得很陌生了。

她不知道发生了什么事情，为什么自己会躺在病房里，为什么赵秋横会在她身边。

此时，赵秋横也醒了，他看着张舒枫那张美丽而又蜡黄的脸，倍感心疼："你醒了？ 感觉还好吗？"张舒枫闻言，不知为何眼睛里却闪烁着泪花。她扭过头去一句话也没说。

赵秋横看着张舒枫如此，心里倍觉难受，眼圈禁不住泛红："舒枫，对不起，是我没有照顾好你，让你一个人在外经受这风风雨雨。"

张舒枫的泪水顺着脸颊流到了脖子。

这些日子，她经历了各种的压力和打击，几乎达到崩溃的边缘。

她明知道自己酒精过敏不能喝酒，可为了能够顺利开工，她喝了，而且喝醉了。

赵秋横上前用手指轻轻将张舒枫颈部的泪水抹去："想不想吃点东西，我给你去买。"张舒枫摇了摇头。

就在此时，赵秋横电话响了，是蒋飞打过来的，他在电话里面询问张舒枫情况，赵秋横告诉他："舒枫已经醒了。"

张舒枫左手输着液，用右手抹了一把眼角的泪滴，问赵秋横道："是蒋飞的电话吗？"

赵秋横点了点头。张舒枫伸手示意要接电话。

　　赵秋横便将电话递给了张舒枫："喂，蒋飞，贾东工程队今天开始干活了吗？"

　　蒋飞电话那头听见张舒枫在问，因为她在医院本不想告诉她，但情况确实紧急，便将工程现场情况以及自己的决定告诉了张舒枫。

　　张舒枫面容显得格外凝重，并对蒋飞说："当务之急，你这做法是最佳决策，我没有任何意见。不过，找工程评估单位做评估时，无论如何要把贾东那个工程负责人老李弄到施工现场，并且律师也要尽快去找，我把这瓶药输完后就去工地找你们。"

　　蒋飞在电话那边道："嗯嗯，不过，要想让这个老李来现场得将他骗来，要不这家伙不但不来还会派人阻止我们做评估。"

　　张舒枫答复说："好的，辛苦你们两位了。"

　　蒋飞挂断了电话。房间里又一次陷入了安静，他们两人时隔半年竟然彼此不知道该说些什么。

　　而让赵秋横惊讶的是，通过刚才张舒枫接电话的内容，他突然开始重新审视这个被自己爱了整整六年的女子，她不再那么柔弱，不再那么小鸟依人了，而是增加了更多坚定和果断。

　　爱情，几乎在太熟悉了的时候，彼此会将对方当作自己生活或者身体的一部分而随意地去挥霍或者不在乎，而往往这种不经意便会将两个相爱的人感情冲淡，让人觉得如同左手和右手，相互碰撞却索然无味，以至于走着走着就渐渐散了。

　　所以，无论是夫妻还是朋友，相互之间还是保持一定的神秘感比较好。

　　张舒枫和赵秋横彼此深爱着对方，但是，因为太过熟悉，经历过各种伤痛之后却无法寻找到从前的那种相亲相爱、一日不见如隔三秋的感觉了，也让他们感觉两人竟然成了熟悉的陌生人。

　　这些日子里张舒枫时而想他，时而恨他，她也不知道自己还能不能再像以前一样接受眼前这个男人。

　　而赵秋横目前只有悔恨和自责，他总是说自己："你这个浑蛋，你都干了些什么呀？"

蒋飞和张涛聘请了一家实力很强的工程评估单位，将贾东所干工程逐一做了评估，并请了律师，核算了甲乙双方提前解除合同后的经济损失，他们要求律师向法院提出诉讼请求。

同时，他们将赵瑜工程队调入施工现场，为了防止贾东闹事，两人昼夜坚守在施工现场。

且说那贾东，自那日被张涛打得仓皇逃窜后并没有回家，而是跑到了公司办公室，一进办公室便将办公桌上的物件统统摔到了地上，砸得地板噼里啪啦乱响。

呼声惊到了对面办公室正在加班的会计小张，小张急忙拨通了王强的电话："强哥，你赶紧来办公室看看吧，老板好像一个人在办公室发飙呢。"

王强正在和老婆孩子一起吃饭，接完电话后，放下碗筷立马驾车驶向公司。

当王强走进贾东办公室时，贾东正躺在办公椅上大口大口地吸着烟，满屋子一片狼藉。

王强小心翼翼地走到贾东办公桌旁边，给贾东倒了一杯水，顺势坐在了对面的沙发上："东哥这是咋了？ 咋生这么大气呀？ 你不是和张舒枫吃饭去了吗？"

贾东闻言后，火气又燃了起来："老子精心布的局，竟然让张涛这小子给搅黄了，他还动手打了老子。"

王强一脸的惊讶："我不是给你瞅好了张舒枫一个人在路上，才让你约的人吗？ 张涛又从哪里冒出来的？"

贾东用力将烟头扔到了地板上，气呼呼地说："鬼才知道，没吃到羊肉倒惹了一身骚。估计张舒枫从此也会对我有所戒备了，再下手就很难了。"

王强递给贾东一支烟后，坏笑道："东哥，咱死不认账，以后该咋样还咋样呗。"

贾东听到王强如此之说，心头的怒火顿时消了一半，继而说道："可是张涛这小子打了老子，这口气实在是咽不下去。"

王强自己燃起一支烟狠狠地吸了一口："打个张涛还不容易，小事，嘿嘿。"

贾东的气几乎全消了，对王强说道："你给我把老李看紧了，咱们坚决不开工，就让她张舒枫再来找我。"王强笑道："那是自然。"

贾东当日回家后虽然还是有一点怒气，但是，脑子里却一直浮现着张舒枫那张美丽粉嫩的脸蛋，美丽的女人醉酒昏睡的那种感觉真的太美妙了……

次日，贾东窝在家里一天时间没有出门。

下午时分他正在微信上和单玉聊得火热的时候，手机铃声响了起来，是王强的电话——"东哥，出事了，张涛和蒋飞强行让我们退出施工现场，要终止施工合同。"

贾东一听腾地一下从椅子上坐了起来："他敢，有合同在那里约束着，他们不怕违约吗？"

王强道："他们以故意延误工期，蓄意停工为由，停止执行合同，更可气的是那个赵胖子竟然大摇大摆地将他的施工队入驻在了施工现场，嘴里还不干不净地说了一大堆难听的话。"

贾东电话这头已经开始狂躁不安了，他用脚将地板上的小塑料板凳踢翻，然后说道："告诉老李赶快赶到施工现场，千万不要给赵胖子腾地方。"

王强在电话那头焦急道："东哥你可能不知道，老李自打停工那天就已经把所有的东西都搬回来了，施工现场几乎啥都没有，就剩下我们干下的那些基建基础了。"

贾东开始咆哮了："蠢货，谁告诉他让他撤了工程设备和现场材料的？"

贾东说完将电话狠狠摔在了地板上，可怜的手机在地板上翻了好几个轮回后七零八落地躺在了那里。

半小时过后家里的门铃响了，贾东正在气呼呼地吸着浓烟，听见有人敲门厉声道："谁呀？"边说边将家门打开。

敲门的人不是别人正是王强。王强边进门边说："东哥，我还没把话说完呢，你就挂……"

看到摔在地上的手机，王强连忙止住了话语，自己坐在了贾东那个实木沙发上燃起了一支烟，吸了起来。

贾东将烟头捂在烟灰缸里后，问王强："给我找一份和张舒枫签的工程合同看看。"

王强似乎知道贾东要看合同，便从自己的公文包里取出一份和张舒枫签订的施工合同翻阅了起来。

按照合同约定自己施工队确实很多行为已经构成违约事实，但是，还不至于到解除合同这一步。

贾东将声音抬高很多分贝说："向起诉法院，跟他们打这个官司。"

王强将吸入的烟圈吐出后说道："东哥，人家已经请了专业的工程评估机构对我们工程施工进度进行了评估，估计是准备好要打官司了。"

贾东瞪着那个略带三角的眼睛瞅了王强好大一阵子："有点难办，强子。"

王强掐灭了烟头后弯腰去地板捡贾东的手机，边捡边说："东哥可别忘了，咱们打基础那批材料还是非达标的，这官司打下来，会很糟糕。"贾东瘫坐在沙发上半天没有说出一句话来。

就这样，在律师的协调下贾东的施工队和张舒枫的旅游文化公司达成共识，双方各自赔偿对方经济损失后，工程让恒达建筑公司承接，并如期进行。

由于贾东施工队负责人良心发现，主动向张舒枫他们承认了自己使用非达标材料一事。

因此，所有贾东施工队建设的现场全部被拆除、清理，由恒达公司重新开始施工。

别看赵瑜虽然口无遮拦，但是，干起活来那是没日没夜，连夜加班加点将工程往前赶，张舒枫、张涛、蒋飞三人轮流天天去施工现场监工，工程质量没有任何问题。

工程如期完工。

经过一个多月招商引进，同甘州巷子签约的单位有四十多家，张舒枫的航宇旅游公司在张掖市政府的大力支持下，对签约单位进行孵化和培训，分别引入地方特色的小吃，如卤肉拉面、搓鱼面、凉皮、山丹特色的炒拨拉、牛肉小饭，还有一些外地引入的特色小吃，如花甲粉、螺蛳粉等。整个巷子全封闭建设，进入巷子后各种特色吃食应有尽有。

所有来客在巷子里用餐，进入巷子让人有一种走进家的感觉。

甘州巷子位于甘州区青年东街中部，是甘州区南大街主干道与甘州市场老商业区的纽带，基地占地面积三千五百平方米，总投资五百捌十万元。

周边甘州市场、金脉步行街、万寿商业街等商业街区和二郎庙、关庙历史文化为据点，打造了张掖市旅游服务企业和餐饮连锁企业、影视卫华创意企业的产业孵化园区。

整个建筑设计为仿古装修风格，结合甘州区旅游业发展契机，推动甘州区餐饮经济及地方文化的发展，为各地游客做好优质的服务。

张舒枫和张涛还拿出很大一部分资金邀请专业培训机构对甘州巷子所有服务企业进行数场次各种不拘形式的企业管理培训和专业技能培训，至此，张舒枫公司业绩在半年内有了突飞猛进的发展。

第二十三章　现代教育

在张舒枫的资助和精心照顾下，转眼之间彤彤已经升到小学二年级了，小姑娘学习努力，考试成绩很好，就是胆子小，在班里不敢多说话。

由于成长中长期的自卑感，她不敢和同学说话，也不敢和班里其他同学玩耍，她生怕同学们说她是犯罪分子的孩子……

最近班里从外地转来了一位小男生，和她坐了同桌，两个与其他同学格格不入的孩子却能聊到一起。

这个小男生常常带些好吃的给她，放学后他们相互之间会聊一些有关自己家庭和父母的事情，彤彤很相信这个小男生，将自己的情况全部告诉了这个男生，这个男生也将自己家里的情况告诉了彤彤。

原来这个小男生名叫文浩，来自兰州，从他记事以来父母就天天吵架，他的母亲每天早出晚归，很少按时着家，而他父亲是个铁路人员，也经常倒班，孩子总是被反锁在家里玩耍。这个男孩子内心深处没有丝毫的安全感，他经常半夜醒来躲在大大的空房子角落里一个人哭泣。

他没有朋友，也没有人真正去关心他。上学期爸爸妈妈离婚了，因为平日里也没人管他，他被爸爸转到了张掖这个小学，寄养在姑姑家里。

文浩不喜欢学习，上课时总是睡觉，彤彤也常常帮助他完成作业。这一来二去两个孩子就很熟悉了。

两个人就这样同桌整整一个学期，眼看这学期马上要放假了，彤彤告诉文浩说："记得写作业，开学见。"

假期很快过去了，开学也有一两天了，张舒枫下班后习惯性地走到彤彤家里，看看彤彤新学期状况如何，并且要给她的新书包书皮。

可是，当她走到彤彤家时却不见彤彤回来，便问奶奶彤彤今天怎么来这么晚，奶奶也不知就里。

正在说话间彤彤走进了家门，而且早已经哭成个泪人了。

张舒枫连忙上前问彤彤："彤彤，这是咋了呀？怎么哭成这样了？学校里有人欺负你吗？"

这一问，彤彤顿时扑到张舒枫怀里放声哭了起来。

张舒枫更加迷茫，她抱着彤彤用手捋着她的头发任她哭泣，等孩子渐渐停止了哭泣后，张舒枫又问："彤彤，究竟是怎么回事，告诉我。"

彤彤撅着小嘴道："张妈妈，文浩他自杀了。"

张舒枫惊讶道："文浩？就是那个从兰州转来的小男生吗？"

彤彤点了点头。

张舒枫又问道："究竟怎么回事？"

彤彤直摇头，她根本就不知道这个同桌的小男生为何自杀，只是班主任老师今天走进教室沉重地宣布了此事，并告诉孩子们明天召开家长会。

张舒枫答应彤彤要去给她开家长会，在家长会上，老师复述着文浩爸爸从电话里面告诉他的文浩自杀的过程。

文浩放假后爸爸还是跟着火车到处跑，不定时回家，爸爸看小文浩在家没人管，便给文浩妈妈打电话说，让孩子去她那里待一段时间，自己这段时间班倒顺了，就把孩子接过来。

文浩妈妈已经嫁人了，并且在新家里文浩妈妈还是照常早出晚回不着家，回家后便吼文浩说："怎么不写作业，一天到晚老打游戏，我就知道管不住你，过几天还是把你送给你爸去管吧。"

就这样文浩又被送回了爸爸这边。

文浩在家根本就不想动书本，还是整天沉迷在游戏里。

有一天文浩爸爸下班回家后，看见文浩正在打游戏，便说道："你整天沉迷游戏，以后还能有啥出息，我再看见你不写作业，整天抱着游戏机玩，信不信，我给你砸了？"

文浩听到爸爸也如此说他，便将游戏机一扔，摔门而去。文浩爸爸还以为这孩子到小区里找小朋友去玩了，便没有理会。

眼看两个多小时过去了，还不见孩子回来，文浩爸爸急忙跑到小区寻找，可是哪里都看不见孩子的踪影，他打电话问自己的父亲有没有看见孩子去他家里。文浩奶奶去世，爷爷岁数大了，身体不便一直是请保姆在伺候，文浩很少去爷爷那里。

文浩爷爷告诉他孩子并没有过来。

突然他想起了自己那套老房子，自换了大房子后，原来那套小而破旧的老房子一直闲着没有出租，文浩却时常去那套房子里玩。

他急忙打车到那间老房子，打开房门后惊人的一幕吓得他差点儿晕倒，他看到文浩竟在房间里上吊自杀了，他赶紧踩着桌凳，将孩子放下，孩子已经浑身冰凉，没有了呼吸。文浩爸爸号啕大哭。

几天以来文浩爸爸竟无法接受这个事实，一个活蹦乱跳的孩子说没就没了。张舒枫听完老师讲述后，心里顿时有说不出的难受，她不知道，现在父母教育孩子的理念是什么。

　　既然负不起抚养教育孩子的责任为何还要生下他们，孩子在家庭里最起码的爱和陪伴都没有，这样的父母是什么样的父母？

　　夫妻两人在家里各自忙自己的事情，没有时间顾及孩子，陪伴孩子，让孩子连最起码的安全感都不能保障，白白糟蹋了一个弱小的生命，这种父母是什么样心理的父母呢？

　　这件事情过后，彤彤也是情绪低沉了很长一段时间。

第二十四章　邂　逅

　　且说赵秋横来到张掖待了三天时间，感觉到张舒枫经受的各种压力和创业的艰辛，同时也感觉到和张舒枫相处时的那种难言的陌生感，他的心深深地被刺痛了。

　　他不知道这种感觉是因为分别久了的缘故还是本就如此的缘故。

　　他准备回去了，一则心里难受，二则单位假期到了，临走的前一天晚上他约蒋飞出来一起聊了聊，他将自己和张舒枫现在的境况告诉了蒋飞，他知道，虽然蒋飞一直喜欢张舒枫，但是蒋飞这些年来还是够哥们儿的，从不做任何对他们夫妻感情不和睦的事情，也不说一些不合适的话语。

　　两个男人客观分析了目前赵秋横和张舒枫的感情中出现的问题。

　　蒋飞认真地说："秋横啊，舒枫其实是个外柔内刚的女人，表面看上去柔弱温顺，其实骨子里还是很好强的，你将一只可爱的小猫咪整天关在笼子里并且关那么久，让她失去了自由，失去了自我，而你将她关着的时候不但不给她爱抚并且还动手打了她。经你这一打呀，将她在笼子里被关着的委屈和憋屈全部激发出来了，此时你再唤她回去，无论如何都不可能将她劝到原来的那样心甘情愿了。就目前来看，你们两个暂时还是冷处理吧，但不能放弃，要时常打电话关心她。"

说完后，蒋飞用手掌在赵秋横肩头拍了一把道："兄弟，今天这些话你就不该跟我聊，你知道我喜欢舒枫，你就不怕我乘虚而入吗？ 不过，我今天也把话撂这里了，以前是你捷足先登，现在我是近水楼台，你们目前是待离婚状态，我要和你公平竞争，到时候舒枫究竟心甘情愿地选择谁那可就得听她自己的了。如果她要是选择了我，那我就只能对你说声对不起了，哈哈哈。"

赵秋横听到蒋飞这么说，心里更加不是滋味。

其实，我们身边很多人真的不去在意唾手可得的东西，同时也不珍惜身边人，以至于追悔莫及。

赵秋横走了，带着许多怅惘离开了张掖，当日张掖淅淅沥沥下着小雨，雨滴轻轻地飘浮在他的脸上和头发上。

他任凭雨滴将自己浸湿，而伤痛的心就像被小猫咪的爪子抓到了心上，刺痛而又无奈。

他踏上了去深圳的火车，车厢里稀稀拉拉没多少乘客。

这次他买了下铺，上了火车后便悄悄躺在床上，他睁着眼睛瞅着铺顶，心里细细回顾着他和张舒枫的一切，就在这时他看见一个身影从走廊里穿过，"舒枫？"

他赶忙起身去寻找，可是那个身影像是永远消失了一样，一晃而过，他失望地回到了自己的座位，他觉得这是幻觉，也许是太想让张舒枫跟着自己回家的缘故吧。

就在他刚要准备躺下时，那个身影又从走道这头穿了过去，这次他看得清清楚楚就是张舒枫，他走出包厢看到了张舒枫的背影，他高兴地叫道：

"舒枫。"

此间，那个背影的女子将头转了过来，看着赵秋横惊奇地问道："你是在喊我吗？"

赵秋横这次清楚地看到那不是张舒枫，但是也太像了，无论是身材还是面部轮廓都非常的相似，只是这个女子脸色有些微微发黄，就和那天医院里的张舒枫脸色一样。

赵秋横还是上下打量着这个女子，为何如此的相似，却不是她，女子看到这个年轻而帅气的男子这样看着自己不好意思道："干吗这么看着我？"

赵秋横这才意识到自己的失礼，便连忙道："对不起，你太像一个人了，还以为是她呢。"

那女子听后却笑了："是吗？"赵秋横也笑了，这个女子不但和张舒枫相似，怎么连说话的语气都那么相似？

说话间那女子坐在了隔壁包厢里。赵秋横却还在走廊里发呆。

转眼到吃中午饭的时候了，那个女子从她包厢走了出来，停在赵秋横包厢问道："要去餐车吃饭吗？"

赵秋横看见这女子过来叫他便说道："你要去吗？ 那一起去吧。"赵秋横在餐车和这个陌生女子聊了起来。

原来这女子叫周梦婕，也是深圳人，是深圳一所中学的老师。

赵秋横推测这是不是岳母周兰的啥亲戚啊，长得这么像张舒枫，问了半天结果八竿子打不着，她就是地地道道的深圳人。

她是个英语老师，目前正在复习准备考研呢。两人聊得算是投缘，彼此都留了电话号码。

回到深圳后周梦婕也时不时地给赵秋横发发信息，聊聊天，两人一来二去便很熟悉了。

周日赵秋横习惯性地要多睡一睡，因为平时上班跑前跑后很累，所以每到周天就想赖在床上不起，正在他睡回笼觉的时候，电话响了。

赵秋横睡眼惺忪地接起来电话："喂！"

电话那边却听见咯咯咯的笑声："这都几点了还在睡啊，今天有空吗？

陪我爬山去。"

电话是周梦婕打来的，她一直都想去爬山就是找不到合适的人陪着，最近刚好认识了赵秋横，两个人也很熟悉了，便打电话约他。

赵秋横一看时间，已经是早上八点三十六了，便从床上坐了起来，回复周梦婕道："行吧，你在哪里等我？ 我去找你。"

两人先是吃了早饭，赵秋横开车到最近的白沙山停了下来，两人便顺着人流往上爬行。

赵秋横平时习惯早上起来跑步，爬山当然很轻松了，而周梦婕就有些费劲了，走走停停，还大口大口地喘着粗气。

赵秋横看到她这样不由得想起了和张舒枫来这里爬山的时候也是如此，便伸手对周梦婕道："来，我拉你吧。"

将周梦婕拉了一段后，赵秋横便自己往上爬着，他清醒地意识到这个人不是张舒枫，不该如此。

突然周梦婕脚底下一个大石头向下滑落，周梦婕身体向后一仰差点儿摔下山去，赵秋横见状赶紧拦腰搂住了周梦婕，周梦婕也随着惯性倾在了赵秋横的怀里。

等周梦婕站稳后，赵秋横惊慌地连忙放开了她。周梦婕笑了，脸却红了。

和周梦婕的游玩让赵秋横增加些许快乐，但越是如此，他越发地思念远在张掖的张舒枫，于是他下决心尽量减少和周梦婕单独在一起的机会，因为，有时候就连他自己都会把周梦婕和张舒枫混淆成一个人——她们太像了。

第二十五章 报 复

自打甘州巷子建成后，公司员工从原来的四五个人变成了二十几个人，营业额也在日益增长，蒋飞见张舒枫这边有了起色，便回到石家庄打理自己的公司去了。

张舒枫和张涛两人商量，既然公司启动以来主业旅游服务没有什么实质性的进展，不如抓住一个点将旅游业务往前推进。

他们收到业务部门提交的诸多项目实施方案，综合考虑后想进一步找到业务发展突破口去开发旅游业。

这天张舒枫经过一天的忙碌，已筋疲力尽了。她给张涛打招呼说自己要去彤彤家里给彤彤辅导作业，这一年多的时间里彤彤也习惯于张妈妈每天的到来，放学后彤彤像期盼见到妈妈一样等待着张舒枫的到来。

张涛因为手头还有些事情没有处理完，需要加班。公司员工纷纷下班回家了，张涛还在办公室里忙碌。

大概在晚上八点左右，张涛办公室的门突然被人推开了，先后进来了两个人，这两人张涛感觉很面生，好像不认识。

张涛问道："请问，你们要找谁？"话音还没落下，来人上前抡拳就向张涛脸部砸去。

因为对方来势凶猛，张涛根本没有还手的机会。

张涛用双手护着头，此时他越发感觉莫名其妙，边挨打便问："你们是什么人？干吗无缘无故打我？"

两个男子似哑了一样只管打人，直到张涛被打得鼻青脸肿，抱着头瘫在地上爬不起来时方才罢手，两人二话不说扭头就走。

张涛跌跌撞撞地从地上爬起，扶着墙从办公室里走出来。他在路边拦了一辆出租车回到了家里。

到家后他可把张家老太太吓坏了，老太太哭哭啼啼，连忙喊来在医院做护士的女儿张箐给张涛处理伤口。

话说那贾东，自从甘州巷子生意搞黄后心情一直很低迷，这日正和王强在办公室吐着浓烟。

不知怎么了，今天晚上的王强总是看手表，还时不时地拿起手机拨弄。

贾东看到他这个样子，心里更加烦躁，便道："强子你不想陪老子，就赶紧回家去，坐到这里跟猴子一样不是看表就是看手机，有事就赶紧滚，别在这里坏爷心情。"

王强又一次拿起手机看了一眼，笑着说道："东哥，你且稍等，马上就有好事向东哥你汇报了，保证哥心情大好。"

话音刚落，王强手机响了："喂，说。"

电话那头："强哥，搞定，我和赖子进去二话没说便把姓张那小子打得爬不起来了。他一直问为何打他，我们始终没吱声，打完便出来了，估计这小子得躺个三四天才能起床。"

王强听完后哈哈大笑道："干得漂亮，兄弟，一会儿哥把钱打给你。"

贾东眼睛瞪得大大的，不知王强在搞啥名堂："什么漂亮？打什么钱？"

王强将电话挂断后，听见贾东在那里嚷嚷，便说道："东哥，我找赖子他们弟兄两个去张涛办公室把张涛打了一顿，那小子挨完打还不知道自己被谁打了。"

贾东听完王强这么一说，三角眼睛合成了一条缝。

"好个强子，你可真是哥的亲兄弟，知道哥咽不下这口气。"

王强笑得更厉害了："哈哈哈，这几天东哥不是心情一直不美嘛，总得找个事情做做让哥哥开心开心呀。"

屋子里又一次冒起了浓浓的烟，贾东吐出一口大大的烟圈后说："张舒枫这娘儿们真的太有味道了，只可惜老子以后再没有理由近得了身了。"王强诡笑道："哥，慢慢来，嘿嘿。"

且说张涛，身体遍体鳞伤，经妹妹把伤口处理完后，他坐也不是，躺也不是，十分难受。

妹妹劝他道："哥，要不咱们去医院吧，看看内脏有没有被伤到。"

张涛执意不肯去医院，他脑子里一直在琢磨，究竟是谁打了他，思来想去觉得自己并没有得罪什么人。

最终他突然想到了贾东，几个月前贾东非礼张舒枫时，他在巧婆婆酒店打过贾东，这家伙这是在故意报复自己。

张涛整个晚上都无法入睡，浑身哪哪都不舒服。

第二天，张舒枫来到办公室一早上不见张涛来上班，便问文员小李："小李，张总昨晚几点走的？ 是不是昨晚加班太晚了早上没来上班？"

小李正在桌前收拾文件，看到张舒枫过来问话，便说道："昨晚七点半我走的时候张总还在办公室加班呢。"

张舒枫轻轻点点头："那就是了。"

可到下午上班时，张舒枫还是不见张涛来办公室，便觉不太对劲，本来她和张涛说好的今天要去一趟高台，那边有一个老板现在正在搞红色旅游文化，他们约好了要去洽谈合作的事情，却迟迟不见张涛来上班。

自公司筹建到现在一年多时间了，张涛从来没有请过假也没有迟到过，今天这是咋了？ 莫不是家里发生了啥事情？

张舒枫想过后，连忙去拨张涛电话，可是电话那头只发出嘟嘟嘟的忙音。这是怎么回事呢？

张舒枫打通了霞子电话，问了一下张涛家的具体位置，她想去张涛家看看，便打车去了张涛家里。

"咚、咚、咚"， 张舒枫轻轻敲着张涛家的门，门被打开了，是张涛妈妈开的门。

张妈妈看见一个漂亮的年轻女子站在门口，便用惊讶的目光打量着张舒枫。

张舒枫被打量得有些不好意思了，连忙说："阿姨，请问张涛是不是住这里？"

张妈妈连连点头，赶紧闪过身去："进来吧，姑娘，涛涛在家呢。"张舒枫刚刚进入客厅，便看见张涛一瘸一拐地从卧室走了出来。

张舒枫瞬间被惊到了："张涛，你这是咋了？"她眼前的张涛满脸瘀青肿胀，走路跌跌撞撞。

"究竟发生了啥事情，怎么会成这样？"

张涛示意张舒枫坐下，向客厅里的妈妈说："妈，这就是和我合伙办公司的张舒枫。"

张妈妈热情好客，拉住张舒枫的手又是一阵子端详："好俊俏的女子呀，快请坐。"说完转身给张舒枫倒水去了。

张舒枫又一次问张涛："这究竟是咋回事？"

张涛将屁股落到沙发上试图要坐下，可刚一坐，便龇着牙"嘶嘶"，又扶着沙发扶手站了起来。他答复张舒枫道："昨天晚上办公室突然闯进两个人来对我一阵拳打脚踢，就被弄成现在这个样子了。"

张舒枫一脸的愕然："你认识他们？他们为什么要打你？"

张涛摇摇头："两个陌生人，一句话没说，进门就打人。"

张舒枫进而问道："你得罪过什么人没有？"

张涛知道张舒枫很聪明，但那日打了贾东之事他始终没有向张舒枫提起，便轻轻地摇了摇头。

此时，张妈妈给张舒枫递过一杯水："小张，喝水。"

张舒枫连忙欠身道："谢谢阿姨。"

张妈妈在张舒枫对面沙发上坐了下来后，用欣赏的目光看着张舒枫道："涛涛在家里可没少提起过你，夸你人漂亮又能干，涛涛这眼光随我了，呵呵。"

张舒枫听见张涛妈妈如此一说，倒是有些不好意思道："阿姨过奖了，我哪有那么好啊，反而是你家张涛，公司成立至今忙前跑后的，出了不少力，公司能有今天这小小的成就，还多亏张涛内外张罗了。"

张涛妈妈见张舒枫绕开话题，扯到公司的事情上，又说道："涛涛也是个优秀的孩子，你们两个还真的很般配，呵呵。"

张舒枫听到张涛妈妈这么说，更加不好意思起来，心里想："这张涛妈妈也太直接了，这都哪跟哪呀。"

张涛看见张舒枫被妈妈说得很是尴尬，连忙说道："妈，你去忙你的，我和舒枫这里有工作要谈。"

张涛妈妈听见儿子在撵自己走，白了一眼儿子，起身便要离开："小兔崽子，平日里在我面前总是说自己喜欢人家小张，原来这是还没向人家小张透露过自己的心声啊。"

说完便转身走进自己的卧室去了。

张舒枫瞅了一眼被打得鼻青脸肿的张涛，心想："这张涛和我共事一年多了，我咋从来没看出来他对我还有如此的心思？"继而又想："这可不是啥好事，一个蒋飞就已经很难缠了，再冒出个张涛来，以后这工作还咋干啊。"

张涛明白张舒枫心里所想，这一年多来，他知道自己渐渐开始喜欢张舒枫了，但他看得出来，张舒枫心里只有她的丈夫赵秋横，就连蒋飞这些年的追求她都视而不见，自己还哪有什么机会呢？不过，妈妈刚刚说得很对，我没向人家表白过，怎么就知道她会不会接受我呢？以后还是得找机会向她表明自己的心意。

张舒枫觉得再不能在张涛家坐下去了，再坐就会更尴尬，便起身道："我回去了，你好好在家休息。明天我去趟高台，顺道去看看妈妈。自深圳回来总是妈妈他们来看我，我还没有回过家呢。"

张涛看见张舒枫在自己家里如坐针毡的神情，便向里屋喊了一声："妈，你帮我送一下舒枫，我这腿脚不便。舒枫，最近公司的事情你就多费心了。"

张舒枫告别张涛妈妈后拨通了霞子的电话："霞，在店里吗？我过去找你。"

霞子电话那头说道："在在，你来吧。"

张舒枫拦了一辆出租车，向霞子美容院驶去。

公司筹建一年多了，因为张舒枫办事多数都是打车，张涛一直劝张舒枫拿公款买辆汽车，让张舒枫开上。可张舒枫却说，现在是创业阶段，不应该那么奢侈，等旅游业有起色了再买车吧。

张舒枫看见霞子后，上来就问："张涛有没有得罪过什么人？"

霞子惊讶地看着张舒枫："张涛规矩得很，从不参与社会上乱七八糟的事情，哪能得罪人呢？"

张舒枫坐在美容床上，看了一眼霞子说："昨天晚上张涛在办公室被两个来历不明的人打得鼻青脸肿的，路都走不成了。"

霞子惊讶地看了看张舒枫那张美丽而又认真的脸，脑子里一下子想到了那天在巧婆婆张涛打贾东的情形。

霞子坐在张舒枫旁边拉住张舒枫的手说："枫，有件事情我一直没对你说，今天既然你问到张涛有没有得罪什么人，我想了想，肯定是那天那个事情了。"

霞子便将那天在火车站遇见贾东，听到贾东和王强通电话，要在巧婆婆灌醉张舒枫并且对她下手，以及她和张涛一路寻找她并且看见张舒枫喝醉后贾东将她揽在怀里准备亲吻她，被冲进门来的张涛打了的事情逐一向张舒枫讲述了一遍。

张舒枫听后，脸色变得青一阵，白一阵，直到今天她才明白贾东所做的一切都是为了占她的便宜。

此时，她不知道用什么语言来形容这个贾东，这个人真的是一条披着人皮的狼。

她随即为自己深深捏了一把冷汗，如果不是霞子和张涛及时赶到的话，真的不能想象贾东会对自己做什么。谴责的铁锤用力地击打着自己，都怪自己识人不清，差点儿酿成大错。进而她又对张涛产生了一份由衷的感激。

她轻轻搓动着自己的双手，对霞子说："谢谢你霞子，要不是你和张涛，我肯定会因为那天喝酒做出难以弥补的错事来。这么久了，你们两人谁都不对我说及此事。"

霞子搂着张舒枫的肩膀说："你呀，就是太过单纯了，都成大老板了，以后要多长几个心眼，保护好自己。你可知道我们女人在外打拼真的有很多不便之处，所以，以后做事一定要慎之又慎呀。"

张舒枫将脸凑到霞子脸上道："记住了。"

霞子心里一直心疼着这个和自己情同手足的闺蜜，她希望她幸福，她希望她一切顺利。

霞子拍拍张舒枫肩膀说道："枫，你要好好的，赵秋横上次来了，你们两个怎么样了？ 要不和好吧，别闹了，都这么久了，我看他也放不下你，你心里满满地装的都是他。你们两人就不要互相折磨了，好吗？"

张舒枫听到霞子如此之说，便轻轻从霞子身边离开，她缓缓走到窗前，看着窗外川流不息的车和人群。淡淡的忧伤不禁涌上心头。

"霞，我一想起他，心就在痛，但是，我们真的回不去了。我和他之间就像有了裂缝的物件一样，无论怎么修修补补，它都无法和原来的一模一样。我们两人的感情一开始就走偏了，往往是太爱了，才更容易将对方悄悄地丢失。"

霞子听出了味道，便说道："枫，要不咱离了吧，与其这样互相折磨还不如彼此放手，或许，他能够找到一个适合他的女人。"

张舒枫轻轻地点点头："是啊，是时候该放手了。"

第二十六章　喜欢你

赵秋横每天一如既往地给张舒枫发信息，问她身体如何，工作是否顺利，而张舒枫却不知道如何答复他，这种熟悉的陌生感在内心深处滋长，几乎无法根除。

她真的想痛下决心通过法院彻底去解决他们的离婚问题，而不至于当面提出来，搞得那么尴尬，但是，内心深处另一个自己却无法割舍得下这个与自己相爱六年的男人。

这日下班后，赵秋横依旧直接回家，打开冰箱拿出一瓶冷饮喝了起来。

这些日子他几乎很少喝酒，每天过着两点一线的生活。每天回家他都要习惯性地走到书房去看看张舒枫写下的那些诗歌和短文，文章中字字洋溢着深深的情愫和文学才华。

以前，他从来不看张舒枫写的东西，因为他不喜欢这些无病呻吟的文字。而现在当他静下心来读那些文章时，方才感觉到这些年来张舒枫一个人在家里是多么的寂寞和孤独。

为此，他不停地责怪自己冷落了妻子，没有抽出时间来陪伴她，没有给她真正的爱和关怀。

这三年的婚姻生活里，他一直沉浸在得到的喜悦中，他觉得美丽的校花只属于他一个人，而没有好好地去经营自己的爱情。

如今人去屋空，屋子里的一切都是那样的寂寞和孤独。

就在他苦思冥想的时候，电话铃声响了，是周梦婕的电话，他不敢去接她的电话，电话不停地响着……

赵秋横心情烦乱，离开书房，坐在客厅的沙发上燃起一支烟："我为何要和周梦婕出去？ 她分明不是张舒枫，我为何会将她当作舒枫？"

就在赵秋横思绪烦乱的时候，他听到有人在敲门"咚咚咚。"

赵秋横放下烟头将房门打开，来的不是别人正是周梦婕，赵秋横侧身示意周梦婕进来。

周梦婕看见赵秋横极不情愿的样子，边进家门边说道："那么不愿意看见我吗？"

赵秋横连忙答复说："没，没，没有。你找我有事吗？"

周梦婕很大方地坐在了沙发上，自己拿起桌子上的苹果啃了起来："我的瑜伽老师今天让我去参加一个传统文化的讲座，听说这个老师专门研究《周易》， 对风水也很在行，你和我去听听吧。"

赵秋横一听说"周易"二字，突然想起张舒枫床头放的那本《易经》，他知道自己的妻子为了他的仕途曾经不停地研究这个东西，想到这里便来了兴趣，"哦？"

周梦婕看到赵秋横惊讶的眼神道："去还是不去？"

赵秋横问："几点的讲座？"周梦婕将苹果核放在烟灰缸里："八点的，还有三十分钟，我们这就走。"

赵秋横站起身来，连忙去拿车钥匙和外套。

在讲座教室里，赵秋横听着那个从拉萨过来的老师在举例讲解风水，他听得很投入。

老师说："金、木、水、火、土五行相生相克，风水云，五行运用得当则家庭和睦，事业顺利，身体健康，五行运用不当时，家里会常常不顺，这不是迷信，这些东西顺应世间万物的变化规律，所以，人在这个客观世界做事都是有规律可循的。顺则昌逆则不利。"

老师顿了顿又说："我到深圳后遇到的一位咨询者，他对我讲，他和老婆一年四季总是吵吵嚷嚷，让我想想办法。

我便随他去了他家里，在他家转了一圈后，我告诉他，他家的卫生间在厨房隔壁，并且灶头正对着卫生间那堵墙，对面是水，这头是火，水火不不相容，直接用火和水硬碰，也难怪家里总是有争吵。

另外，他家主卧在西北方位，次卧在西南方位，西北属金是乾位，西南为坤位，主卧那间本该是男主所住，对女人而言煞气太重，而他家里刚好颠倒了方向，他住在了次卧，将主卧方位让给女主。

这样女主势必在家强势且火气很大，而他在坤位挤占了女主的阴柔空间，所以他们应该调换一下灶头位置，同时调换一下各自住房。"

老师喝了一口水又讲道："经过调整，前不久那男子家里安稳了很多。"

赵秋横听着，差点儿笑出声来。

讲座完毕后，赵秋横同周梦婕走出了教室。周梦婕在旁边一直喳喳喳地叙述着刚刚听到的那些，而赵秋横却一句都没有听进去。

说来也巧，这一幕被刚刚从火锅店下班的玲儿和张斌成看见，张斌成试图要喊住赵秋横，却被玲儿拦住了。

双方相互错开一段距离后，玲儿对张斌成说："别那么不懂事，你这么打招呼算啥？ 你都不知道你姐夫身旁那女的是什么人。"

张斌成嚷嚷道："目前为止他还是我姐夫，我不能容许他和别的女人来往。"

玲儿瞪了张斌成一眼："你都没有搞清楚他们什么关系，就在这里乱嚷嚷。"张斌成显然是着急了："那你为啥不让我上前去打招呼呢？"

玲儿道："你没看出来那个女的对姐夫，那种感觉好像和自己男朋友在一起一样，你咋去打扰他们呀？"张斌成更加着急道："那就更得阻止他们来往了。"

玲儿此时的心里其实比张斌成更加酸涩，她清清楚楚地看到那个女的挽着赵秋横的胳膊，赵秋横却很自然地径直往前走。她也清楚地看到，那个女的长相与张舒枫那么相似。。

她瞬间感觉自己彻底输了，输给了自己那个同乡姐姐张舒枫。

走过一条街后，赵秋横突然意识到周梦婕挽着自己的胳膊，他刚刚在余光里似乎看到了玲儿他们。

他下意识地将周梦婕的手从自己的胳膊中间拿开，转身向身后的人群望去，人群当中行走的竟然全都是陌生人。他很奇怪自己为什么又会联想到玲儿，便责怪自己说："赵秋横，你这都是在干啥呀？"

周梦婕将赵秋横的所有表情尽收眼底，突然说道："秋横，我有句话一直想问你。"

赵秋横瞅了一眼身边的周梦婕，看到她依然脸色蜡黄，虽然和张舒枫酷似，但是，她还是没有张舒枫那种与生俱来的气质，便说道："你说。"

周梦婕也看出了赵秋横对自己的不屑，"你和你夫人目前什么状况？"

赵秋横显然被问到了难以回答的问题。他眼神忧伤地注视着前方，他突然意识到，他们正在向西走，他知道，在千里之外的西北方向有自己牵挂的爱人，而这个牵挂的人已经一年多和自己无话可说了，这种滋味让他十分痛苦。

周梦婕突然停住了脚步站在了赵秋横对面，她看着赵秋横那张英俊的脸说："秋横，我喜欢你。"

赵秋横也望着眼前这个和张舒枫极像的女子。他还是没有说话，他似乎知道周梦婕会这么说。

周梦婕抓着他的双臂深情地说道："我不想看见你如此痛苦。你明明知道和我在一起是快乐的，你为何还要逃避？"

赵秋横推开周梦婕的双手："梦婕，我知道你是个好女孩，但是，我心里根本就装不下别的女人。我们以后不要再来往了。"

周梦婕眼眶瞬间湿润了，眼里的泪珠从眼角滑落了下来。

她是那么的失望，她转身跑开了，边哭边跑。

天空中雨滴飘落。赵秋横站在原地，被雨水淋湿了头发和脸颊。他没有去追周梦婕，他没有去擦脸颊的雨滴，他的心停留在了这一刻。

张斌成和玲儿分别后，回到了自己的住处，他按捺不住愤怒的情绪，进门后便拨通张舒枫的电话："喂，姐。"

张舒枫刚洗完澡，正在用毛巾擦着头发，她突然听到手机在响，一看是弟弟打来的，非常高兴："斌斌，这么久了也不给姐打电话，今天怎么想起给姐打电话了？你还好吗？"

张斌成听见姐姐在电话那头责怪自己，便说道："一直在生姐姐的气呢，谁叫你不让我来深圳做生意的，我得干出个名堂来才能找姐显摆呀。"

张舒枫听见弟弟这么说话不由得笑了起来："小家伙，咋还像个娃娃，男子汉大丈夫哪那么小的心眼啊？"

张斌成感觉心里暖暖的："嘿嘿，姐你那边生意如何？"张舒枫坐在了沙发上，喝了口水说道："还算顺利吧，最近想去老家看看爸爸和妈妈，你也该回来一趟了。这孩子，这么久都不知道回家来看看啊？"

张斌成像个孩子似的用手搓了搓头发："过些日子吧。对了姐，你和姐夫现在什么情况？"

张舒枫顿了顿道："就那样呗，你知道啊。"

张斌成急忙将今天在路上看见赵秋横和周梦婕的事情叙述了一遍，还特意没有遗漏那个女的挽着赵秋横这个细节。

张舒枫挂断了电话，心里久久不能平静。他们两个这样不冷不热，不理不睬已经一年多了，也是时候该做个了结了，霞子说得对，离婚后或许他能够找到一个真正适合他的女子过日子，自己也算是解脱了。

夜，安静得只有星星在一闪一闪地眨着眼睛，窗外的马路上依然车来车往，客厅里钟表嘀嗒嘀嗒的声音敲击着空空的房子。

这个被爱情伤得遍体鳞伤的女人，心里一直期盼着像红牡丹在马背上依偎在阿木背后的那种幸福和快乐，而这种快乐早已经随着婚姻的围城被深深埋藏。

这一切的痛只有她自己知道，也许赵秋横同样也能感觉得到吧。

很长一段时间都没有周梦婕的消息了，赵秋横良心的铁锤不停击打着自己，他不知道为什么会无意中伤害到了这个女孩儿，他真的不想伤害任何人。他很想知道周梦婕自从那天哭泣着消失在雨中之后，这些日子过得如何，但是，他不能再联系她了，越联系越是伤害。

他依然两点一线地过着自己平静而孤独的生活，他依然深深思念着自己的妻子。

这日正好是周日，他懒散地将自己扔在床上，翻阅着张舒枫写的那些文章，突然翻到了一首诗歌：

　　　安逸禁锢了方向

　　　却无法让思想四处游荡

　　　秋风欺凌着散落的树叶

　　　那里却依然绿色一片

　　　思念抗拒着严寒

　　　文字的天堂昼夜敞亮

　　　谁能阻挡结了冰的花朵

　　　谁能摒弃丢了拐杖的顽强

　　　忙碌中拾捡着那些孤单…………

他仿佛看到了那个娇小而孤单的身影，伏在桌前熬过一个接一个的夜晚。

就在此时，电话铃声响了起来。在这空空的房子里那个熟悉的铃声响起时，声音似乎特别的大。电话是张斌成打来的："喂，姐夫你在家吗？"

赵秋横将身体从枕头上支撑了起来，说道："我在家，咋了斌斌，有事？"

张斌成着急地说："姐夫，你和那个女人再有没有来往？我姐要起诉离婚了。"赵秋横愕然道："什么女人？什么来往？起诉离婚？究竟咋回事？"

张斌成显然开始着急了："我那天看见你和一个女人手挽手在街上走，不小心把这事告诉了姐姐，昨天老妈打电话，要我姐姐向法院起诉离婚。"

赵秋横一听顿时有些生气："你这小兔崽子，乱打啥电话？你过来，我和你见面说。"

电话挂断了，赵秋横心情依然难以平静。当时，张舒枫口头提出离婚时，他就没有同意，现在要是真的闹到法庭上，这婚姻估计就真的完蛋了。

一杯茶的工夫，张斌成和玲儿来到了家里。

赵秋横瞅瞅张斌成又瞅瞅玲儿，心里想这孩子，怎么这么不懂事，来就来，干吗叫上玲儿。

他看到玲儿用一种复杂的眼神看着自己，心里说不出的不舒服。

张斌成两人没等赵秋横说什么便坐在了沙发上。

赵秋横一看两人像是要审讯犯人一样，便给两人各倒了一杯水后说道："说吧，你们究竟是怎么给舒枫说的。"

玲儿听到这语气后，腾地一下来了气，厉声说道："赵秋横，是你自己做事不合适，斌成他只是实话实说罢了。"

赵秋横又问道："你们在哪里看见我？"

张斌成还是那么着急："一周以前，我们下班时，看见你从文化大厦出来。有一个和姐姐长得很像的女孩子，挽着你的胳膊，回家我就把这事告诉姐姐了。姐夫你究竟还想不想和姐姐过啊？想过就去找她，她一个人创业很不容易，你自己也不要再招惹其他女人了。"

赵秋横看着这张玩世不恭的脸，突然感觉张斌成长大了，他能够用这

/ 141 /

种口气和他说话，在他认识这孩子以来还是第一次。

他燃起了一支烟，吐出一口烟圈道："那个女的叫周梦婕，在火车上认识的。因为长得像你姐，就多聊了几次。那天她拉我去听讲座，出门后我脑子里乱七八糟想了一堆事情，谁知道她竟挽着我的胳膊。就在那天，我已经明确地拒绝了她。"

张斌成显然不相信赵秋横所讲："讲的好像和电视剧里演的一样，别把自己说那么高大上。我和玲儿一起来就是想劝你赶紧去张掖一趟，找姐好好谈谈，不要把事情搞复杂化了。"

玲儿惊奇地看了一眼张斌成，想道，"他真的是成熟了很多。"她又将目光投向赵秋横心想，"赵秋横说的肯定是实话，他心里只有张舒枫。别人不知道，我是最清楚的。"

赵秋横轻轻点了点头："我今晚就走，去找她。"

张斌成两人走了，赵秋横陷入了深深的思索，他不知道，见到张舒枫时会是什么样的情形，自己这些解释能不能让她相信。

第二十七章　意外灾难

张掖这个城市，下过雨后让人感觉有一丝的微凉。

张舒枫下班后习惯性地打开笔记本电脑，牡丹那张俊俏的脸庞似乎静静地在看着她，键盘随着她那纤细的手指敲击发出哒哒哒的声音。

阿木、牡丹、胡子以及阿姑一行，驾着马车离开山寨朝周县方向而去。

阿木在马背上不时地看向马车里的牡丹，脸上洋溢着幸福的笑容。

阿姑和胡子每人骑着一匹马，二人相视而笑。胡子想，这次去周县一定要让嫂嫂主持婚事将阿姑娶进门来。

一行人天明出发，傍晚时分已经到达周县。

阿木到李员外的家门口通报说他已将牡丹带回来了。

米巧珍闻言后顿时开心不已，随同李员外等人一同出来相迎。

牡丹母女相见后抱头痛哭，这些日子里，米巧珍无时无刻不牵挂着牡丹，她知道这孩子打小就没有离开过自己，她不敢想象这孩子一年多里究竟受了多少罪。

牡丹早已哭成了泪人，离开娘的这些时日她不知道有多么思念母亲，每到深夜总是自己悄悄地抹着眼泪。她依偎在米巧珍肩头说道："娘亲，以后不许再和我分开了。"

米巧珍静静地点了点头，道："丹丹，娘亲不会再离开你了。"

就在米巧珍沉浸在和牡丹重逢的喜悦时，她眼睛的余光突然扫到从门外走进来的胡仁武。

她渐渐地松开了牡丹，惊奇地看着眼前这个酷似自己丈夫的小叔子。这十几年来她一直没有听到过他的消息。对她和牡丹来讲，这个小叔子就是她们唯一的亲人了。

胡子看到大嫂和牡丹抱头痛哭的情形，心里也颇感难受，大哥不在了，他丢下这孤儿寡母在外漂泊这么久，真的是苦了她们娘儿俩了。

他看到米巧珍向自己走来，也迎了上去，扑通跪倒在地，双手抱拳道："嫂嫂，仁武对不起大哥，让大哥丢了性命还让嫂嫂和牡丹经受了这么多苦难。"

米巧珍连忙扶起胡子："叔叔莫要如此说，你大哥那时是遭人陷害，与你本无关系。你大哥若是知你安好，在九泉之下他也会到感安慰的。"

一家人说说笑笑走进了厅堂。

李员外交代家人设宴为胡子一行接风洗尘。

饭间，胡子将阿姑介绍给了米巧珍，告诉她，这是他的未婚妻子，他希望嫂嫂为他们主持婚事。

米巧珍自是欣喜，她对阿姑说："我家叔叔，心思都在江湖，从来未见他喜欢过哪个女子。现在看来，他真的遇到了自己喜欢的人。"说完，看了胡仁武一眼。

胡子自是知道嫂嫂此话何意，悄悄地笑了笑，端起一杯酒倒入口中。

他说道："我家宅子因为当时死人太多，一直无人敢住，明天我找人将它收拾收拾，咱们搬过去住吧。"

米巧珍惊讶道："胡家宅子死了很多人？至今无人住？"此时李员外插话道："是啊，我刚来周县时，一开始也是看好了胡家那所宅子，但是听说里面闹鬼，一直没人敢住，就买了这里。"

米巧珍更是一头雾水："这是为何？当初丁彪将我们赶出来后不是全家搬了进去吗？"

李员外看了一眼胡子说道："我也是听街坊讲的，当时胡家人被赶出府后，丁家全家搬了进去。可是他们住了不到一年，就听人说府里经常闹鬼，说是死了的胡仁富带着全家前来寻仇的。丁彪每日在胡府住得战战兢兢，特意在西屋设了佛堂供奉胡仁富一家三口，每逢清明时节便多烧纸钱，以慰亡灵。"

胡子听后悄悄地笑了起来道："那些鬼啊，是我和兄弟们扮的。"

说完他看看身边的老虎，老虎哈哈笑道："那时大哥一直以为自家大哥一家全被丁彪所杀，就说要寻仇，但不知道丁彪家底细，就隔三岔五让弟兄们扮鬼去丁家打探消息。"

米巧珍看着这个鲁莽汉子道："那为何说死过人，无人敢住呢？丁家的人呢？"

李员外捋了捋下巴的胡子："丁家这鬼啊，闹了整整半年。听街坊说，半年后，那些鬼就将丁家老小全杀了，一个都没有留下。自此，那个宅子就成了鬼宅了。"

米巧珍已然知道其中情形了，转头看了一眼胡仁武说："丁彪搬进胡府后有没有去寻过你的踪迹？我一直担心他会将胡家人赶尽杀绝的。"

胡子知道，嫂嫂不愿意在众人面前揭穿自己杀了丁家全家的事情，便会意道："当时，丁彪四处打探我的消息。在大哥被杀半年后，我确实因为和人厮杀几乎丢了性命，"

说完，看了阿姑一眼，又说道："我遇难后老虎他们几个一直没有我的消息，便到周县老家街坊这里打听。街坊们听过路的人说，我已经被人所杀，街坊们自是信了，这一传十十传百，丁彪也就相信了，便没有再去追究。"

老虎听到这里显然有些着急了，"大哥你还说呢，你当时说去趟老家看看就回来，结果一去就是半年。大家都以为你真的死了，还伤心了很长时间，结果你倒好，在人家阿姑那里过上了神仙般的日子。"

阿姑闻言，脸顿时红了起来。

胡子看了一眼老虎也没有介意这个兄弟说啥："现在好了，一切谜底都揭开了，我明天就名正言顺地去拾掇胡家宅子，嫂嫂和牡丹她们也该有个家了。"

言毕，大家开怀畅饮，许久才散去。牡丹自是和母亲住在一个屋子里，母女俩聊得很晚才各自睡去。

经过数十天的处理，胡府的宅子恢复到了胡家原来的模样，只是府邸牌匾不曾换去，胡仁武心里尚有些许顾虑，而恰恰是这一小小的细节没有处理妥当，之后却招来灾祸。

阿木、老虎以及阿娃都没有离开，帮助胡仁武打理胡家一切事物。

胡家人兴高采烈地搬进自己家的宅子住了下来。

时间过得飞快，转眼已经两月有余，胡仁武和阿姑在米巧珍的主持下在胡府完婚了，一切平安无事。

这日大家在厅堂吃饭时，胡仁武突然提起阿木和牡丹的婚事："嫂嫂，阿木和牡丹两人情投意合，两个孩子分分合合这么久了，应该是时候考虑这两个孩子的婚事了。"

米巧珍最近也一直在观察着阿木，觉得这孩子还真不错，对牡丹那是真的好，将牡丹托付给阿木应该错不了。

但是，她发现最近老虎和阿娃总是想往牡丹那里凑，这究竟是怎么一回事？ 是不是这两个人也对牡丹有什么想法呢？ 这可不是什么好事情，若是如此，那必须得早些将牡丹和阿木的婚事给办了。

为此她也有意想让老虎和阿娃离开胡府，不然总觉得心里不踏实，她便回复胡仁武说："是啊，这两个孩子的婚事也该定一定了。"

牡丹闻言脸颊顿时绯红，看了一眼阿木后将头低了下来。

此时有两个人却坐不住了，首先是老虎，他坐在旁边悄悄嘟囔道："牡丹本来应该是我媳妇。"

这话虽然声音不大，但是，却被米巧珍和胡子听了个正着。

米巧珍看了一眼胡子后，表示不解道："叔叔，这究竟是怎么回事？"

胡子知道嫂子定是对老虎有看法，便道："二弟你怎么说话不算数呢，都承认人家牡丹是侄女了，怎么又在这里胡说。"

老虎依然嘟囔道："本来就是这样，大哥你非要我将牡丹让给付家这小子。"

胡子有些生气，站起身来吼道："二弟，再不可如此之说。男儿须大度，说出话来一句话一个坑，你不得出尔反尔。"

老虎瞪着大大的眼睛嘴里嘟囔着："就说说，还不能让人说了？"胡子没有再去理会老虎。

就在当日晚上，米巧珍去阿姑房间和阿姑说了会儿话后，便要回自己房间休息，她看见阿娃在牡丹房间门口鬼鬼祟祟，便喊出了声来："阿娃，你在干吗？"

这一喊不要紧，可是惊动了房间里的阿姑、牡丹以及阿木，大家纷纷出来想问究竟是咋回事。

阿娃顿时恼羞成怒："我就是路过，至于吗？搞得我好像做了贼似的？"

众人顿时面面相觑，不知如何是好，阿娃看到这种情形，扭头回到了自己房间，并将房门甩得震天响。

大家各自回到自己房间睡觉去了。

第二日清晨，牡丹依照惯例去母亲房间请安，她来到母亲房间门口，敲击着房门。可是，房门里面一点动静都没有。按照平日的习惯，母亲应该应声说："丹丹，门开着呢，进来吧。"

为何今日却没听见母亲在房间里的说话声。牡丹心急如焚，试着推开房门，房门并没有反锁。

她推开房门之后，双腿一软瘫在了地上。

房间里母亲紧闭双眼，躺在地上，满地是血。

母亲死了，被人杀了。

牡丹放声大哭。她唯一的亲人就这样被人杀了，她不知道究竟发生了什么，她不能接受这个事实。

就在此时，胡子、阿姑、老虎等人闻声纷纷赶了过来。

胡子和阿姑扶起瘫在地上的牡丹。

老虎虽然是粗人，但凭这几年在山寨打打杀杀的经验，他仔细观察四周的蛛丝马迹，在房间角落里捡到了一支剑穗，递给胡子。胡子接过剑穗一看，认出是阿木剑柄上的。

他发现阿木不在人群之中，便吩咐老虎去阿木房间寻找。老虎会意地点了点头便即刻转身向阿木房间走去。

几分钟后，老虎转回米巧珍房间对胡子说道："阿木不在房间，照理说凶手不应该是阿木，这是他丈母娘啊，估计是阿木和谁在厮杀时掉下了剑穗吧。"

胡子也赞成老虎的判断，便吩咐家丁，将米巧珍尸体处理好以备发丧，并禀告官府查办此案。他又让阿姑将牡丹扶到她自己的房间里。

此时，米巧珍房间里就剩下他和老虎两人，他们二人同时在思考分析究竟谁是杀人凶手，他和老虎一致认为，阿木绝不可能去杀害牡丹母亲。

老虎突然想到一人，他告诉胡子说："昨日阿娃和牡丹母亲产生冲突，指不定这小子在恼羞成怒的情况下杀了大嫂呢。"

由于胡子昨日出门归来甚晚，还不曾知道此事，便问老虎这究竟是怎么回事。

老虎便将昨日阿娃在牡丹门口鬼鬼祟祟，被牡丹母亲痛斥的事告诉了胡子。

胡子突然问老虎："你上午见到阿娃了吗？"

老虎虎眼睛睁得圆溜溜的："我去阿木房间时顺便去了阿娃房间，也不曾见到阿娃。不过，阿娃这小子背地里使坏也不一定啊，上次，他就偷偷地将牡丹迷昏试图从阿木眼皮底下偷走牡丹，刚好让我劫到了山寨。"

胡子闻言顿觉惊讶，便对老虎说："你去牡丹房间叫一下你嫂嫂，我有话要问她。"不一会儿，阿姑走了进来。

胡子看了一眼阿姑道："英子，阿娃昨日和大嫂发生冲突的事情，你可知道？"

阿姑脸色苍白，显然没有见过这身边人被杀死的情形，说道："这小畜生。昨天回到房间后，我去找了他，将他狠狠地训了一番，让他连夜回寨子去了，别在这里丢人现眼。"

胡子和老虎交换了一下眼色，显然这阿姑不会想到这杀人的事情与自己侄儿有关，便不再问什么了，"最近你多陪陪牡丹，切不可让这孩子再有什么闪失。"

阿姑点头答应便又回到了牡丹房间，照看牡丹去了。

阿姑出门后，老虎对胡子说："阿娃这小子上次就偷偷搞事儿，这次估计还是他。"胡子轻轻摆摆手，示意老虎说话轻一点，免得阿姑听到后会有其他想法。

胡子道："你抓紧去一趟阿娃家那个山寨，看看他究竟有没有回到山寨。如果见到他，你想办法将他弄来，我们查查清楚，也便于衙门查案。"

老虎应声走了。胡子陷入了深深的哀痛和沉思。

他看着这个他曾视为娘嫂的女人安静地躺在那里，再也不会说一句话了，他记得自己曾经答应父亲保护家园，现在却一次次目睹亲人被别人杀害的情形，心里无比疼痛。这究竟是为什么？

哥哥死了，胡子原以为自己能够守护好哥哥的遗孀，为什么她又会被人所杀呢？

阿木和阿娃同时失踪，这其中究竟是怎么回事呢？他叫来了跟随他回家乡的毛头，让他出去务必寻找到阿木，如果找见阿木，所有的疑团说不定就会被解开。

毛头领命去寻找阿木了。

米巧珍的丧事在胡子的操持下举办，牡丹趴在娘亲的棺材上哭得死去活来。

她在问娘亲："你不是答应过我再不离开我的吗？你为什么要丢下牡丹一个人走了？"悲悲切切的场景，让胡子和阿姑也跟着不停地抹着眼泪。

胡家府邸因发丧之事显得格外阴冷。一个月过去了，老虎从阿娃寨子回来后说并没有看见阿娃。

胡仁武一直在思索："阿木和阿娃这两人究竟去了哪里？为何突然失踪？他两人与嫂嫂之死究竟有没有关系呢？"

所有的疑团在胡仁武脑子里翻来覆去地转动着。

就在胡仁武冥思苦想的时候，老虎匆匆忙忙跑了进来道："大哥，阿娃他回来了。"

胡子腾地一下从藤椅上坐了起来，问道："他人在哪里？"

老虎指指身后，只见阿娃正向厅堂方向走来。

阿娃一进门，胡子便连忙揪住阿娃的衣领道："告诉我巧珍是不是你杀的？你这些日子都去了哪里？"

阿娃见状按住胡子的手说道："姑丈，你是我亲姑丈，你得容我说话呀。"

胡子发现自己在孩子面前失了态，连忙松开抓着阿娃的手说："说吧，都什么情况？"

阿娃便将事情的原委一一向胡子说了出来。

那晚因为米巧珍痛斥了阿娃，阿姑感觉甚是难堪，众人进屋后，她便来到阿娃房间，进门后便扇了阿娃一记耳光，连声骂道："小兔崽子，你丢不丢人啊？且不说我们现在是人家胡家的家人，就你是我阿姑的侄子也让我下不了台。"

阿娃委屈地捂着脸说："在山寨时我就喜欢牡丹，你不是说她是我未婚妻吗？我还以为是真的呢，谁知道又冒出来个阿木。"

阿姑看着阿娃可怜的样子，顿时想起了早早死去的哥哥嫂子，便又心疼起阿娃了："那时候老虎一直对牡丹虎视眈眈，说牡丹是你未婚妻是为了保护牡丹，你早已知晓牡丹心有所属，就该把她当妹妹看，做哥哥的干吗在妹妹房间门口鬼鬼祟祟的，让人看见你不嫌丢人啊？"

阿娃听见姑姑如此说，也觉得自己做事不妥，低着头委屈地说："我只是想找牡丹问句话，问问她有没有喜欢过我。"

阿姑看着这个侄子既心疼又难受，上前去用手抚摸阿娃那张被自己打了的脸，并将阿娃揽在怀里说道："娃，回寨子去吧，别在这里待了。到咱寨子里，如果有相得中的姑娘找一个，姑姑替你操持婚礼。"

别看阿娃人固执，在阿姑面前那是言听计从，因为打小父母双亡，他和妹妹一直把阿姑当作自己的亲娘一样孝顺。

听阿姑如此说便点了点头说道："我即刻就走，回去还要照顾妹妹呢。"

阿姑点头称是，连忙帮阿娃收拾东西，看着阿娃走出胡府后才回去睡觉，当时胡仁武还没有回来。

阿娃背着包袱从胡府出来，连夜向自家寨子方向走去。

当他走了大约半个时辰的时候，突然听见背后有打斗声，便停住了脚步，却发现打斗之人不是别人正是阿木。他想看个究竟便悄悄跟随着，却发现阿木一路在追杀一个黑衣男子。

显然那个男子不是阿木对手，二人正在打斗间，从半道里突然杀出一个中年男子来，那个男子一上手便开始帮助阿木，手中的剑直戳黑衣男子。

阿娃看得莫名其妙，心想："阿木追杀这个黑衣男子干啥？这中年男子又是谁，为何要帮助阿木？"

就在这时，阿木手中的剑径直戳进那个黑衣男子前胸，男子顺势倒了下来。

阿木随即摘下黑衣男子脸上蒙着的面纱，只见那中年男子突然喊了一声"老狄"后又转脸问阿木："木儿，你为何要追杀老狄？"

看到这里，阿娃意识到这个中年男子应该是阿木的父亲了，因为他和阿木长得太像了。

阿木似乎并没有顾上理会父亲，急忙问那个老狄："你是谁？你为何要杀害牡丹的母亲？"

阿木父亲听见阿木如此一问，便将老狄情况向阿木大概说了一下。

"老狄十几年前就在镖局跟着我干。有一次他出去押镖，回家后发现自己妻儿都被恶棍丁彪所杀。而这个丁彪在蠡县恶贯满盈，杀人越货之事并没有少做。他因瞧上了老狄的妻子，一直想据为己有。"

"趁老狄押镖不在家时，丁彪蹿入老狄家中想对老狄妻子使坏，老狄十岁儿子挺身护母，被丁彪杀害。妻子见孩儿已死，自己不愿意屈从便寻了短见。老狄回家后得知此事，便去找丁彪寻仇，可那丁彪早已离开蠡县，不知去了什么地方。于是老狄便向我辞行说要去寻找丁彪下落，自此我们便有十余年未曾见过面了。"

阿木父亲说完又问老狄："你离开蠡县这些年都去了什么地方，今天为何被木儿追杀？"

这老狄一听自己曾经的主子左一声木儿右一声木儿，便问付镖头："付哥，难不成这就是少爷了？"

付镖头轻轻点点头，将老狄扶了起来："你伤口没事吧？ 说说你究竟找到丁彪了没有？ 今日为何会被木儿追杀？"

老狄跌跌撞撞，顺着付镖头的搀扶从地上站了起来道：

"自从我离开蠡县后，一路打听，一直追到了周县，这期间整整花了我两年多的时间。那丁彪在周县不知怎么混的，成了当地财主，后来他霸占了当地首富胡家财产和房屋，并将胡家全家赶出周县，自己住进了胡府。那时我听到此事后更加气愤，曾几次偷偷翻墙进入胡府打探丁彪虚实，后来我确定了丁彪回家的时间以及丁彪和那个新娶小妾所住的房间了，便翻墙进入胡府——不对，当时应该改名叫丁府了。跳入丁彪所住房间后，谁知丁彪早就设有埋伏，我被家丁五花大绑擒住。他们将我暴打之后卖到了边关一个矿区做了奴役，这一走就是十年。因为矿区看守很严我根本无法逃脱。数月之前，也是机缘巧合，我有幸逃了出来，便日夜兼程心急火燎地赶往周县，发誓非要杀了丁彪这个挨千刀的。今天我刚到周县，便看见丁彪府邸依旧那样人来人往，心里更加来气，为了不让丁彪再设什么埋伏，晚间我趁人不备便翻入丁家，直接到丁彪所住房间而去。可是，到房间后却不见丁彪本人而看到了一位美貌的中年女子，我想许是丁彪哪房小妾了。我刚刚入室那女子便要喊人，我就将她杀死了。可在转身之时却遇到了少爷，他挥剑便要杀我，我自是打不过他，就一路逃跑，事情便是这样了。"

阿木听完后更加愤怒，拔出长剑便向老狄戳来，却被父亲挡住："木儿，你为何非要杀他，你为何会在丁家？ 被老狄杀了的究竟是什么人？"

这些话也正是老狄想问的。

阿木强忍心头怒火道："你这老匹夫，杀人也不打听清楚再杀，你可知现在丁府住的什么人？ 你可知你究竟杀的是谁？"

付镖头着急，老狄更加着急，付镖头道："赶紧说，还问他作甚？"

阿木道："现在丁府住的是原来周县首富胡仁富的家人，那丁彪全家早在十年前就被胡家大掌柜变成鬼魂勾走了。今天你杀的正是胡家大掌柜的夫人，也就是胡掌柜留下的遗孀。"

老狄听完连连跺脚，后悔自己杀错了人。他杀错的不是别人而是为他报了大仇的恩人的夫人，这如何了得？

阿娃将这一切听得明明白白，原来他离开胡府后发生这么多事情。牡丹娘被这蠢货误杀，估计牡丹已经悲伤得不像样子了，怪不得阿木一直在追杀这个人。

所有的事情说完之后，阿木便要绑着这个老狄去胡家给牡丹个交代，却被阿木父亲拦住了，他对阿木说："木儿，老狄这些年太不容易了，逝者已矣，为何再去害死一个生命呢？"

阿木站在原地迟疑了良久。就在阿木纠结的时候，那老狄猛地向前一扑，捡起自己掉在地上的长剑便向脖颈抹去。寒光一闪，鲜血滴滴答答顺着剑身流了下来，老狄身子一歪倒在了血泊之中。

他圆圆地睁着眼睛，安静地倒了下来，像是大仇已报就此安然而去的样子。他或是想告诉他的老主子，不要为难儿子，抑或是向胡家大当家的致歉说，对不起胡掌柜，我误杀了你的夫人，我以命相抵。

这一幕惊呆了阿木，同时也惊呆了在黑暗处偷看的阿娃。

阿娃讲完这一切后，拿起胡子桌子上的水壶，自己倒了一杯水喝了起来。

胡子听完这一切不禁失声痛哭："可怜我那嫂嫂，竟被那丁彪的仇家误杀而死，这让我如何向那故去的大哥交代呀？"

老虎在旁边听完也忍不住抹了一把眼角的泪水，厉声说道："小兔崽子，你既然没杀人，那你跑啥？害得老子四处寻你。到你寨子去，寨子的人说一直没见你回去过，你后来又去了哪里？"

阿娃看了老虎一眼然后将手中的水杯放下说道："本来听完阿木所讲之后，我想回来看看牡丹的，可是发生了一件让我很好奇的事情，我又跟随阿木走了一段路程，弄清楚之后才返了回来。我又没马匹，这一来二去的，不得耽误些时日啊。"

老虎着急道："有话就说，有屁就放，别一天磨磨唧唧的像个娘儿们似的。"

阿娃看了一眼胡子，说道："姑父，这事我说了，牡丹的婚事需得从长计议了。"

阿娃这么一说老虎听得更加新奇："赶紧的。"

阿娃说："当我正准备往回赶时，从路边马车里走出一个美丽的女子，那个女子好像和阿木很熟，她拉住阿木的胳膊说，'阿木，终于见到你了。'我感觉很好奇，也很想知道这个女子究竟是阿木什么人，便一路跟着阿木走了一段路程。结果听见那个女子说，她的家人已经向阿木父母提亲，这次阿木父亲是来周县抓阿木回去完婚的，知道缘由之后，我便赶回来了。"

老虎听完阿娃讲述后虎眼睁得更大了："大哥，看吧，这小子他家里有女人。"

胡子依然沉浸在嫂嫂被杀的悲痛之中，并没有把老虎的话放在心里，他转而又问阿娃："阿木他追杀完刺客之后，为什么不返回来？他难道不知道牡丹现在的境况吗？"

阿娃喝了一口水接着说："那阿木是想回来，说这边还有急事要处理，可那女的和那付镖头好像押解犯人一样盯着阿木随他们一同回家了。路上我还看到，那阿木根本就不搭理那女的，并且一直神情恍惚的。"

胡子现在是真听清楚了，此事也被路过胡子房间的牡丹听得清清楚楚。

牡丹自母亲丧事办完之后，心中哀痛始终无法消除，她天天以泪洗面，不知道自己以后的日子该怎么过。

父亲不在时，她还小不懂事，没有如此地伤悲，她只是看到娘亲天天在抹着眼泪。而现在她长大了，能够真的感受到失去亲人给她带来的伤害和痛苦。

在痛苦的时候，她最希望的当然是阿木能够陪在自己身边了，而阿木却像是人间蒸发了一样，杳无音信。听叔叔说，他在娘屋子里看见了阿木的剑穗，许是追赶杀人凶手去了吧？ 阿木会不会有什么不测啊？ 思念和担心同时折磨着这个哀痛中的女子。

她将自己关在闺房里已经有一段时间了，今天无意间听见老虎扯着嗓子喊说阿娃回来了。因为阿娃和阿木是同时失踪的，她想，阿娃必是知道阿木的行踪了，所以就从闺房里出来想问问阿娃。

就在她走到胡子房间门口时，正好听见阿娃在讲述阿木追杀杀人凶手的事情，便站在叔叔房间门口听着阿娃的讲述过程。

当听到母亲是被别人误杀的，她哀痛得差点儿昏了过去，本想转身回闺房的，但是，她又听到阿木被一个女子纠缠着回家去了，便又站在那里听了起来。

牡丹知道，无论如何，阿木心里只有她一个人，她相信阿木对自己的那份感情。听完阿娃诉说后她心情很平静，悄悄地抹掉了眼角还残留的泪水回到了闺房。

第二十八章　开启新航线

这日清晨，张舒枫早早起床，因为张涛伤势还没有好，她便借来了张涛的车，自己驾车向高台方向驶去。

她想去看看父母，同时也想去和一位做红色旅游文化的同学见个面。

公司目前旅游行业几乎没有什么实质性的进展，她想找这位在旅游行业里颇具影响力的同学帮忙，换句话说她想与他合作，共同发展张掖旅游文化事业。

这个在高中上学时期最顽皮的男生陆刚，上学时学习不是很好，脑袋却很聪明，高中毕业没有考上大学，便去湖北省武警总队司令部当兵。

在当兵期间他曾任司令部文书、班长职务，军旅生涯使他对人生和价值有了别样的认知，他始终牢记军人肩负的神圣使命和职责，以严谨的作风、崇高的信念和无私奉献的精神获得了很多优异的成绩，连续两年荣立个人三等功，多次获得支队嘉奖。

退伍之后，他多次谢绝部队领导劝留部队继续发展的好意，决心回乡创业，立志为支持家乡经济建设做出自己应有的贡献。

在国家倡导的"大众创业、万众创新"大趋势下，他创办了旅游文化公司。

他以自己独特的判断和眼光，依托本地深厚历史底蕴及丰富的旅游资源，以及凭借高台烈士陵园弘扬红色文化，挖掘革命先烈的壮烈故事为契机，开启红色产品的研发和宣传，深耕文化旅游带动乡村振兴、科技研发、生产加工、电子商务等相关产业互融互促为主攻方向，着力打造创新发展新引擎，培育壮大文旅产业新业态，助推全县经济发展提档升级。

他始终本着以"生态、高效、特色、精品"为发展思路，现已形成创新创业孵育、文创产品研发、农特产品加工、电子商务、快递物流等几大业务板块的布局运营。

这种正能量能够推动张掖经济发展，也正是张舒枫所期望的。车行驶在高速公路上，路途掠过的那些工厂和美丽的风景，不禁让她对自己的家乡近几年来突飞猛进的发展感到欣慰。

一个小时之后她来到了高台，先是回到家里去看看爸爸和妈妈。

快到家门口时她拨通了母亲周兰的电话："喂，妈，你在家吗？"

周兰正在家里绣十字绣，看到张舒枫打来的电话后非常高兴，连忙放下手中的针线："枫儿，我在家呀，你回家来了吗？"

张舒枫边停车边回应道："我已经到小区了，正在停车呢。"

周兰更加兴奋了："好好好，妈妈给你开门。"

周兰边挂电话边向书房里的张宝生喊："老张，枫儿来了。"

张宝生正戴着老花镜在书房看书，听说女儿来了，便将书放下，走出了书房。

这张舒枫自打从深圳回来就一头扎进创办公司的事情上面，还没有回过家呢，一则她不愿意将自己在婚姻中的不开心带给父母，二则确实是太忙了，一点时间都抽不出来。

张舒枫走进家门后，环视了家中这熟悉的一切陈设，看到妈妈收拾得干净而整洁的家，又看到两鬓略有白发的父母，感觉到父母已经渐渐老去，家还是那个家，熟悉而又温暖。

周兰连忙去冰箱拿饮料，张宝生却阻止说："多凉啊，还是让孩子喝热水吧。"

周兰赶忙去给张舒枫倒水。

张舒枫看见妈妈这个样子，呵呵地笑出了声来："妈，你忙忙叨叨的，我又不是客人，干吗呀这是？更何况我这几天又不走，高台有业务，我要在家里住几天的。"

张宝生也笑了："你妈天天给我唠叨，说两个孩子谁都不回家来，我们两个老东西就这么招人嫌吗？ 呵呵呵。"

周兰看见张宝生当着女儿的面说自己的坏话，便有些生气："我那是想孩子们才说的，到你嘴里咋就变味道了。"

张舒枫连忙搂住周兰肩膀说道："妈妈的心意我们都知道，我们也想你们啊，这不是太忙了吗？ 更何况你们不是刚从张掖回来也没多久啊。"

周兰听后顿时笑了："那不一样，那是我们去看你，这次是你回家。"

张宝生也笑了："枫儿，上午没什么安排吧？ 想吃什么？ 我和你妈给你做。"

周兰也说道："要不妈妈给你包饺子吧，怎么样？"

张舒枫将自己的脸挨到妈妈的脸上说："妈妈做啥我吃啥，呵呵呵。"

周兰也笑道："我这就去做，哦，对了，斌斌有没有和你联系过？"

张舒枫回答说："前几天打电话，说了些事情。"

周兰又说道："你和赵秋横的事情，你真的觉得要通过法院去办理离婚手续啊？ 你们两个真的就没有什么可能了吗？"

张舒枫一听妈妈说这件事情，顿时脸色变得严肃起来："都一年多了，两个人总不能这么耗下去吧，彻底了结后，也不耽误人家赵秋横找到合适的伴侣啊。"

张宝生开始严肃起来了："我觉得，你和赵秋横面对面地聊聊，这孩子虽然有些毛病，可我觉得他心里一直放不下你，啥都是原装的好，再找一个没有这样的毛病，也会有那样的毛病。你要考虑好了再做决定。"

张舒枫感觉爸爸的话还是有些道理，便说道："赵秋横发来微信了，说他最近要过来一趟，等他来了我和他好好聊聊吧。"张宝生连忙点头道："嗯，应该这样。"

张涛半躺在床上，客厅鱼缸里的水泵在不停地抽换着水，水中的鱼儿时不时地发出咕嘟声。

他自从被王强差人打了之后，浑身疼痛，且脸伤严重，也无法去公司上班，只好待在家里养伤。日子一天天过去，伤势也在一天天转好。

公司现在正是起步阶段，一切事物都需要费心去张罗，张舒枫一个人肯定是忙不过来，在家的这些日子他心急火燎。前期他和张舒枫谈合作的时候早就将自己原先那些业务并进了新公司，所以，现在的公司相当于也是自己的公司，他必须得全力以赴地去打理。

另外，和张舒枫相处这一年多来，他渐渐开始喜欢上了这个漂亮而能干的女子了，多少次他曾暗暗地向张舒枫表露心迹。

可是舒枫却装作不懂，用其他的话语来敷衍，他也清楚地知道张舒枫心里装着自己在深圳的丈夫赵秋横，他同样知道蒋飞这数年来一直倾心于张舒枫，却被明里暗里地拒绝。

张舒枫和这赵秋横闹离婚也一年多了，至今还有一点藕断丝连，可是，每次赵秋横来张掖时，张舒枫显得那样的冷漠。

估计他们两个也没什么戏了，这样的话我是不是还有机会呢？

有时候他在想，张舒枫就像一块不用雕琢就很通透的玉，谁要是能够得到她的芳心，那便是得到无价之宝了。

而这个赵秋横为什么不去好好珍惜呢，真是个傻瓜，想完后，张涛忍不住笑出了声来。

上次舒枫来到家里，妈妈向她提及此事，舒枫那表情怎么都让人琢磨不透，这件事情他越琢磨越觉得捋不出头绪来，算了，不想了。

在家里休息的这些日子里他同样也一直从各种资料里面查找张掖的一些历史遗址，他想这里面肯定有很多凄美的故事，而这些地方如果都能够设为旅游景点，是不是旅游业会有一个新的突破呢？

比如高台的烈士陵园、张掖的大佛寺、临泽的丹霞地貌，能够用什么样的方式将这些旅游景点连成一条线，让游客在参观这些景点的同时领略当地一些特色产品和非物质文化遗产呢？

这些都有待进一步去研究和探索。

比如甘州巷子这种模式，招商引资，统一孵化集中管理，择优入驻，分项培训。

其他地方有文化特色的景点完全可以用这种方式去运作啊。

张涛在家里开始在笔记本电脑上撰写各县一些旅游文化和非物质文化方面的项目建议书，他已经和张舒枫商量过了，他们要根据各县特点一步步去突破。

今天舒枫去了高台，希望她能够联系到高台红色文化公司老板陆刚。

张涛这个人思路一向清晰，考虑问题通常都是一项一项逐步往前推进。

将项目建议书整理完毕后，他想下床去走走，可是，这腿和腰部却格外疼痛，行动很是不便，看到自己现在这个样子心里油然生出一种莫名的火气来。

他清楚地知道打自己的人就是贾东，而这个贾东，人长得人五人六的，怎么这么坏，而这么坏的人把企业却做得那么大，真的是不可思议。

有人说格局决定结局，为什么贾东这样格局的人会成功？ 在他成功的背后是不是也有一些不为人知的厉害之处呢？

想到这里，张涛忍不住想调查一下这个贾东，通过各种渠道去深入了解贾东和王强这两个人。

还别说，功夫不负有心人，他彻底摸清了贾东的情况。

贾东的公司表面看上去风生水起，此人在外也很是张扬，而实质上，他旗下的所有公司都已经资不抵债，贾东几乎过着打地鼠一样的日子，拆东墙补西墙，有时候甚至连银行的贷款利息都还不起。

这种境况下王强却为何像哈巴狗一样死心塌地地跟随着贾东呢？

张涛很是不解，想到这里他便对王强也展开了一系列的调查。这次无缘无故被打，八成也离不开王强这个眯着小眼睛的坏人。

王强早年在玉米种子很火爆的市场氛围下，和小舅子一起成立了一家注册资金三千万元的玉米种子制种公司。

当时，玉米种子算是暴利行业，在那期间，王强赚到了很多钱，野心不断膨胀，他不停地扩大经营规模，大兴土木，扩大厂区建设，什么果穗烘干、籽粒烘干等数条生产线齐上。

个人手头的钱花光了，便去银行借款，他用需要承担高额利息的项目资金贷款去搞基本建设，从来不考虑资金成本因素，也不规划资金的实际用途，就这样拿着银行的钱。看到自己圈到的偌大的场地，他财大气粗，目中无人。与此同时，有些人看着甚是眼红，便纷纷效仿，没钱就找王强借呗，借不了让王强去担保呀。

对于所有这些需要他"帮助"的人，他竟很义气地答应了下来，在担保合同上签字画押之后，担保风险便顺理成章地转给了他。这期间好些由王强借了钱的、担保了的老板因债务问题而破产倒闭，金融系统向这些人讨债时，却失去了联系，这份债务自然而然就落到了王强头上。

累加下来，连同借款和担保王强总共有三千多万元的债务，还不算他从银行自己借的五千多万。

王强公司一下子从谷峰被推到了谷底，资金链条中断，负债经营带给了他很大的压力，金融系统以及小额贷款公司通过法院采取资金保全措施，公司厂房被查封，一些能够移动的机器设备也因为付不了村社的制种款被村社干部扣押拉走。

欠款还不上，农户每天堵到公司门口闹事，王强不敢回公司；工资发不出来，员工堵在家里不走，王强不敢回家。后来他被逼无奈卖掉了名下所有的房屋和汽车用于抵债，自己也搬到了公司附近一间公租房里。

老婆孩子怨声载道，王强公司最后清算倒闭，公司倒闭后王强彻底走投无路，生活没有着落。无奈之下他找到了昔日的狐朋狗友贾东，贾东很是"侠义"，毫无推辞地收留了他。

王强万分感激，觉得这个东哥对自己来讲有再造之恩，便将与生俱来的这一肚子坏水全盘端出来赠予了贾东，贾东当然很是受用。

所谓物以类聚，人以群分。而贾东这个人做企业从来都是东一榔头西一棒槌，到处敲打。

他头脑确实聪明，不停地寻找合作伙伴，合作建成公司。之后，他便想办法退出那个公司，以此达到套取有钱老板资金的目的。

所以他旗下公司很多，有些公司规模也很大，并且贾东名声也是非常的大，没有和他打过交道的人都认为贾东是一个身价过亿的有钱老板，值得共同做事。

但是，只要是和贾东合作过的人，便会在张掖这个地方留下伤心的泪水，而贾东所创办的公司却没有一个能够正常运营下去的，基本上都是习惯性流产。

至此，他将自己的业务范围不停地扩大，同时将寻找合作伙伴的触角延伸到了东北、河南、新疆等地。

公司资金链条常常中断，他从各种渠道去筹措资金，通过担保、抵押等方式向各种金融机构借款，而他自己根本就不懂管理，也不把心思放在日常运营上，以至于银行贷款越累越多，前期与他合作过的老板们纷纷将他起诉到了法庭，贾东背负的经济案子一起接着一起。

他专门找了一个能够出怪招的律师，给他起草控制股权和财权的章程，并且设计各种合作协议让合作者上套。

在公司里他唯我独尊，说一不二，常常在办公室里辱骂员工，公司内部总是弥漫着阴霾的气息。

不仅如此，贾东此人格外好色，每次招聘首先考虑年轻漂亮的女子，而在她公司的女员工，他几乎都想触碰。为此，好多女员工在入职不久便纷纷离职。

几年下来，他确实没有赚到什么钱。

为了公司正常经营，他采纳了王强的建议，去各种金融机构借款，每次银行资金一旦入账，他便开始大肆地挥霍，宝马、大奔换着去玩，一个人住着好几套房子，房间的装修也是奢华之至。

他有一个最坏的毛病就是，一旦银行借款资金入账，他便交代会计开始倒账，什么朋友要用钱，什么要去还他个人借款等等，以至于公司会计也干得战战兢兢。

而他自己始终觉得这便是他这些年总结下来的经营理念，银行的钱不用白不用，而他根本就不懂得高额的资金成本给企业带来压力，也不懂得该如何提高资金回报率。

同时，他也不懂得现金流断裂将给企业带来灭顶之灾。

一个老板如果不能够按照市场规律运营公司，公司势必会走向衰败，一个企业如果不能够合理配置各种资源，那么公司将被老板玩耍得破败不堪。

一个公司当中老板就如同人大脑的中枢神经一样，他的意识形态出了问题，企业的各种行为必将违背常理。

这些年来，好多老板如同贾东、王强一样，盲目投资，盲目融资，不重视现金流的风险，公司渐渐走向衰败。

而现在的企业寿命也渐渐缩短，好一点的最多存活三到四年，如果是经营不善的公司，直接就在一两年之内完蛋。张涛静静地思索着，他看着窗外祁连山上隐隐约约的融雪，街道上车来车往。

他没想到在张掖这个地方做些事情竟如此之难。自从与张舒枫创办企业以来，各种压力接踵而来，他知道张舒枫的压力比他还要大，一个女子在外闯荡，确实有诸多不便。

就如上次，贾东差一点儿得手，将她侵犯。而公司目前只是刚刚起步，下一步的路该如何去走？要稳稳前行，但也得加快步伐。

此时，妈妈从外面买菜回来了，喊道："涛涛，中午妈妈给你包饺子吧。"

老妈的喊声打断了张涛的遐思，他连忙答道："妈，我最近在家的这些日子，你天天做好吃的，我都胖了。"

张涛妈边换拖鞋边说："啥胖了，你原先是太瘦了。"

张涛嘿嘿笑了笑道："好吧。"

张涛妈妈又说道："那个张舒枫怎么再没来看过你啊？那孩子可真不错，你得抓点紧啊。好女子是一所学校，把好女子娶到家妈也开心，呵呵。"

张涛听着妈妈欣喜地夸赞着张舒枫，心里不禁涌起一股甜蜜的喜悦，可这份喜悦来自自己内心对张舒枫的爱慕。

张舒枫拨通了从同学那里要来的陆刚的电话。

"喂，哪位？"电话那边显然看出来这是一个陌生号码。

张舒枫自高中毕业之后已经六七年没和这个老同学联系过了，但听声音仍然能够判断出就是他本人。

她说道："陆刚，我是你高中同学张舒枫啊，还记得我吗？"

电话那头传来了呵呵呵的笑声："大美女啊，是哪股风将你这大美女的电话挂我这里来了？ 听说你嫁到外地了，可有回家来看看？"

张舒枫也笑道："呵呵，瞧你说的，怎么能不回家呢？ 父母不都在老家吗？"

陆刚似乎突然发现了什么似的说道："咦，你这是张掖号码啊？ 莫不是又嫁回来了？ 哈哈哈。"

张舒枫被这个调皮捣蛋的男同学问得顿时有些尴尬："我在高台，有空吗？ 咱俩见面聊。"

陆刚听得出张舒枫似乎有什么事情要找自己："好啊，什么时候？"
张舒枫回答道："你是大忙人，看你什么时候有空喽。"

陆刚习惯性地翻起左手手腕看了看手表："今天下午四点吧。"张舒枫回答道："行，下午在东街丽轩茶府见。"

下午四点在丽轩茶府，两个多年从未见过面的同学见面了。

陆刚端详着这个在高中时令男同学们神往的女神，一张秀丽而精致的脸庞随着年轮的流转显得格外的成熟和雅致。

今天的张舒枫比起当年在学校时候那个清纯的女孩子，让人感觉更加的美丽和不凡，陆刚不禁感慨道："在大城市就是不一样啊，能够把以前的大美女打造得和电影明星一样啊，哈哈哈。"

张舒枫被陆刚说得似乎有些坐立不安起来了："瞧你说的。"

陆刚知道自己的端详让张舒枫尴尬了，便道："喝点什么？ 女士喝红枣桂圆菊花茶吧，补气血的。"

张舒枫微微点了点头："谢谢！"陆刚自己要了一杯三炮台后习惯性地翻了一下手腕看了看手表道："有事找我？ 呵呵。"

张舒枫用长勺搅了一下杯底的红糖后，将目光投向了这个身材依然匀称，五官透着灵气的男同学道："那我就直截了当地说了啊。"

陆刚喝了一口水后，用手示意张舒枫请讲。

张舒枫便将自己在张掖办了一家旅游文化公司的事向陆刚说了，陆刚认认真真地听着。

张舒枫继续说道："目前公司旅游业务几乎没有什么大的进展，只是在张掖修建了一个餐饮小吃巷道，吸引当地一些特色小吃入驻，作为公司孵化培育项目，由公司给予重点培育和扶持，其他方面没有实质性的突破。"

陆刚看着张舒枫那双坚毅而有神的双眼道："老同学的意思是找我出谋划策还是找我合作呢？"

张舒枫看着陆刚那张骨子里带着自信的脸庞说道："陆刚你还是没有改变在学校时的那股子聪明劲儿。"

陆刚听到张舒枫这么一说便笑了起来："哈哈哈，英雄不问出处，老同学继续。"

张舒枫喝了一口水说道："我认为，旅游行业的发展应该根据当地地理条件和特色景区而去推进，而我却始终找不到突破口，还望老同学能够指点一二。"

陆刚将水杯往旁边推了一下，说道："现在人们创业往往容易走入一个误区——跟风，跟风的结果就是被市场渐渐冷落。好多人被自身技能所限制，总觉得从自己熟悉的领域去寻找突破口才能找到发展方向，将创业当作出路来走，而往往被自己那个所谓的技能所限制，就缺乏创新意识，这样的话路会越走越窄。"

张舒枫听着感觉格外新奇，觉得陆刚在创业方面还是很有自己的一番见地，便轻轻点头道："嗯嗯。"

陆刚继续说道："如果创业者将社会使命和社会责任作为发展方向，真的要去解决一些社会问题，而不是去想着如何能够快速赚到钱，并且要专心专一做好一件事情，那么事业将随着那些社会责任的呈现渐渐成长起来。"

张舒枫依然默认地点了点头。陆刚喝了一口水又说道："一个创业者指导他们发展方向的思想是，你究竟想要什么，你究竟想做什么？而不是我去做什么能够挣到更多的钱。"

张舒枫惊讶地看着这个曾经在班上因为每天完不成作业罚站的同学，那个揪着女同学头发玩的同学，那个被老师断言长大没什么出息的同学，今天他竟有这样的思想境界和这样的创业思维理念，她瞬间对他刮目相看。

陆刚看到张舒枫惊讶的眼神似乎看出来她在想什么，便道："怎么？ 是不是开始佩服你对面这个曾经在班里最坏的那个老同学了，哈哈哈。"

笑声依然那样爽朗。

张舒枫更加惊讶，心想："奇了怪了，他怎么总是能够察觉出来我心里在想什么？ 这家伙也太聪明了吧。"

陆刚顿了顿，又说道："说吧，想和我合作什么项目？"

张舒枫被问得顿时无言以对，连忙说道："我想说的都被你说了出来，从张掖来的时候所有的想法都被你一系列的言语所打破，我竟不知道怎么和你说了。"

陆刚哈哈大笑了起来："你那么聪明，眼光应该很独到。这样吧，你我都想想，下一步我们怎么合作，都合作什么项目？"

张舒枫心想："眼光独到？ 什么情况？ 这陆刚。"

陆刚翻了一下手腕看了看手表，说道："老同学，我还有个应酬，今天就不陪你吃饭了，你我都捋一下思路，明天或者后天我们详聊。"

张舒枫听到陆刚在下逐客令，自己没有讲太多，陆刚好像有读心术一样全部讲了出来，便不好意思地搓了搓自己的双手道："好的，我们随时联系。"

陆刚走了，留下张舒枫一个人，她仔细回味着刚才陆刚讲的那一系列的话。

是啊，创业的路上人人都很迷茫。那些真正想做些事情的人多数被禁锢在了自己的思维方式里，他们多数效仿着前行者的足迹，即便是少部分人有独特的洞察力，能够察觉一个新的领域，也会遇到无数个效仿者挤对得你无路可走，然后停下脚步思索是不是该换一个思维方式再往前走了。

张舒枫脑子里一直回荡着陆刚提到的"创新"二字，边想边离开了茶府。

第二十九章　重症监护

春日清晨的阳光绵软得像海边松散的沙子一样，懒散地洒在卧室里，张舒枫回到家后难得像现在这样睡到自然醒，妈妈也像小时候那样不停在门口喊叫："起床了，都几点了。"

张舒枫懒洋洋地回应着："知道了。"

自从张舒枫回到家后，周兰似乎找到了十几年前孩子们还小时候的那种感觉，瞬间觉得家里增添了很多活力。

她变着法子给张舒枫做好吃的，一有空便拉着张舒枫聊天，说她舅舅怎么了，姑姑又重新嫁人了，等等。

张舒枫也认真听着妈妈讲到的这些家乡的事情。

最开心的还是小舅家的豆豆考到了北京大学中文系，记得豆豆小时候总是吊着两桶鼻涕，时不时用袖头抹着鼻涕。

张舒枫听妈妈讲的时候笑了，问妈妈道："豆豆现在还抹鼻涕吗？呵呵呵。"

妈妈白了张舒枫一眼道："都多大孩子了，哪有那么多鼻涕可抹？"

家乡的事永远都是那么亲切，父母任何时候都希望儿女能够听他们不停地唠叨。

早上，张舒枫赖在自己曾睡了十九年的那张床上，感受着未成家时点点滴滴的记忆，许是这几年在深圳被赵秋横撂在家里太孤单的缘故吧。

妈妈边干家务边不停地喊她起来吃早餐。

这些年来唯独让她能够找到家的感觉的，就是娘家自己睡的这张床，她可以胡思乱想，也可以将自己的开心或不开心的事情通通梳理一遍，随意且舒心。

就在她准备起床的时候电话铃声响了起来，是赵秋横打来的："喂，舒枫，你在哪里？ 我到张掖了。"

张舒枫并不惊讶，她知道赵秋横要来张掖和自己谈谈的："我在妈妈家里，你刚到吗？"

赵秋横电话那头说："嗯，到你公司，公司的人说你不在张掖，好像出差去了。"

张舒枫答复说："嗯，我前天来的高台，这边有点事。"

赵秋横连忙说："那我过去吧，也去看看爸妈。"张舒枫迟疑了一下说道："嗯，还记得路吗？"

赵秋横说："认得，我这就过去。"

挂断电话后周兰走了进来，问张舒枫："赵秋横来了？"

张舒枫边穿衣服边回答："嗯，刚到张掖，等会儿就来家里了。"

周兰摘下腰间的围裙："他来了后你们好好聊聊，我和你爸现在出去转转，顺便买些肉和菜给你们做些好吃的。"

张舒枫看了妈妈一眼轻轻点了点头。

将近中午时分，赵秋横到了，他大包小包买了一堆东西，有给周兰的，有给张宝生的，还有给张舒枫买的。

这几年他忙着公司的事情，已经很久没有来过丈母娘家里了，他也很久没有见过张舒枫父母了。周兰像迎接客人一样将赵秋横引进了家门后，便和张宝生开始到厨房里忙活起来了。

饭很快做好了，四个人这顿饭吃得很安静，几乎没人多说什么，周兰不停给赵秋横碗里夹菜。

张舒枫也因为一年多没有和赵秋横一起吃饭了，这顿饭吃得格外别扭。

吃完饭在收拾碗筷的时候，赵秋横电话突然响了起来，房间里所有人的目光，都投向了赵秋横的手机。赵秋横有些尴尬地拿起电话，一个深圳号码，并且是个陌生号，他嘴里嘟囔道："陌生号码，我接一下"，便接了起来，"喂，哪位？"

房间里很安静，几乎所有人都能听得见电话里面的声音。对方是个女人："你是赵秋横吧？我是周梦婕的表姐，梦婕病了，被送到了重症监护室，她要见你，你能来一趟吗？"

赵秋横听完后不好意思地瞅了一眼正在收拾碗筷的张舒枫，其实，张舒枫也听到电话里面的内容了。

他格外无奈，回答道："我在甘肃呢，一时半会儿也过不去啊。"

他又看了张舒枫一眼道："再说了，我和她也没多少交往，她为何要见我？"

电话那头又说道；"梦婕估计剩下的日子不多了，说就见一面，就再不打搅你了。"

张舒枫在一旁似乎听出来电话里面提到了谁，但她并没有听清楚电话里面的详细内容。

此时，她突然想起张斌成说过，赵秋横在深圳和一个女的在交往，心里有说不出的难受，便径直走到自己的房间里，生起了闷气。

她不停地问自己："分明是想要和他谈离婚事情的，为什么还会吃他的醋？自己究竟是怎么了？"

赵秋横听到周梦婕表姐如此一说，感觉很是惊讶，便问道："怎么会成这样？这都是什么情况？"

对方并没有多做解释："你来见她一面吧，见面后详细告诉你。"

赵秋横不知所措地挂断了电话。但他发现张舒枫拉着脸走进了卧室，想到她已经误会了自己，但又不知如何解释这件事情，只能是清者自清了。

他推开张舒枫房间门后对她说道："舒枫，不好意思啊，深圳那边有个朋友病了，住进了重症监护室，说是要见我，我得赶回去看看，完后我再过来，我们好好聊聊，有些事情也一并讲给你听，可以吗？"

张舒枫冰冷地回答道："你去吧。"

赵秋横此时的心像翻江倒海一样难受，他不知道，这一走和张舒枫的距离究竟将隔多远。

此时，爱情将时空凝固了，在这个瞬间赵秋横脑海里只有四个字——"别离开我"。

他用爱恋的目光深情地看着张舒枫，眼角似乎闪烁着泪花。

张舒枫将这一切尽收眼底，心中所有的怨愤渐渐变得绵软，她知道赵秋横变了，变得比以前成熟了，她相信了情感会在一瞬间使人脱胎换骨。

她在想："这些年来我一直想拯救你，可是我却拯救不了我自己，这些年来我们在各自的领地里爱着彼此，却没有真的将对方融入自己的生活里，爱情便在这不经意间变得淡薄。我应该相信你，你也应该相信我，我的爱人。"

张舒枫也哭了，眼睛里含着的泪珠不停地滴落在自己的手背上。

赵秋横看着张舒枫流下的泪水，心里五味杂陈，他不知道是自己这一通电话让她流泪还是她想放弃这段婚姻而流泪，他抹了一把泪水对张舒枫说道："等我，不要向法院递离婚协议，我离不开你。"

张舒枫此时不知该说什么，是委屈还是心痛，她似乎想说："傻瓜，你不知道我心里一直放不下你吗？这次让你来不就是想和你好好沟通的吗？"

可是，她什么也没说，眼泪早已模糊了自己的视线，眼前这个男人让她欢喜让她忧，这一切将如何了结？

赵秋横看着张舒枫那张秀丽的小脸上挂满了泪水，似乎读懂了这个让自己这辈子都无法割舍的女人的心，他忍不住上前紧紧地抱住了她，这个拥抱竟时隔一年多时间，而这一年多里，他曾有几多悔恨？几多思念？几多孤独？他用手指轻轻抹掉她眼角的泪水，说道："等我。"

张舒枫依然什么都没有说，赵秋横松开张舒枫告别了周兰夫妇，打车向张掖机场而去。

赵秋横带着欢喜带着凝重离开了张掖直奔深圳，他知道张舒枫应该能够原谅自己了。

但是，他无论如何都无法想通这个周梦婕为何突然命悬一线，究竟发生了什么事情？而周梦婕为什么非要见他呢？

种种疑团让他下了飞机后便直奔深圳医院重症监护室，在病房门口他见到了给自己打了电话的那个女子——周梦婕的表姐。

她将周梦婕病情向赵秋横讲述了一遍。

原来，周梦婕在两年前就被查出患了白血病，查出病后，她非常绝望，曾无数次想就此了结自己的生命，最后还是因为牵挂自己的母亲而没有对自己下得了手。

她曾安慰自己说一定能够治好病，为了妈妈而好好地活着，于是她四处寻医问药给自己治病。在火车上遇到赵秋横时，她刚去酒泉找了一位朋友推荐的中医大夫。

她从小失去父亲，一直和母亲生活，因为喜欢学习，大学毕业参加工作后，便把心思全部放在了考研上，没什么朋友，社交圈子也很小。

她一直希望能够找到一个自己喜欢的白马王子，陪着自己慢慢变老。直到遇见赵秋横时，她非常兴奋，她开始设想有一天自己穿着婚纱的样子，自己做了母亲的样子……那段时间是她心情最好的时间。她没有问过赵秋横有没有成家，也没有问过他有没有女朋友，她只是沉浸在自己的爱情世界里。

在和赵秋横交往的那段时间，她能够感觉到赵秋横心里始终装着一个女人，只是那个女人并不在他身边。

所以，她大胆地揣测，自己能够走进赵秋横的心里，可是那天却遭到了赵秋横直言拒绝。

那次拒绝对她的打击真的是太大了，她将自己扔在雨中哭泣着回到了家里。

她又一次心灰意冷，不想再给自己治病。她无数次晕倒，被唤醒，后来病情恶化，被送到了医院。大夫根据检查结果判断，周梦婕估计只能活几个月时间。

她现在正在重症监护室接受化疗。她也知道自己命不久矣，便让姐姐打电话给赵秋横，无论如何要见他一面。

赵秋横听周梦婕表姐叙述完之后，觉得非常惊讶。他不知道这个女孩子本来就有病，自打第一天见到周梦婕时就发现她脸色蜡黄，一直不便多问，可他万万没想到她竟是个白血病患者，如今命悬一线。

而自己当时的拒绝又对她打击如此之大，以至于耽误了她及时治疗，让她离死亡更近了一步。

此时的他倒是很想见见这个重病中的女孩子。和周梦婕姐姐聊完后，经过医生允许，赵秋横走进了病房。

他看到周梦婕脸色苍白，没有一丝血色，并且眼睛下陷，一头长长的秀发被剃光。

看到这个情形，赵秋横心里非常难受，他想不明白，命运为何对这个女孩子这么不公平？

周梦婕看见赵秋横走了进来，眼角的眼泪滑落了下来，她轻轻侧过脸去，她知道自己现在这个样子应该很难看，她不想让赵秋横看见她变丑的样子。

赵秋横拿起床头的毛巾帮她擦掉了眼泪，说道："好好养病，别想太多。"

周梦婕听完后，眼泪更是大滴大滴地从眼角落下。

赵秋横依然帮她将眼泪擦了，说道："不要哭了，这样对身体恢复不好。"

周梦婕听完后慢慢转过脸来说道："我是不是很丑啊？"

赵秋横坐在了病床旁边的小方凳上说："还是很美，只是没上化妆品而已。"

周梦婕听到赵秋横如此打趣自己，竟破涕为笑："就你会开玩笑。"赵秋横看见周梦婕为自己的玩笑话而露出了笑容，心里顿时轻松了些许："好好配合大夫治疗，病好了我带你去爬山。"

周梦婕听到赵秋横这么说也显得轻松了很多，说道："我都没什么力气了，爬不动你背我呀？"

赵秋横帮她拉了一下被子后说道："太重了，背不动，呵呵。"

周梦婕看见赵秋横还在和自己打趣，心里顿觉温暖。

她看看天花板脸色严肃地说道："秋横，这些日子你可不可以多来陪陪我啊？"

赵秋横轻轻点了点头说道："可以是可以，不过你必须得配合大夫治疗，要听大夫的话。"

周梦婕似乎没有听见赵秋横对自己的嘱咐，继而又说道："我爸死得早，妈妈一个人在广州，身体也不好。自打生病以来我都没有回过家，我不想让妈妈知道，目前知道我病情的只有表姐和你。如果有一天我不在了，希望你帮着表姐把我的后事处理一下，且不要让妈妈知道，能瞒一天算一天吧。"

赵秋横听见她这样说，心里为这个苦命的女孩子感到难受，他想不通，命运为什么把这所有的苦都给这女孩子一个人受？

真的是个苦命的女子。周梦婕说了说话后感觉自己累了，渐渐地睡着了，赵秋横心情沉重地离开了医院，他答应周梦婕每天都会过来看她。

第三十章　合　作

张舒枫回到高台已经四天时间了，白日里她陪着妈妈逛逛街，全当回家来度假了。

自那日和陆刚聊完天后，张舒枫觉得陆刚这个人在做生意方面还是很有自己的一套的，她要多跟他交流。从陆刚临走前的一番话，张舒枫听得出，他有意要和自己合作，所以她便又在高台待了两天，她在等陆刚的电话，她觉得或许这里能够找到些许商机。

这日刚刚吃过晚饭，天色渐渐黑了下来。她站在自己卧室的窗前，望着高台这个小城市，灯火通明。

在她离开家乡的这几年里，这个小城市的变化还是蛮大的，临街的楼房拔地而起，新城区的建设规划也能找到大城市的那种感觉。这个被誉为"河西锁钥、五郡咽喉"的小城，人们在紧张地生活，城市的发展也是紧紧跟随着张掖市区整体发展步伐的，但是由于绕开国道，街道上的车辆显然没有张掖市区那么多。

她从小在这里长大，对于这里的一切都是那么的熟悉，这几天陪妈妈上街时偶然能够遇见一些小时候见过的熟人，她突然发现那些上学时候的年轻人都渐渐变成了中年人。

街道上多了很多叽叽喳喳玩耍的小孩子，据妈妈说那些都是邻居家和她一起长大的谁谁谁的孩子，想到这里她突然想到了自己失去的孩子，心里不禁酸楚，如果孩子还在的话也已经有三四岁了吧。

时间过得真快啊，人在短暂的岁月里留在年轮上的又能是什么呢？ 无非是韶华刻在内心的一些零碎记忆罢了。

而活着的过程却被每一个人演绎得跌宕起伏，每个人都有自己的故事，每个人都是自己的导演。人生这场戏，你怎么对待它，它便怎么对待你。这便是生活。

张舒枫突然想起自己小说中的红牡丹，她的命运一路坎坷。最让张舒枫无法忍受的是，牡丹妈妈的离去，写完那一段后，她心里难受得久久无法平静。

此时，电话铃声将张舒枫从各种思绪中唤了回来，她拿起手机一看是张涛打来的。

"喂，舒枫，你那边进展如何？"

张舒枫边接电话边将窗帘合上，说道："我联系上了陆刚，和他聊了一次，他确实是一个能够传播正能量的老板，他对创业的理解超出了我们其他人的认知，从他这里应该能够挖掘出一些商机来。不过目前没有什么实质性的突破，我在等他的电话，如果可以就再见一次。看明天吧，要是没什么突破我就回去了。你呢，身体好些了吗？"

张涛这几天恢复得非常好，已经基本能够下床行走。

他顺势活动了一下腿脚回答说："我完全好了，明天就能去公司上班了，这几天公司运行正常，也没什么所牵挂的，你在那边就安心谈事情吧。如果需要我，我就立马杀过去，呵呵。"

张舒枫听到张涛伤势好转、公司有人照应了，便也轻松了很多，说道："那就好，我们随时保持联系吧。"

张涛听到张舒枫有想挂电话的意思又接着说道："你先别着急挂电话，我还有事给你汇报呢。"

张舒枫听见张涛这种语气，瞬间严肃了起来："好好说话，什么叫汇报啊？"

张涛笑道："呵呵呵，好好好，昨天我从市政公司一个朋友那里得到一个好消息，张掖这边在大力开发新区，区政府以及很多政府单位都要往新区搬，并且要将一些大型企业都要建设到新区，我们是不是也去寻找一块地方搞个有发展方向的投资呢？"

张舒枫听张涛这么一说，连忙说道："这是好事啊，你明天上班抓紧落实一下。新区建设初期，国家肯定会有一些政策方面的扶持，我们也要将这些机会紧紧抓住，能够得到政府的支持，做起事来就会容易很多。"

张涛听张舒枫这么一说信心十足，他心想："这张舒枫够厉害的啊，她怎么知道新区建设会得到政府支持呢？"然后回复道："嗯，我明天跑跑，顺便从其他渠道打听一下有没有什么好项目能够在新区落脚的。"

张涛挂断了电话，张舒枫受到张涛启发后突然想起，她前一段时间在区政府遇到的高中同学朱兴杰，她想，自己好像存了朱兴杰的电话。他们只是随便聊了几句存了电话便再没有联系过彼此。

她从联系人里面翻到了朱兴杰的电话，顺便将电话拨通："喂，老同学，我是张舒枫。"

电话那头回复道："舒枫啊，你好，怎么想起来给我打电话了？"

张舒枫呵呵笑道："瞧你说的，自从上次留了电话我们还没有联系过呢。"

朱兴杰也笑道："张大老板做生意忙忙碌碌的，当然顾不上想起同学了。"

张舒枫不好意思道："你这嘴呀，啥时候变得这么刁了？"

朱兴杰又说道："找我有事？

张舒枫说道："老同学，那我就直说了啊，我可是有事要向你打听的，你得知无不言啊。"

朱兴杰笑了："只要不是国家机密，你问什么我回答你什么。"

张舒枫这边也笑了："没那么严重，我就想问问你，你们手头现在有没有什么招商引资的好项目，给我介绍个，我尝试着开发开发。"

朱兴杰顿时明白了张舒枫意思，连忙说："这也算是单位机密啦，哈哈。"接着又说道："有一个智能终端机器人生产孵化工业园的建设项目，已经有应标的人了，你可有兴趣？"

张舒枫听朱兴杰如此爽快地给她说了目前的好项目，顿时非常高兴，连忙说道："老同学，这么好的机会你可得给我留着，明天我让公司张总去找你。我老家这里还有事情要处理，几天后我就回去了，回去后我请你出来坐坐啊。"

朱兴杰知道张舒枫现在正在创业，他也知道张舒枫在张掖这几年搞企业基本上稳扎稳打，能力还是很强，她今天这么急功近利，他确实没有想到。

"舒枫，啥时候变得这么急功近利了？ 你请我出来坐坐是贿赂国家干部，还是单纯邀请老同学呢？"

张舒枫被朱兴杰问得竟无言以对，知道自己由于高兴说话太着急了，连忙说："不是，不是，我是听到有这么好的机会心里着急，其实也该感谢老同学你给我提供了这么好的商业信息啊。"

朱兴杰听出张舒枫尴尬也转换了话题："你回到张掖都这么久了，也没有和同学们聚聚呢，啥时候抽空我组织，大家来一次同学聚会怎么样？"

张舒枫知道朱兴杰这官场上混的人圆滑，便随口说道："好啊，到时候我一定去。"

张舒枫和朱兴杰正在通话时，电话里面突然响起了嘟嘟嘟的声音，张舒枫转过屏幕一看，原来是陆刚打来的电话。

她听到朱兴杰在电话里面说道："那就这么说定了，我最近几天就组织一下，上次我们同学聚会总共组织了有十五六个人吧，这次不知道能组织多少个，同学们都问问，该叫的都叫上吧。"

张舒枫答应道："好，听你的安排。"

朱兴杰那边挂了电话，陆刚这边也成了未接来电。

张舒枫重新将电话拨给了陆刚："喂，陆刚，刚才接了个电话不好意思啊。"

陆刚接起电话后说道："舒枫，我最近太忙了，现在还在办公室加班呢。上次匆匆忙忙和你聊了聊，也没时间和你详谈，今天打电话就是想对你说声抱歉啊。"

张舒枫却很惊讶，道："陆刚你是公司的CEO啊，为什么还会加班？ 难不成公司的事情你都要亲自去做吗？"

陆刚笑道："呵呵，好多事情自己不操心便会出问题，所以得盯着。"

张舒枫想："这个陆刚在谈起创业之道时是那么的有高度，让人听得哑口无言，他经营企业的思维方式难不成受到了限制？"便有些不解地问道："你为何不培养骨干，放权让下面的人去做呢？ 公司那么多事，什么事情你都亲力亲为去做的话，能忙得过来吗？ 这样的话精力也更不上啊。"

陆刚听到张舒枫对自己并不了解，连忙回答说："我曾尝试着培养过一个小伙子，那可是我用心去培养的一个高层管理人员，可以说倾注了我所有的心血。那个小伙子当时在公司也是能够独当一面的。那段时间我特别的高兴，感觉也很轻松，可是当我提拔他做公司副总经理时，他却悄悄地离开了公司，并将我三分之一的资源带走，招呼都没有打一声，他的离开让公司损失很大，这件事情，对我打击还是蛮大的。自那以后我再也不敢轻易相信任何人了，确实是怕了。"

张舒枫听出了他在企业管理方面存在的问题来了，可又听得出他不愿意轻易去改变自己对放权这件事的认知，便不想再说什么了。

于是，她对陆刚说道："关于创业之道，我还想听老同学你多给我讲讲的，另外，你的创业理念传播的是正能量，这是现在多数老板身上所或缺的东西，对一个创业者来讲真的是难能可贵啊。"

陆刚听到张舒枫这么一说，顿时来了兴趣说道："今天打电话，还有一件事要对你说的，刚才差点儿忘掉，明天下午四点还是在那个茶府吧，我有事和你说。"

张舒枫知道他估计要谈高台这边项目或者合作的事情，便欣然答应道："好的，那我们明天见。"

陆刚也匆匆挂断了电话，想必那边真的还有一堆事情等着他亲自去处理吧。

春天的下午，天气略带凉意，张舒枫开车出门朝着丽轩茶府方向驶去。

来到茶府后，还不见陆刚过来，张舒枫便找了个包厢坐了下来。

大约十几分钟之后，陆刚匆匆忙忙到了茶符，进门后马上给张舒枫道歉："不好意思，办公室去了个人，刚打发走，让你久等了。"

张舒枫笑笑说："我也刚到，喝点什么？"

陆刚边坐边说："今天喝杯菊花茶吧，你呢？"

张舒枫对服务员说："那就两杯菊花茶，加冰糖的。"

张舒枫看着陆刚的黑眼圈，心里想："这陆刚是不是昨晚又加班到很晚啊？"

陆刚看见张舒枫在瞅着自己，笑着说道："昨晚准备了一晚上项目资料，没睡好，是不是有黑眼圈了？"张舒枫笑着点了点头没有说什么。

陆刚翻起手腕的手表看了一下道："是不是觉得我这个老板做得很辛苦啊？"

张舒枫心想："这个陆刚什么时候都能洞察到别人的心思，这也太聪明了吧。"

她笑着说道："恕我直言，你这样做企业非把自己累趴下不可，我觉得你得换个思路去打理企业了。"

陆刚从第一次和张舒枫聊天就知道她虽然话不多，但是每次表达都不说一句废话。

这个学生时期的校花，永远都是那样稳重。他也知道自己虽然在创业方面很有建树，但是，对于他这个军人来讲，企业管理确实给了他很多的挑战，创业如同打仗，而经营企业却如同完成一幅壮美的山水画一样，需要具备艺术细胞。

他知道张舒枫在大学时学的就是企业管理，而自己在这方面却一直在摸索。听张舒枫建议自己要转换思路，他便想让张舒枫来谈谈自己管理方面究竟哪里出了问题，为什么做企业会做得这么累。

他将腰杆挺了一下，对张舒枫说："我知道你在大学时学的就是企业管理，那你说说我该如何转换管理思路呢？"

张舒枫本不想多说什么，因为她还不是完全了解陆刚，有些话多说无益，但她听陆刚在问自己，便忍不住想说两句了。

"既然老同学让我说，那就恕我直言了。一个企业的核心驱动力就是人力，而人力在企业中是一项资产，要有规律地让人力这个资产发挥其效能，同时也要合理配置好人力资源，企业价值的最大化才能逐渐体现出来。而人力资源的配置往往和企业单元化建设密不可分，比如企业组织架构设置，需分层级设置，单元化管理。最后形成一套体系才能使企业经营有序进行下去。"陆刚惊讶地问道："企业的核心驱动力不是市场占有率吗？ 人力怎么也得以市场为导向吧？"

张舒枫笑着说道："市场发展方向指示着产品和企业商业价值趋向，而人力资源合理的配置能够使商业价值模式得以实现啊。"

陆刚觉得张舒枫讲得的确有些道理，随即又问道："我培养的员工带着公司市场资源跑了，这在很大程度上打破了我对人力资源配置的认知，这个你怎么看？"

此时，服务员已将两杯菊花茶端了上来，张舒枫接过水杯对服务员说了声"谢谢"。 然后又转脸向陆刚说道："企业对人才的培养当然是必不可少的功课，但是，用人的时候你缺少了制衡和对其责任心的培养，让某一两个人把握了公司整个环节中的命脉，以至于公司整体的运行都要受到他们的牵制，这对企业经营管理来讲是最可怕的事情。这个过程中你除了要配置好人力资源外，还应该形成一套让所有人都能掌握的流程出来，而这个流程只有在你公司的系统下才能使用，这样无论是走了多少人，公司也能照样运转。"

陆刚频频点头，他很聪明，一听就能领会。继而又接着问张舒枫："那员工为何在高薪、高职位的情况下还会离职呢？"

张舒枫喝了一口水说道："员工离职很正常，但是高薪、高职离职的情况发生，肯定是因为你的企业氛围里，还有让他觉得没有满足他需求的东西。"

陆刚不解地问道："如何才能满足他的需求呢？除了高薪、高职之外。"

张舒枫笑了笑说道："首先就是给他足够的发展空间和施展才华的舞台，让他去纵横，舞台是他的，事业也是他的，他还往谁家跑？老板还要做的就是在企业当中营造一种积极向上的工作氛围和激励机制，坚决拿掉带着负能量的短板员工。如果你为了留住某人一味地加薪加职，那么就如'抱薪救火，薪不尽火不灭'万万不可取。这个时候，他想走就让他走，决不挽留。"

陆刚又问道："如果他要带走公司的核心资源呢？"

张舒枫拿起水壶在陆刚水杯里将水加满后说道："你的核心资源怎么可能完全掌握在一个人手中呢？即便是他要带走，也只能带走片段，即便是拿走这些片段也没什么用处啊。更何况公司运营流程的设计如果配套科学，再加上完善的制衡体系，即便他带走了一些资料或者资源，这些东西离开你的公司将毫无用处。"

陆刚听完张舒枫这一番谈论之后，心里默默被这个学企业管理的大学高才生所折服，他心想，原来企业经营管理可以这么玩。

他看着眼前这个气质高雅而娇小的女子居然能够说出这么大能量的话来，心里暗暗为这几天想好和张舒枫合作的想法而喝彩。

他端起水杯咕咚咕咚喝了两大口，说道："舒枫，如果我想和你合作在高台搞一个项目，你可愿意？"

张舒枫轻轻地笑了，她说："能和大企业家陆总合作，我当然求之不得了。"

陆刚也很高兴，他没想到和张舒枫竟如此投缘，用通俗的话来讲，自己适合打江山，而张舒枫适合治理江山。

企业的发展一定得找到对的事，同时也要找到对的人去合作。这是他这些年来一直在遵循的原则。

可惜一直以来自己都在单打独斗，一路走来确实很累啊，也正如张舒枫所说，再这么整下去自己非被累趴下不可。

何况，目前这个项目必须得有人和他共同去创办和运营才行。

陆刚翻了一下手腕看了看表，说道："马上六点了，我们点几个菜边吃边聊吧。"

张舒枫点了点头："好，服务员。"

饭菜点好之后，服务员拿着菜单去准备饭菜去了。

陆刚喝了一口水继续说："高台这边要建一个大型的创业基地孵化园，据我所知目前已经有两家单位准备对这个项目建设应标了。这次招标要求很高，不但要考察建设单位资质，还要考察建设单位信用度以及资金实力，建设单位选好了后，下一步便是招这个项目的管理运营单位。在高台来讲，这也算是一个大项目了，我本有意向去应标，去拿下这个项目建设同时拿下这个项目的经营管理。一则，拿下孵化园的经营管理是最关键的事情，二则，我对目前应标那两家单位的人太熟了，都是我们当地的公司，并且其中有个叫陆成的应标老板他实力最强，基本上和我公司不相上下，让我烦恼的是他是我本家哥哥。这熟人一来二去的有些事情根本不好下手去竞争。如果不去拿下这个建设项目的话，下一步孵化园经营管理就很容易落到别人的手里。在你没来之前，我一直在物色这么一个合作人，一个懂管理且能够使孵化项目正向发展的人。那天你过来找我，讲了你公司的情况，我也知道你在企业管理方面是科班出身，应该是个很有潜力的合作对象。"

陆刚喝了一口水又继续说："舒枫你不要介意，这几天我找张掖的朋友了解了一下你的公司，和你办公司的一些事情，发现你在做企业方面很有冲劲，并且管理公司确实井井有条，所以决定找你来合作这个项目。之后我将这个孵化园建设相关资料发给你，招标单位联系人也给你。你准备一下，下一步参与这个产业园建设的应标资料，资料准备充分一些，尽量争取拿下这个项目。与此同时，我和你的公司以法人资格共同出资筹建另外一家旅游文化公司，我去跑跑政府相关部门，将这个孵化项目的经营管理权拿到手，作为新公司第一单启动业务。这个产业园地势很好，在高台城西，距离高台烈士陵园很近。政府倡导产业园孵化项目的目的是带动当地地方经济发展，扶持和培养大批量的创业创新企业团队。在入孵和孵化成功过程中我们也能够得到政府资金方面的扶持。孵化项目领域很广，不仅会有旅游、文化、餐饮，还会有物流等方面的企业入孵，所以，高台县政府对此相当重视。我的强项是创业，你的强项是经营，我们在这个孵化项目上强强联手，共同打一场漂漂亮亮的商业之仗，你看如何？"

张舒枫看着陆刚讲得热血沸腾，心想："这个陆刚真的是军人出身，做事雷厉风行，竟然会将做企业比喻成为打仗，确实也是商业奇才了。他在创办企业方面有敏锐的洞察力，同时，他的思维方式任何时候都离不开社会责任和国民经济的发展方向。就联盟创业这个思路而言也显得格外的大气，和这个人合作确实能收获满满的正能量。他是一个值得共同发展的合作伙伴啊。"

这时候饭菜已经端了上来，张舒枫将筷子递给陆刚说道："陆总请。"

陆刚将自己那双圆圆的眼睛睁得很大，他用奇怪的眼神看着张舒枫，不知她为何突然如此称呼自己。

"舒枫，你叫我陆总是几个意思？"

张舒枫轻轻笑了笑说："老同学，我很赞同你刚刚提出的合作意向，并且对你这个人也是越来越敬重了。你是一个值得共同创业的合伙人，从此刻起，我们便达成共识，从同学的身份转换为合作伙伴。一切听陆总安排。"

陆刚眼睛一亮，爽朗地笑了："哈哈哈，舒枫你竟也如此爽快，好好好，转换身份。不过，合作是合作，同学还是同学，以后还是叫我名字吧，陆总从你嘴里叫出来，听上去怎么那么别扭。"

张舒枫笑着拿起茶杯说道："一切都听老同学你的，我们以茶代酒庆祝今天合作洽谈成功。"

陆刚也端起茶杯和张舒枫茶杯相碰之后说道："合作成功。"两人边吃饭边聊天，饭毕后陆刚对张舒枫说："应标的事你还得抓紧点儿。另外，我那哥哥陆成是个粗人，脾气暴躁，逮住谁骂谁，你可要小心啊，别在招投标过程中产生冲突。"

张舒枫喝了一口水笑着说道："好的，谢谢老同学提醒。"

陆刚翻起手腕看了看手表说道："这些日子我们还是不要见面了，免得让其他应标人看见产生什么不必要的想法。"

张舒枫回答道："好，合资创办公司的事情，我让我们公司的另一个合伙人张涛来办吧，招投标那天他就不出面了，我去就行了。"

两人将一切说好后，各自从茶府离开了。

张舒枫回到家后，父母已经吃过饭在客厅看电视，房间里开着时明时暗的灯，张舒枫知道父母一直很节俭，这个时候怕耗电便把其他灯全部关了。

周兰看见张舒枫进来后问道："回来了，和陆刚谈事吃饭了吗？"

张舒枫回答道："吃过了。"

她边说边坐在了妈妈身边："妈，我明天就回去了，换张涛过来在这边办点儿事，等他回到张掖后我再过来，这一来二去也就是四五天时间吧。"

周兰知道女儿很忙，也没有多说什么，倒是张宝生摘下老花镜说道："和人谈事要当心，比如合作什么的，不可坑人，也不要钻到别人设的陷阱里面去了。"

张舒枫看着头发花白的父亲，这个渐渐步入中老年的帅气男人，她知道父亲做事一向小心谨慎，便说道："爸，我会注意的，你和妈妈不要为我操心了，你们开开心心的，我趁着年轻多闯闯，呵呵。"

张宝生看着自己这小巧而睿智的女儿开心地笑了。自从张舒枫生下后他就很喜欢自己这个女儿，这其中也有张宝生藏了一辈子的一段爱情故事。

在张宝生上大学时，他爱上了班里一位小巧而美丽的女同学，他们两人相亲相爱，大学毕业之后却并没有分配在一起。

女同学去了南方老家，他回到了甘肃老家，他们隔着千山万水两两相望。

时隔两年，张宝生突然失去了这个女同学的消息，张宝生四处打听之后，她好像凭空从人间蒸发一样，一点痕迹都没有留下。

这个时候，张宝生家里也不时地催促他娶妻成家，他经人介绍便和周兰走到了一起。

就在张舒枫快要出生时，他从同学口中得知了那个女同学的消息，原来那个女同学大学毕业一年左右便得了病，有人说是相思病，也有人说是抑郁症，后来她切断了和外界的所有联系，她也没有去给自己好好地医治，渐渐卧床不起以至于丢掉了性命。

听到这些消息后张宝生悲痛不已，就在他为此而伤心痛苦的时候，周兰生下了张舒枫，一个漂亮而乖巧的女孩子。

张宝生特别喜欢张舒枫，好多人说女儿是父亲上辈子的情人，在张宝生看来，女儿便是他那个女同学投胎转世来的。

所以，张宝生对张舒枫投注了比张斌成更多的爱，当然这些事情只有他自己心里知道，也不便告诉周兰，免得影响两人的感情。

周兰在旁边捋了捋张舒枫披散的长发道："枫儿从小就让妈妈省心，呵呵。不过和赵秋横的事情你们那天究竟怎么谈的，他怎么来了之后又匆匆忙忙地走了呢？"

张舒枫知道妈妈肯定会问到赵秋横。那天他匆匆忙忙走了，妈妈看到自己情绪不稳定便一直没有问，今天看到自己心情很好，一定会提起了此事。

张舒枫笑眯眯地回答母亲："那天他有急事儿先走了，等他下次过来后我们再聊。"

周兰能够看得出来女儿似乎已经又重新接纳赵秋横了，顿时放心了很多。

她轻轻地点了点头笑着说道："回去休息去吧，跑一下午了也累了。"

张舒枫瞅了一眼老爸，将自己的手从妈妈手中抽出后说道："那我回房间了。"

张舒枫回到房间后，换上了睡衣正准备去洗漱时，电话铃声响了，她拿起手机一看正是赵秋横打来的，"喂，舒枫，你还没睡吧？"

张舒枫顺势躺在了床上说道："刚从外面谈事情回来，这就准备洗漱呢。"

赵秋横这边也刚从医院回来，这些日子里他每天下班都要去医院陪着周梦婕。

他有时候将她推出去到医院花园里散散步，有时候给她洗水果吃，每天都在医院待一两个小时才回家。

他看到周梦婕这几天气色渐渐变得好了起来，他为她而感到高兴。他认为如果自己每天这样做能够挽救这个年轻的生命，那么他所做的这一切应该都是值得的。

自那日他匆匆忙忙离开张舒枫，又跑来陪周梦婕，他总觉得有点儿对不起张舒枫。他也不知道如果将周梦婕这一切讲给张舒枫听的话，她会不会理解自己，根据他对张舒枫的了解，她应该能够理解。

今天他打电话过来，本打算将这件事情原原本本地讲给张舒枫听的。

可是，当电话里面听到张舒枫为了创业忙到现在才进家门，他顿时不知从何提起此事了，随即说道："要照顾好自己，切记不可太累了。"

张舒枫心里期盼的那份幸福感瞬间又回来了，她笑了笑回答道："嗯嗯，你也要照顾好自己。"

赵秋横期待张舒枫说出这种关心的话语也已经一年多了，这一年多来，他总觉得张舒枫再也不会原谅自己了。当他听到张舒枫不计前嫌的关心，以前常常在耳边唠叨的那些话语又重新被风吹了回来，他的眼睛里闪烁着泪花。

不知为什么，最近他每次想到张舒枫都会掉泪，是自己以前确实没有珍惜这段感情？ 还是他不敢想象离开张舒枫的日子究竟该怎么过？

他哽咽着回答道："我知道，谢谢你舒枫！"

张舒枫似乎听出来赵秋横在哭，一股暖流慢慢地涌上了心头："怎么，还哭上了啊？ 我都答应你不再提离婚的事了。"

赵秋横的泪水早已经如泉水般涌出。这些日子，在这个空空的房子里，回荡着多少两个人恩恩爱爱的情形。所有的回忆浮现在眼前时，谴责的铁锤便不停地击打着自己。每天下班回来都是他一个人，越是这样他越是思念这个让自己难以割舍的女人。

他悔恨自己当时为什么长时间冷落她，并且下手打了她。所有这些他都无法原谅自己。

所以，人啊，有时候真的该尝试一次失去的痛苦之后，方才知道身边人是应该去珍惜的。爱人是用来疼的、爱的，不是用来打的。

赵秋横抹了一把眼泪说道："也没哭，就是心里有点难受。"

张舒枫听到他如此说，便说道："呵呵，早些睡吧！ 抽空再过来，来了我和你好好聊聊。"

赵秋横听到张舒枫电话那头笑了起来，心里非常温暖，周梦婕的事也被抛之脑后了。

第二天张舒枫回到了公司，她从高台返到张掖的目的是想找一家有资质且实力雄厚的大型建筑公司，委托他们去高台应标产业园孵化项目，她想一举拿下，以便按照陆刚的策划一步步往前走。

在回去的路上，她将电话打给了张涛："你在公司等我，我有事和你商量。"张涛答复说已经在去公司的路上了。

两人见面后便将和陆刚在高台组建新公司的事情筹划了一番，张涛说："这次新公司是由两个法人股东分别出资的，那么股权结构也需按照公司法关于有限责任公司相关条件去设置。董事会还是要有的，这股份比例你没有和陆刚谈吗？"

张舒枫边收拾办公桌上的文件边说道："所有这些你去和陆刚直接谈，你谈好后做主办就行了。"

张涛又问道："那高台公司这法定代表人放谁合适呢？"

张舒枫想了想回答说："就放你吧，以后高台所有的业务就由你来接洽和处理，当然高台公司也需要由你出面管理咯。"

张涛摸了摸脸上还隐隐作痛的伤口说道："这件事不用和蒋飞商量吗？"

张舒枫笑了笑说道："蒋飞的心思不在张掖这边的公司，你就安心去高台和陆刚筹办新公司吧。另外，那天你提到的甘州这边新区开发，我觉得也是个好的发展方向，我问了一下我那个招商局的同学，他说张掖新区这边也要建一个产业园，并且有一个机器人研发生产项目非常好。等我们把高台组建公司的事落实好后，便去谈谈甘州这个项目，咱们双管齐下，一举拿下张掖、高台两个项目。"

张涛看着这个身材娇小的女子，发现她做起事越来越轻车熟路了，他心里那份爱怜之情愈加强烈。等她说完，张涛便告别张舒枫开车去了高台。

第三十一章　第三次分离

张舒枫经过几天忙忙碌碌的奔波总算和张掖市二建达成共识，准备资料去高台应标。

这日晚上，她拖着疲惫的身躯回到了家里，洗漱过后不自觉地坐在了电脑桌前。

对她来讲，和文字对话那是最大的放松了。好久没有写文章了，她打开红牡丹那篇文章后，思绪渐渐回到了牡丹身边，故事随着十指飞速击打键盘的声音而延续。

且说牡丹，听到母亲被人误杀而亡，便更加伤心痛苦。她和母亲一直相依为命，母亲在深山里面受尽了千般苦，才得以脱身回到县城，还没过几天安稳日子就这样撒手而去，她无论如何都无法接受。

夜晚的树叶伴着风沙沙作响，胡府因为牡丹母亲的离开，显得格外冷清。

牡丹泪如涌泉，她思念母亲，更加思念阿木，她不知道阿木究竟去了哪里，现在是否还好。"物是人非事事休，欲语泪先流。"

此时此刻，她多么希望靠在阿木肩头，静静地梳理自己的所有的悲伤。她回忆着在山崖边听阿木吹埙，望着远方自己的家乡的情形，而现在她在家乡了，却不见吹埙之人，她情不自禁地拿起笛子吹了起来。

一曲《离人殇》悠悠荡荡，随着旋律的起伏，她将内心所有的忧伤和思念一缕一缕地传送到了遥远的地方，传到了天上的母亲那里，传到了牵挂已久的爱人那里。

她希望母亲能够听见笛声，她希望母亲在另一个世界里能够寻到父亲，两人相依相伴。她希望阿木一切安好。

胡仁武听到了牡丹忧伤的笛声后，从桌前走到窗前，他望着窗外的月色，心里翻江倒海般的难受。

他曾在父亲生前承诺要保护好家人，可是自己的哥哥嫂子都未能得到保护先后离开了，丢下胡家这唯一的后人牡丹，这孩子整天以泪洗面，忧伤至极，这将如何是好？

目前能够让牡丹心情变好的估计只有阿木了，而阿木自追杀刺客至今杳无音信，这孩子为何不来看看牡丹呢？

此时，阿姑默默走到胡仁武身边，她也朝着胡仁武目光所看的方向望去，"今晚的月亮似乎被乌云吞掉了一多半，只剩下个牙儿。"

胡仁武轻轻叹息一声道："人有悲欢离合，月有阴晴圆缺，这世道为何总是给人留下那么多遗憾呢？"

阿姑看了看身边这个英武而玩世不恭的男子，自她认识他以来，这个男人每日所思，除了杀富济贫之外便是亲人了。她轻轻将头靠在胡仁武胳膊上道："我们想办法去找阿木吧，说什么也得让牡丹这个孩子有个好的归宿啊。"

胡仁武频频点头："但是，我们并不知道阿木家乡在哪里，怎么去找呢？"

阿姑侧过头看了一眼身边的胡子说道："牡丹和嫂子生活在蠡县那边的山间，她和阿木也是在那里认识的，估计阿木家就在蠡县，你说呢？"

胡仁武深情地看了阿姑一眼道："不错，明日我去寻找阿木，家里和牡丹就由你多多照顾了。"

阿姑轻轻点头道："你走的时候带上阿娃吧，他对山路熟悉。"

胡仁武道："老虎在县城待不惯回山寨了，阿娃我就不带了，留在家里吧，对你和牡丹也有个照应。"

话说那阿木自追杀刺客之后被父亲逼着回家，他心里惦记着牡丹，执意不肯随父回去，可是父亲说他母亲病重，此次必须回家去，无奈之下，阿木便随着父亲往回家方向赶。

他心想："去看看母亲，如无什么大碍，我便立即赶回照顾牡丹。"

让阿木不解的是，高婷婷为何会和父亲在一起呢？

他无暇去管这些乱七八糟的事情，他看着路上凌乱的芨芨草和那些快被风儿吹尽了的蒲公英，想到牡丹母亲惨死的情景，不由得心里酸楚，噩运来得如此突然，想必牡丹早已经伤心得不像样子了吧？

马背上这个英武帅气的男子，心急如焚地想快马加鞭赶路，但无奈父亲马儿走得很慢。

一路无事，阿木一行几日后便抵达蠡县家里，阿木急急匆匆地冲进家门，看到母亲安然无恙，无甚病痛。

阿木向母亲问安后便要转身去寻找牡丹，却被踏进门来的父亲撞见，父亲厉声说道："木儿，你急急匆匆，是要返回周县吗？"

阿木答道："牡丹母亲被老狄误杀，他们全家人一直都被蒙在鼓里，没人知道她被谁所杀，更何况，牡丹自幼丧父，和母亲相依为命，母亲突然离去，让她如何接受？"

付镖头知道儿子心心念念牵挂着那个叫牡丹的女子，但是，他为了牡丹东奔西跑不着家已经很久了。

更何况高婷婷父亲已经托人说亲，婷婷在自己家里久久不见回音，已经来到家里寻找阿木了，他也已经答应高家这门婚事，如果阿木这次再要离开家不知何时才能回来。

这一来二去，岂不是付家做事有负于人？

付镖头厉声对儿子说："你离家已有数月，刚刚踏进家门不到半个时辰，你便要离开，这如何使得？"

阿木回复父亲说："父亲，家里这不是一切安好吗？牡丹那里现在想必早已乱成一锅粥了，我必须回去陪牡丹度过这些时日。"

阿木母亲听见父子俩争执的话语道："木儿，你口口声声说牡丹，跟娘讲讲究竟是怎么回事？"

阿木这时才想起，自己还没有将他和牡丹两情相悦的事情告诉父母，便说道："我和牡丹在一年之前相识与蠡县东侧那个山崖，我们两情相悦，等牡丹母亲丧事处理完后，我要迎娶她进家门。"

阿木母亲将惊讶的目光投向了阿木父亲，看他如何答复，因前段时间他们夫妻二人做主已经答应高员外女儿婚事，而在这之前阿木父亲并没有告诉自己，儿子已有喜欢之人。

付镖头看着妻子在瞅自己，脸涨得通红，冲着阿木说道："高员外已经过来提亲了，我和你母亲答应了这门婚事，况且，高家小姐这段时间一直住在家里，这门亲事你必须答应。"

阿木着急地对父亲说："我和牡丹之事你是知道的，你为何私自做主给我定亲？"

付镖头也急了："父母之命媒妁之言，这个道理你不懂吗？"

阿木瞬间感觉这个家如此冰冷，为什么父母会不顾自己感受而去替他选择婚姻呢？

他索性说道："退了吧。我现在就去周县。"

阿木说完转身又要离开。就在此时，在门口一直站着的高婷婷走了进来。

她眼睛里含着泪花，道："阿木，这些日子我一直在四处寻你，你与我见面也有几日了，你连正面都没有瞅过我，我就那么让你讨厌吗？"

阿木一向心软，见不得女人流泪，便道："高小姐曾在病榻前照顾过我，阿木不胜感激，但是，你也知道我心里装的只有牡丹，你是个好姑娘，应该能够找到比我更好的男子。"

高婷婷听阿木如此一说，更加伤心，便哭哭啼啼地跑出了厅堂。

阿木母亲随即也追了出去，别人家的孩子在这里，也算是自己的孩子，何况她也喜欢这个婷婷。

付镖头看到这个情形后说道："哪里都不许去。先给我在家好好待着。"

阿木见状也只好转身回到自己房间。

接连几日阿木被父亲困在家里，哪里都不许去，阿木在家如坐针毡，他真的很担心牡丹能不能将这一关挺过去，不知她现在如何。

他拿起埙吹了起来，曲调悠长，宛若沙滩上飞起的海鸥舞动着翅膀渐渐地消失在远方。

他要告诉山他在思念，他要告诉鸟儿说，你去看看，她是否安然无恙？

就这样几天过去了，阿木被父亲匆匆忙忙叫到了厅堂。

父亲严肃而又郑重其事地说："木儿，昨日寨子接到通知，说目前国家战事紧急，凡十七岁以上的未婚男子全部要去参军打仗，昨夜我和你娘商量过了，近几日你马上和高小姐完婚，完婚后你便成了已婚男子了，也就不用去服兵役了。"

阿木看着父亲，惊讶得顿时无法答复他提出的问题，没想到屋漏偏遇连阴雨，父母逼婚又遇国家征兵，这将如何是好？

阿木瞅着父母仍然严肃地看着自己，他在屋里焦急地来回踱步，他不能和高家小姐成婚，因为牡丹才是他心目中未来的妻子。

阿木想完后，对父母说道："我不能和高婷婷成婚，即便是娶，我也要娶牡丹。"

阿木母亲看着儿子如此执着地喜欢着这个名叫牡丹的姑娘，便起身走到阿木身边，拉起阿木的手说道："木儿，娘知道你喜欢牡丹，但寨子征兵在即，牡丹离你千里之遥，你不娶高家小姐，那将如何是好，难不成你要真的丢下我和你父亲去服兵役吗？"

　　阿木看着母亲那双慈祥的眼睛，自己心里顿时变得绵软了很多，但是，为了牡丹，即便是从军他也不能迎娶高婷婷入门。

　　他松开母亲的手，凝重地看着厅堂外面依稀可见的山峦，随后转身对父母说："我去从军吧，爹娘你们且照顾好自己，高家的亲事请爹爹替我回了吧。从军回来，若有缘分，我去迎娶牡丹。"阿木父母面面相觑，竟不知如何是好。

　　付镖头听到儿子那样坚定的抉择，说道："木儿，你可想好了，服兵役短则三五年，长则遥遥无期，等你回来后，那牡丹指不定早已经嫁给别人了。"

　　阿木坚信，牡丹肯定一直会等着自己，他会用心去守候着他们两人的这段爱情。

　　阿木依然坚定地说道："我相信牡丹，她会等我的。"阿木说完便回到了房间，他想给牡丹留下一封信，便伏案写了起来。

　　牡丹：

　　那日在房间突听伯母房间似有打斗声音，我便前往观看，只因我迟了一步，进门之时看到，刺客将长剑刺入伯母身体，随即我便和那刺客厮杀，一路追出。在追杀途中遇见了父亲，在父亲帮助下擒住了刺客，揭开脸上黑布后，父亲认出，他是我父亲镖局为了给妻儿复仇而消失十余年的老狄，而杀害老狄妻儿的仇人正是杀你父亲抢夺你家园的贼人丁彪。几年前老狄复仇未成却被丁彪抓走做了十余年的苦力。在伯母遇刺那日，恰是他从矿山逃离回到周县之日，由于十余年来积攒的血海深仇，他想一举杀了丁彪，可是，他根本就不知道丁彪已被二叔所杀，而丁府又成了昔日的胡府，他蹿入丁彪所住房间就要杀人，结果，遭伯母反抗，便误杀了伯母。老狄其实是个正义之人，听完这些后，他知自己大仇已报，却误杀了替他报仇恩人的家人，便拔剑自刎了。我后来听说母亲病重便匆匆赶回家里，但不巧的是，又遇寨子征兵，我便要去服兵役了，这一走不知多久，牡丹你一定要照顾好自己，等我回来。

阿木

阿木将信写完后交给了母亲，他告诉母亲说："母亲，若有一日见到牡丹或其家人，务必将此信交给他们。"

阿木母亲看着儿子对牡丹如此用情，又想到他为了牡丹宁愿去服兵役，回家遥遥无期，且生死未卜，竟抹起了眼泪："木儿，听娘一句，能不能不去当兵啊？"

阿木轻轻擦去了母亲眼角的泪水，说道："母亲，牡丹是我的未婚妻，在这短短的征兵期间，我的身份依然是未婚男子，没有理由不去从军。何况，国家危难，孩儿也该尽一点自己的微薄之力啊。父亲一直告诫我，好男儿志在保家卫国，国将不保，家又何存呢？"

阿木的话被刚刚踏进房间的父亲听到，他昨夜一夜未睡，征兵在即，妻子哭哭啼啼提出了迎娶高小姐逃脱服兵役的想法，为了妻子也为了自己这个唯一的儿子，他放弃了男儿的志向，提出让阿木尽快完婚。

现在他从儿子口中听到保家卫国的话语，心里顿觉惭愧。

他走到阿木身边，用手在阿木肩头拍了两把说道："去当兵吧，木儿，将自己的武功全部用到战场上，爹等你胜利归来。"

阿木深情地瞅了一眼自己的父亲，此时，他眼前的父亲竟是那样的高大和伟岸。

阿木走了，去参军打仗了。付镖头向高员外提出，因阿木从军打仗不能耽误高婷婷前程，便退掉了和高家的这门亲事。

话说那胡仁武告别阿姑之后，晓行夜宿，行走半月有余便赶到了蠡县，他到蠡县后不难打听，一问便找到了付家镖局所在。

付镖头听说是周县胡府来人找阿木，便匆匆忙忙出来迎接，周县胡府曾是大户，来回做生意的商人都有提起过，付镖头拱手行礼道："胡员外，来付某镖局可有押镖之事要让付某来接吗？"

胡仁武看着这个一身英气的中年男子，同阿木真的很有几分相似，便说道："我是周县胡家老二，名唤胡仁武，这次前来是为了我那侄女牡丹寻找你儿阿木的。"

付镖头一听来人是牡丹的叔叔，便连忙重新施礼道："木儿说过他和牡丹在私下里确定了自己的婚事，我和阿木母亲商量本打算过几日前去周县拜访你们，却劳烦胡员外自己跑一趟。"

胡仁武连忙说道："那日牡丹母亲遭人杀害，牡丹痛不欲生，整日郁郁寡欢，我这个做叔叔的也无法劝解孩子，这种情况下如果阿木能够陪在她身边，牡丹这孩子或许会好起来，而阿木那日为了追杀刺客，一去不返，我便前来看看。"

付镖头一听这话和阿木讲的一般无二，便后悔不已，当日应该让阿木返回牡丹家里帮助处理牡丹母亲后事，顺便陪牡丹一段时间或许也就避免了服兵役这件事情了。

他想到此便说道："惭愧，惭愧，因木儿离家已久，我便催他回到了家里，可是，偏偏又遇到了寨子前来征兵，因为走得着急阿木已在数十日前随军走了。"

胡仁武顿觉失望，他没想到阿木这么久失去联系的原因是从军走了，这将如何是好？

胡仁武被付镖头盛情款待之后，便准备连夜回去。

此时，阿木母亲便将阿木留给牡丹的信交给了胡仁武，胡仁武知道阿木想告诉牡丹自己从军之事。

胡仁武在回去的路上心想："可真的不能将阿木从军这事告诉牡丹，这从军一走生死未卜，不知何时回来，牡丹难道就这样悲悲切切地过下去吗？"

牡丹已有数日不见叔叔胡仁武了，便去询问阿姑，阿姑告诉她说，胡子是去外地谈买卖了，牡丹便不再多问。

这日牡丹从阿姑房间经过时，恰巧碰见了从阿姑房间走出的阿娃，阿娃叫住了牡丹，并悄悄告诉她胡仁武是去蠡县寻找阿木。阿木追杀刺客后同阿木父亲和一个年轻漂亮的女孩子往回家方向去了，估计是家里逼他成家呢。

牡丹听完阿娃讲述后，虽然对阿娃所讲不以为然，但是，让她惊讶的是叔叔竟然去找阿木了。

牡丹不能够理解长辈们为何要这样做。为了不让阿娃难看，她没有再去追问阿姑。

数十日过去了，阿娃跑来告诉牡丹说，她叔叔胡仁武回来了，牡丹便匆匆忙忙赶到厅堂去看望，她以为阿木也一并来了。结果只看到叔叔一个人的身影。牡丹看见胡子说道："叔叔，这次可是去找阿木了？ 可曾找见？阿木追杀刺客究竟情况如何？"

胡仁武听到牡丹如此之说便知是阿娃走漏了风声，看着牡丹如此急切，但又不知从何说起。本打算回来和阿姑商量一下再告诉牡丹的，结果让牡丹撞了个正着，便说道："我去蠡县有买卖要谈，顺便去阿木家里看了看，见到了阿木父母，只是没见到阿木，据他父亲说，阿木已经和高员外的女儿高婷婷成婚了，我去的时候，阿木已经陪着妻子回高小姐娘家去了。"

牡丹很是奇怪："高婷婷又是何人？ 阿木为何会和这个高婷婷成亲呢？"

原来胡仁武在和阿木父母聊天的时候，阿木父母提到了高婷婷的事情，并说阿木为了拒绝高婷婷宁愿选择去服兵役。

胡子当然不可能将此事告诉牡丹，因为他不愿意牡丹这样无休无止等着阿木，便编出了阿木成家这个谎言来哄牡丹，以便让她死心。

牡丹根本就不相信阿木会娶别的女子，便说道："叔叔你在说谎，我不相信阿木会成家，你究竟见到阿木了没有，阿木他还好吗？"

胡仁武看见侄女竟如此顽固，便说道："我岂能骗你，你还是忘了阿木吧。"

此时，在一旁的阿娃却是对阿木成家娶别的女子深信不疑，说道："那日追杀刺客，我亲眼看见那个女孩子和阿木很熟悉的样子，估计他们早就有婚约了，如果说阿木娶她我觉得一点也不奇怪。"

胡仁武瞅了一眼阿娃，没有说什么，但他又将目光移到了牡丹这里，牡丹似是相信了叔叔的话，又似不相信。

她在想，如果阿木确实没有成家，等过些时日他肯定会来找她，便什么都没有说离开了厅堂。

阿娃也转身出去了，就在阿娃出去的同时，阿姑从后屋走了进来，她问胡子说："你刚才说的话可是真的？"

胡仁武到门口张望了一下，看四处无人，便悄悄将阿木为了拒绝高婷婷选择从军之事向阿姑说了一遍。阿姑却对胡子骗牡丹的说辞表示不怎么赞同，她说，牡丹和阿木这两个孩子彼此情意深重，将阿木从军之事告诉牡丹，让她再等阿木几年有何不可呢？

胡仁武道："牡丹这孩子刚刚失去了母亲，悲悲切切的，再让她一个人有年没月地等待阿木，我真的是于心不忍啊。"

阿姑轻轻地点点头，又摇摇头道："你还是不懂女人。"

牡丹虽然不相信叔叔所讲，让她心里难受的是，为什么阿木走了这么久连封信都没有捎给她，即便是成家了也该有封信吧？

这些日子她流了太多的眼泪，自己一点儿都无法将自己振作起来，听到阿木这不算消息的消息后，依然对她没有太多的改变，却徒增了很多烦恼。

她看着远方的山，看着这个一搬进来就让自己伤心的家，心里只有一个念想，她要等阿木，或许他会来看她。

她不由得坐到了书桌旁边写下了如此一段话语：

伤与绝，青冢与君别。古树空空鸣雀鸦，笛声遍山崖。难忘

却，夜幕萧萧下，红衣素裹飞尘马，遥遥埙律荡天涯。何时紫花

拥断崖，君奈何，亦是孤雁飞来又飞过。

牡丹就这样悲悲切切并且带着自己的那一丝念想，一等便是半年，半年过去了，阿木依然杳无音信。

她开始慢慢地相信叔叔讲的有关阿木成家的事情了，自母亲离开后她觉得唯一能够牵挂的只有阿木了，而现在阿木近一年时间里杳无音信，她觉得阿木也离开了自己，她望着从天空中飞过的一只只孤雁，已经厌烦了这个让自己一住进来就伤心的地方，她决定要离开这个地方。

这晚牡丹收拾好自己的衣物，悄悄地离开了这个家，这个失去了娘亲

又失去了阿木的家。

她看着远远的山峰，想着那个有香火气的地方，也就是那个小时候爹娘带着她去跪拜过佛陀保佑她一生平安的寺院。

她依稀记得那庙叫玉禅庵，她一路打听，翻山越岭来到了那个寺院，她跪拜在佛陀面前，久久不想起来，从天明一直跪到了天黑。

寺院住持师父是个尼姑，她看着这个年轻的女子默默跪拜佛陀不起，便来询问原因："女施主，你长跪佛前不起，却是何故？ 有什么需要老衲替你化解的事吗？"

牡丹听到有师父和她说话，这才抬起头来，说道："师父，可否将我收下，我从此遁入空门，了却凡尘之事？"

住持师父看见抬起头来的这个年轻女子，容貌清秀美丽，眉宇间带着淡淡的忧伤，便说道："女施主，你若没地方可去，老衲寺中可以收留你，你若是剃度出家那可万万使不得。"

牡丹不解道："师父为何如此说？ 我一心向佛，决定皈依佛门，师父为何不收我？"

住持举起手掌，向佛像深深地鞠了一躬道："阿弥陀佛，施主面带悲伤，尘缘未了，况且，日后还会有人来寻你，所以，老衲断不可为你剃度。"

牡丹将要再说什么，看到住持态度坚决，便不再多说什么了："那我便留在寺院吧，日后师父若是看我有诚意可否收为我徒？"

住持双手合十，道："阿弥陀佛，施主且住下吧。"从此牡丹便在玉禅庵成了一名俗家弟子。

且说胡仁武吃早饭时听丫头说，牡丹小姐不在房间里，便和阿姑匆匆去了牡丹房间，发现除了日用衣物少了很多以外，并没有其他迹象。

胡仁武突然想起，曾经阿娃偷走过牡丹，便叫丫头去找阿娃。

阿娃揉着迷迷糊糊的睡眼道："姑姑，姑父，何事找我？"

阿姑问阿娃说："牡丹不见了，你可知？"

阿娃闻言，惺忪的睡眼顿时睁得圆突突的："这是啥时候的事情，我全然不知。"

胡仁武一看这事与阿娃一点关系都没有，并且听丫头说，早上来唤牡丹时，房间门关得好好的，并没有其他人闯入。

于是，全家上下便在院子里和街道上寻找牡丹。

一个多时辰过后，大家各自从外面回来，都说没有见到牡丹。

胡仁武顿时捶胸顿足，嫂嫂在胡府被人杀害，哥哥唯一的血脉牡丹又这样悄然丢失，这将让他如何是好。

一阵自责之后，胡仁武让阿娃去寻找毛头过来。

毛头自胡仁武回到周县后也留在了周县，因为爷爷还在老宅子需要他照顾，所以，在胡仁武的帮助下，他在街上摆了一个小吃摊位，日子过得倒也自在。阿娃出去一阵子后，毛头随阿娃进来了。

毛头对胡仁武说："叔，找我有事啊？"

胡仁武瞅了一眼这个追随他很多年的孩子，说道："毛头，你牡丹妹妹不见了，你连夜上山去找老虎他们，让他们就算是挖地三尺也要找到牡丹。"

毛头一听牡丹失踪，顿时将目光投向阿娃，小眼睛盯着阿娃看了很长时间，便说道："阿娃，你小子该不是又把牡丹藏到啥地方了吧？"

阿娃表示很委屈道："牡丹也是我妹妹，她整日那么伤心，我就是有其他的想法在这个节骨眼上也不敢惹她呀。"

阿姑知道自己侄儿的性格，如果他要是真的想打牡丹的主意肯定会去缠她，让她去说情，并且阿娃从小心软，刚刚说那些话肯定是他的心里话。

于是，阿姑便说道："这事肯定与阿娃没有关系，我们还是从其他渠道寻找牡丹吧。"

胡仁武起初也一直以为是阿娃所为，后听阿娃话语觉得很有道理，便对毛头说道："这事与自己人没有关系，我们还是先找人吧。你立马上山，我们几个也在附近找找，等老虎他们来了我们一并出去寻找。"

话说那阿木从军已有数月，他在军营因表现突出屡立战功，被逐渐提拔，成为统领军队的一个小头目。

白日行军打仗忙忙碌碌，晚间闲暇时他甚是思念远在周县的牡丹，他常常望着月亮吹埙，他希望她能够平平安安，他不知道牡丹有没有看见自己写的信，他努力地在战场上表现，目的是有朝一日能够顺利回去和牡丹相聚，他思念着牡丹，思念着那个身穿红衣的美丽女子。

在军队里，有几个贴心的人看到阿木经常独自一个人坐在军帐外望着月亮吹埙，而且曲子听上去悠远绵长，便问道："阿木，你是在思念女孩子吗？她肯定是个美丽的女子。"

阿木依然望着月亮，回答他们说："她很美，她是世上最美的女子。"

有人还会问道："你从军之后，她会等你吗？"

阿木回答说："我们约好了要白头偕老的，她肯定会等我回去。"

军队的战友们也习惯了阿木每个夜晚孤身独坐，每当此时，没有人去打搅他，让他一个人在心里呼唤着心中那个女子。

第三十二章　第二轮对决

张舒枫写完这一段后舒展了一下身体，突然电话铃声响起，是张斌成打来的："喂，斌斌，这么晚了还不睡啊？有事？"

张斌成电话里说道："姐，我又要八卦了，你可别嫌烦啊？"

张舒枫呵呵笑道："你就是个小鬼灵精，啥事说吧。"

张斌成忙了一天刚进家门，便立马想把在医院看到的那一幕告诉姐姐，他边换拖鞋边说道："姐，姐夫最近一直在医院照顾上次我和玲儿在街上遇到的那个年轻女子，他有时候还要推着轮椅出去陪着那个女的晒太阳，他们看上去像情侣一样。姐夫将她照顾得那可真的是无微不至啊。姐，你和姐夫究竟怎么回事啊？ 怎么能让其他女子乘虚而入呢？"

张舒枫知道自己的弟弟不会说谎，她也知道斌成从小心里就装不住事情，一有事情就非要说出来不可。

此时此刻，她心里不知道究竟是什么滋味，难以形容。

上次赵秋横匆匆忙忙来又走了，估计就是因为这个女子病了，这些日子以来，赵秋横并没有向自己说起关于这个女子的任何事情，所以，她也不知道赵秋横和这个女子究竟是什么关系。

她随即躺在了床上，对电话里的张斌成说道："斌斌，我知道了，你赶紧去睡吧，这么晚了才下班吗？"

张斌成听见姐姐很不以为意，然后说道："姐你要不来一趟深圳吧，自己看看究竟啥情况，顺便和姐夫好好谈谈。"

张舒枫这头对弟弟说道："嗯，我最近有一个重要的项目要去谈，完后我去一趟吧。你照顾好自己，去睡吧。"

夜依然很安静，整个世界似乎被这波波折折的一切击打得七零八落。

张舒枫辗转反侧，不知是因为阿木和牡丹那分分合合的情感纠葛还是因为张斌成那一番电话呢？ 她自己无法说清楚。

无论是生活中的故事还是笔下的故事，都被人性演绎得淋漓尽致，人和人之间真的无法定论谁对谁错。

她在想，她和赵秋横这段感情也是时候该有个结果了，或许他现在真的遇到了一位适合自己的女子，或许他在帮助着一位朋友，这些都不可以轻易地去下结论。

就这样想着想着她睡着了，她做了梦，梦见她居然也穿上了红色的衣服和赵秋横一起骑在那匹枣红色的马上，任马儿驰骋在无边无际的旷野，他们嬉笑着，无忧无虑。

她又梦到自己和赵秋横两人有了一个孩子，这个孩子不是别人正是彤彤，他们领着彤彤玩耍着，嬉闹着，一家人开开心心，其乐融融……

一阵急促的电话声将她唤醒，张舒枫从床上摸到了电话，闭着眼睛懒洋洋地接了起来："喂，哪位？"

是霞子的电话："怎么还在睡觉吗？ 昨晚几点睡的，现在还不起床啊？"

张舒枫听出来是霞子的声音，揉了揉眼睛说道："大老板，是你起太早了吧？ 懒觉都不让人安稳睡一个，这么早就开始骚扰人。"

霞子那边好像有啥急事一样："你这心还真够大的啊。这段时间我不在张掖，你也不问问我去哪里了？"

张舒枫翻了一下身又把眼睛闭上说道："你去哪里了？"

霞子有些着急："这没心没肺的，半个月了一个电话都不给我打一个，我去了哪里你当然不知道了。"

张舒枫将电话按了免提，继续闭上眼睛说道："饶了一大圈，你究竟想说啥呀？"

霞子电话这头说道："枫，我告诉你，我去深圳了，我们老邱在深圳有笔款，这几年了一直要不回来，我们两人去深圳要账去了。"

张舒枫说道："然后呢？ 要到了吗？"

霞子继续说："这不是重点，重点是你猜我看见谁了？"

张舒枫说："我家斌成，还是我那老乡玲儿？"

霞子着急道："我看见你家赵秋横了。"

张舒枫呵呵道："他就在深圳，你看见他有啥好奇怪的？"

霞子回复张舒枫说："我在医院看见他和一个女的在一起，有说有笑，他搀扶着那个女的在医院花园里散步呢。"

张舒枫昨夜就听张斌成说了此事，今天又听霞子这么说，知道这一切肯定确凿无疑了，便说道："然后呢？"

霞子道："那天老邱得到确切消息说，那个欠账的要去医院看病人，我们便去医院堵那个人，结果就见到了赵秋横和那个女的。本想过去问个究竟，结果和老邱那个欠债的人碰了个正着，所以，没来得及和赵秋横说话。这账要得急急忙忙的，返程飞机票是早就提前预订了好的，因为着急赶路也没顾上去找赵秋横。完后我们就坐飞机回来了，今早刚下飞机，我还没出机场呢，就把电话打给你。你可得长点心啊，过咱就好好和他过，不过咱就不管他了，你说呢？"

张舒枫知道霞子是在为自己着想，才说出这番话来。

此时，她已经全无睡意，对电话那头霞子说道："你且回家吧，这事见面再说，好吗？"

电话挂了，张舒枫陷入了深深的思索，这究竟该这么办？

是按照张斌成所说的去一趟深圳呢，还是打电话问问赵秋横呢？

正在此时，电话铃声又响了起来。"喂，哪位？"张舒枫问道。

对方是一个男子的声音："张总吗？我是二建项目经理马烨，所有高台应标资料公司都已经转给我了，我已经了解了这个工程项目的全部状况，应标时间定到什么时候了？"

张舒枫一听是二建的人，连忙说道："计划明天上午九点赶到招标单位，我们早上七点出发吧。"

对方答应后挂断了电话，张舒枫已顾不上考虑有关赵秋横的事情，连忙起床洗漱，之后赶到公司和张涛会合。

他们两人事先要把招投标相关事项讨论清楚，要详细了解二建相关的资质和资金实力，然后规划好后续工程建设实施过程中公司需做的系列管理措施，然后再分析招标单位工程项目规划。

正所谓"知己知彼，百战不殆"。经过对手头所有资料的对接和研究，张舒枫和张涛对投资风险，以及投资前景做了一系列的分析，最后共同拿出了一套切实可行的工程建设项目建议书。

对于这份项目建议书，他们要同二建发过来的应标资料一起参加明天的招投标会。

招投标谈判桌前坐满了人，东面一排是招标单位法定代表人、项目负责人以及财务负责人。

张舒枫这一排总共有四个应标单位，由八个人组成，每一家应标单位面前都摆满了该单位提供的自己企业的资质和项目建议书，以及其他应标资料。

首先，招标单位项目负责人开始发言了，他介绍了本次参与招标的组成人员，并介绍了一下招标单位基本情况，同时介绍了这次招投标的目的和项目基本情况，提出了对本项目建设的要求。

应标单位按照流程逐一介绍了自己单位的基本情况，然后开始抓阄，张舒枫被选到了第一个谈标单位，她不紧不慢地将项目建议书逐一展现出来，并详细做了解释，招标单位负责人频频点头感觉不错。

但是，在报价时，张舒枫价格却报得很高，招标单位负责人面带凝重之色，并让张舒枫他们去会客室等待。

然后进行下一家，这第二家来人不是别人，正是陆成，他和张舒枫交错进出门，他上下打量着张舒枫，看到这个女子不但人长得漂亮并且气质不凡，由于瞅张舒枫太过专注，一不小心被门槛绊了一下，陆成顿时有一种不顺的预感。

紧接着其他三个单位都逐一从招标办公室出来了。

接下来便是第二轮对决，也就是说在价格上的一个谈判了，招标单位通知张舒枫的二建和陆成的公司留下，其他两家陪标单位在第一轮被淘汰了。

张舒枫和二建公司负责人第二次坐在了招标现场，招标单位负责人告诉张舒枫道："张总，我现在就实话实说，你们公司项目建议书写得非常好，我们很喜欢，但是，你们公司实力比陆总公司却略差一些。我们就开诚布公地说吧，如果在价格方面能够谈妥的话，我们还是希望和你们单位合作。"

这一次招标单位分明是在将军。

张舒枫听到如此一说，微微笑了笑道："价格方面我这边只能让步百分之十，我们保证按照项目建议书设计，保质保量完成工程项目。"

招标单位负责人和公司负责人相互对视了一下，招标单位公司负责人随后轻轻点了点头。

只见招标单位负责人说道："那就请张总在外面稍做休息，我们和陆总聊聊。"

张舒枫在会客室等了大约有半小时，陆成出来了，他阴沉着脸，朝张舒枫狠狠地瞪了一眼，便匆匆离开了。

张舒枫第三次被请进了招标室。招标单位负责人高兴地向张舒枫伸出了右手说道："恭喜你，张总，经过第二轮对决，你们公司成功入围，下一步就开始谈签约事项吧。"

张舒枫也礼貌地将自己的手伸了过去和招标单位负责人握了手："合作愉快。"

一单生意就这样在张舒枫、张涛、陆刚几个人的精心规划下顺利地谈到了手。

且说那边陆成，本来胜算在握的工程项目被这个年轻漂亮的女子给搅黄了。在应标之前他沟通好了另外两家应标单位，让他们两家去应标也就是陪标而已，可让他没想到的是，从张掖这边竟过来一个项目建议书写得很扎实，且实力与自己相当的女老板，硬生生将自己精心布局的招投标现场搅乱了，并且将项目夺了过去，自己却被第二轮淘汰出局。他心里窝了一肚子火。

他气冲冲从会议室出来上了自己那辆大奔，告诉司机说："小吴，回家。"

司机小吴小心翼翼地启动着车子，路上几乎是稳驾慢行，他知道老板脾气暴躁，看老板今天这架势有些不对劲儿，生怕挨骂。

车辆很快驶入了陆成家小区，小吴问陆成说："陆总，我在楼下等还是……"

陆成边推车门边说道："你回去吧。"

陆成到家后，一看家里没人，老婆不在家里，便拿起电话准备询问。

老婆陈玉琴没什么文化，十足的家庭主妇，白天陆成上班走了之后她将家里打扫得干干净净便开始绣十字绣，等孩子放学后给孩子做饭，她能做得一手好饭，所以陆成很少在外面吃饭，他就喜欢吃自己老婆做的饭。

"喂，去哪里了，怎么不在家？"

陈玉琴回答说："在李姐家里绣十字绣呢。"

陆成说道："回家吧。"

电话挂了没几分钟，陈玉琴便匆匆忙忙赶回了家里。

陈玉琴边换拖鞋边问道："今天怎么回来这么早？ 这还没到吃饭时间呀？"

陆成本来就心情不好，听到老婆这么说，一下子就来了火："咋了？ 你是开饭店的？ 我自己的家回来早不行吗？"

陈玉琴嘴里嘟囔道："我也没说啥呀？ 自己心情不好，还火气大得很。"

陆成听到老婆犟嘴，抓起桌子上的水杯便摔了下去，说道："咋了，老子今天心情就是不好，你这婆娘事情咋这么多？"

陈玉琴平日性格温顺，说什么都不吭声，就是见不得有人在她面前提"老子"这个词，尤其是陆成，因为在她心里老子就是他爹。而她爹在她心里那是至高无上的，并且在陆成公司起步时，一直都是她爹在帮衬。

她觉得陆成应该感恩自己的岳父，而不是不尊重他老人家，况且，老爹刚刚去世不久，心里那个难受劲儿还没过呢。

于是，陈玉琴回了一句道："你给谁当老子呢？"

此时的陆成火气燃烧到了极致，他冲上前就给了陈玉琴一记耳光。

陈玉琴急了，用手撕扯着陆成。陆成用手掐着陈玉琴的脖子，似乎要掐死眼前这个女人才能消去他心头之气，他将今天在招标现场受到张舒枫排挤后所有的愤怒都发泄到了自己老婆身上。

陈玉琴大口大口地喘着粗气，手渐渐松了下来，陆成见状方才松开了双手。

老婆被打了，家里的东西因为两个人打架而被摔得七零八落。

此时，上小学一年级的孩子放学回家了，看到家里这个情形，吓得缩到墙角一直在哆嗦。

他不知道自己父母这是咋了，为什么会弄成这个样子。

陈玉琴披散着头发，心灰意冷地回到了卧室，她将自己的身体重重地扔在了床上，眼泪顺着眼角不停地滑落着，她不知道该怎么活，结婚以来她是第三次被陆成打。她知道陆成脾气暴躁，因为她脾气温和，多数时候都会将冲突化解，可是今天不知为啥，他从哪里带来的这么大的火气？

而陆成打完老婆之后气焰还是消不下来，他拿起衣服，摔门而去。

他漫无目的地行走在高台人来人往的大街上，一种莫名的沮丧和失败感让他心力交瘁。

他回忆着自己这些年来的心路历程，他家里总共有三个孩子，老大是个姐姐，他是老二，老三是个弟弟，从小父亲就对姐姐好，母亲心疼小儿子，而自己一直是那个被父母所忽视的孩子。

他常常自卑，没有自信，他也常常采取各种方式方法来赢得父母亲的重视，可是，无论自己如何努力，宠爱似乎和自己无缘。

自高中毕业没有考上大学以来，他为了让家里知道他有能力养活自己，也为了让父母看到他是最有能力的那个孩子，几乎什么都干过，卖过烧烤，摆过啤酒摊，贩过水果，后来在岳父的帮助下成立了这家建筑工程公司，公司成立以来，他勤勤恳恳，经历了风风雨雨后将公司打理得有声有色。

而他老婆陈玉琴也是在他最困难的时候不顾家里反对嫁给了他。

在他创业这些年中，老婆娘家给了他最大的支持和帮助，照理说，他不该打老婆，可是，不知为啥今天无论如何都控制不住自己的情绪。

自做生意以来，他从来都不允许自己输给别人，他总是喜欢听别人给予他的赞誉声，他感到非常受用，对他来讲，这些赞誉声比自己赚到几百万元还要惬意。

高台这个工程项目他酝酿了很久，他向公司管理层夸下海口说："这个项目就是为我陆成专门设计的，我一定能够拿下。这个大型建筑工程项目如果能够顺利完工，我陆成在当地就能扬名立万！"

可是，所有的一切都被打破，对他来讲丢掉的不仅是生意，更多的是面子，这真的能够要了他的命。

且说这陆成为何如此重视得失和颜面呢？

因为在他原生家庭里，他始终不被重视，这就给他的成长带来了很大的阴影。如果这个阴影挖不出去，将会折磨这个人一辈子。

陆成的这种不安全感，这种苛求被认可的性格一直纠缠着他，时不时地让他情绪失控。

记得在他成长期间，他为了引起父母对他的关注，故意做一些坏事。

可是，越是如此，父母越觉得他是最不听话的那个孩子，对他越是打骂，夸他姐姐和弟弟多么听话，等等，陆成内在的自信就这样被打击得越来越少，以至于后来他千方百计地想在事业上做出些成绩来，也是为了寻找到自己被看见的那个时刻。

在单位，他听不得别人半点反对意见，甚至开除了和他犟嘴的几个管理层人员。

公司上下都知道陆成脾气不好，不愿意听反对意见，整个公司都是随着陆成个人的想法在运行。

好在陆成人很聪明，公司打理得也很不错，同时他对公司员工非常好，所以员工们也接受了这个暴躁老板所有的一切。

在陆成家里，儿子果果看见妈妈跌跌撞撞去了卧室，爸爸摔门而去，便悄悄放下书包，轻手轻脚地走进了妈妈的卧室。

他站在床边，俯下小身子给妈妈抹着眼泪，他学着妈妈平时哄他的样子说："妈妈不哭，妈妈最棒了。"

陈玉琴看着自己可爱的儿子像哄小孩一样哄着自己，便忍不住笑了出来，笑容伴着泪水，她一把将果果揽在了自己的怀里，她知道这个孩子从小乖巧。

孩子冲淡了刚才发生的一切。

她知道，陆成肯定是遇到了什么不开心的大事情了，否则，他不会如此。

但她真的想知道究竟发生了什么事情，便抹了一把眼泪对果果说："果果，你去茶几上取一下妈妈的手机。"

果果看到妈妈笑了，同时搂着自己，他知道妈妈不生气了，连忙点头跑着去给妈妈拿手机去了。

陈玉琴拿到手机后，将电话拨给了陆刚。"嫂子，怎么了？"

陈玉琴电话这头几乎压着哭腔说道："陆刚，你哥回到家里气得又砸杯子又打人的，究竟发生了啥事情？你清楚吗？"

陆刚听到这里就知道了孵化工程建设项目已经让张舒枫拿到手了，便说道："嫂子你先别急，我打听一下。"

张舒枫为这次应标取得成功非常高兴，她和招标单位负责人将签约合同事项商讨了一下，并把招标单位起草的合同样本拿到手准备回去让法务看一看相关商务条款方面还有没有什么不妥之处。

处理完这些事情之后，就告别了招标单位负责人，急忙将电话打给了陆刚："喂，陆刚，成功入围了。"

电话那头的陆刚只是淡淡地说道："好的，我知道了，这边张涛公司注册也很顺利。"

张舒枫挂了电话后心想："这陆刚项目应标入围怎么不高兴呢？"便随即将电话打给了张涛："张涛，这边应标成功了，听陆刚说办理新公司的事情很顺利，你还在高台吗？"

张涛在电话这边说道："我这边一切都很顺利，只是陆刚担心他哥陆成会受不了这次挫败。"

张舒枫表示不解道："什么情况？"

张涛接电话时刚从政务大厅出来，他边接电话边赶到自己小车旁边，上了车关上车门后对张舒枫说道："昨天我和陆刚办事的时候，他告诉我，陆成一向刚愎自用，且脾气不好，受不得一点点打击。这些年来很多生意上的事情，多数时候都是陆刚在照应着自己这个哥哥。这次为了拿下孵化项目，他哥下了很大的功夫，陆刚还告诉我说，这些日子他想了很多，这个项目他真的不应该去和哥哥陆成去争，说不定这一次的打击会害了他。"

张舒枫静静地听着张涛的讲述，竟不知该说什么了。

张舒枫挂了张涛电话后，并没有和二建的项目经理一起返回张掖，她让二建经理先走了，她想见见陆刚，聊聊这件事情。

于是，她又将电话打给了陆刚："喂，陆刚，你在忙什么？"

陆刚正在给陆成拨电话，可是电话那头却发出嘟嘟嘟的声音，打不通，正在此时张舒枫电话打来了，便说道："舒枫，我们见一面吧，叫上张涛，把有些事情说一说。"

张舒枫本就想和陆刚聊聊的，听陆刚这么一说，便连忙回应道："好的，我给张涛打电话，我们老地方见。"

半小时之后，张涛、张舒枫、陆刚聚集在了丽轩茶府。

他们三个人每人要了一杯菊花茶。

张舒枫看到陆刚脸色凝重，想肯定是为了陆成的事情，也不便多说什么，陆刚还是习惯性地翻起手腕，看了一下手表，然后又不停地拨打着一个不知什么人的电话，电话那头依然发出嘟嘟嘟的声音。

此时陆刚又拨了一个电话，说道："嫂子，我哥他去哪里了？"

电话那头传来了一个女子的声音，不知说什么，张舒枫和张涛听不清楚。

陆刚电话这头说道："他带手机了吗？"电话那头女子说完后，陆刚连忙说道："好的，我知道了。"

陆刚挂断电话后将手机放在了一边，看了一眼对面坐着的张舒枫和旁边的张涛道："舒枫，这个工程项目我们虽然争取到了，但是，我哥他那脾气却无法接受这个事实，应标完后，他将家里的东西砸得乱七八糟，还把嫂子打了一顿。"

张涛一听顿时觉得很气愤："公平竞争，有输有赢，他就这点气度，怎么当的老板啊？"

张舒枫瞅了张涛一眼，然后说道："这件事情上，我们做得不合适，人家毕竟是当地公司。况且，陆成做了那么多准备工作，丢了项目肯定心里不舒服。"

陆刚连连点头道："第一轮淘汰那两家单位都是我哥找去陪标的，这次他本想一举拿下的。"

张舒枫听到此，脸色也变得严肃起来了："我们不能为了谈成项目，而让人家背负压力啊。"

张涛着急了："那还能咋办，难不成把这项目让给这陆成？"张舒枫看看张涛，陆刚也看了一眼张涛。

此时，张涛瞬间明白这两个人心里在想什么了。

张舒枫喝了一口水说道："陆刚，我们把项目让给陆成吧，你说呢？"

陆刚也端起水杯，放到嘴边又放了下来说道："给他吧，我们下功夫把孵化项目经营管理权拿到手就行了，这个项目的工程建设就让我哥去做吧。舒枫你说呢？"

张舒枫轻轻点了点头道："这样最好。"

张涛完全听懂了张舒枫他们的意思，他燃了一支烟吸了一口："那目前入围的是二建，怎么才能将项目名正言顺地还给陆成呢？ 他那么顾及个人颜面。"

陆刚看着眼前这个聪明的小伙子，然后轻轻地点了点头说道："这倒是个问题。"

张舒枫也不知如何是好。

张涛突然用食指点了一下手中的水杯正要说出自己想到的办法时，陆刚也好像有了办法。

陆刚感觉张涛和自己的想法一致，便用手示意张涛先说。

张涛喝了一口水说道："既然第二轮招标单位在陆成和二建之间徘徊，说明如果没有我们去应标，这个项目肯定是给陆成的啰。"

张舒枫连连点头道："嗯嗯，是这么个道理。"

张涛连忙说道："舒枫你现在就给招标单位打电话说，经过几个股东协商打算放弃这个应标项目，二建这边的工作我来做，你看如何？"

张舒枫一听立马来了兴趣道："好办法，目前，招标单位着急启动项目，并且，本来他们就想将项目给陆成，只是看到我们的项目建议书写得很好就把项目给了我们，我现在就打电话。"

张舒枫拨通了招标负责人电话："喂，是邵总吗？"

电话那头回复道："张总是我，有事吗？"

张舒枫看了一眼陆刚然后说："邵总，不好意思啊，我刚才将这个孵化项目应标入围情况和公司几个股东交流了一下，他们已经在张掖新区那边谈妥了一家大型的孵化项目，高台这边这个项目就顾不上了，所以，我们打算放弃这个项目的应标了，给你们添麻烦了。"

电话那头招标负责人停了几分钟没有答复，对他们来讲还没有遇上这种应标成功又放弃的单位呢，他显然不知如何回复张舒枫，他顿了顿说道："张总，这事确实是有些麻烦，这样吧，我请示一下领导再回复你。"

几分钟后，那边电话打了过来，"张总你好，刚才我将你说的情况向领导汇报了，领导说，如果你真的想放弃这个项目的话，那就把项目给陆总了，本来当时我们是以二比一的表决数在你们单位和陆总之间选择的。"

张舒枫听到此，便答复说："陆总实力很强，他的公司是个好企业，我这边确实不好意思了。"

对方答复道："没事，没事。"

挂断电话后，三个人相视一笑，便点了餐在茶府吃饭，他们边吃饭边商量下一步如何拿下孵化项目管理权的事情。

三个人聊了很多，并且设计了关于下一步孵化项目管理的相关事项。

就在三个人相谈甚欢时，陆刚电话铃声响了，是陈玉琴打来的："陆刚，你哥他回来了，到家后像孩子一样高兴地抱着果果直跳呢。他说招标单位将本来给他的项目通知错了，因工作人员的疏忽误通知给了一个叫张总的女老板，现在招标公司给他打电话让明天过去签合同呢。并且，他给我一再地道歉，我也原谅他了。"

陆刚电话打开了免提，三个人都能够听得见，三个人依然相视一笑，知道此事算是有了一个圆满的结局。

挂断电话后，张涛说道："招标公司的这个负责人情商很高呀，他居然说是他们弄错的，不是人家让给陆成的，这样一来，陆成这自尊心瞬间找回来了。"陆刚也连连点头。

第三十三章　不一样的人生

回到张掖，天色已经渐渐黑了下来，张涛把张舒枫送到小区门口后便回家去了。

张舒枫回到家里感觉有些疲惫，不过对她来讲今天一整天下来还是蛮充实的。

夜搁浅了她一天的忙碌，夜安静地梳理着生活中的点点滴滴。

她望着电脑桌面上红牡丹的标题刚想和文字交心时，电话铃声响了，是赵秋横打来的。

这几天忙忙碌碌的她也没有多少时间去考虑有关赵秋横的事情，现在赵秋横来了电话，她突然想起了霞子和张斌成所讲的都是同样的话题，既然赵秋横来了电话，是否要将这件事情问清楚呢？

"喂，舒枫，你在忙什么呢？　这几天工作还顺利吗？"

电话里那个熟悉而温柔的声音依然让自己感觉很舒服："我刚从高台谈事情回到张掖，你还好吗？"

赵秋横也刚刚从医院回来，半躺在沙发上给张舒枫打电话。

他说道："我还那样，不过最近单位的大项目我几乎不去参与，也懒得管那么多了，感觉挺累的。"

张舒枫从电脑桌前走到床边，半躺在床上回答说："也是啊，有些东西放下了或许就觉得原来的所作所为都是和自己过不去。"

赵秋横笑了笑说道："谁说不是呢？"

赵秋横本想说啥，一个电话打了过来，便匆匆对张舒枫说道："舒枫，我接一下高总的电话，一会儿打给你。"

赵秋横挂了张舒枫电话后，接起了人力资源部高总的电话："喂，高总。"

电话那头说道："秋横，北京有个为期三天的产品发布会，你明天得去一趟北京。"

赵秋横这边回复道："好的，高总，我知道了。"

赵秋横挂断高总电话后紧接着又把电话打给了张舒枫："喂，舒枫，刚才高总电话里面说，明天让我去一趟北京，估计也得三四天时间。"

张舒枫在赵秋横接电话的时间里已经换好了睡衣，她本想写会儿小说，被赵秋横这么一打搅，也没什么思路了，便拿起书本随便翻翻准备睡了。

张舒枫答复赵秋横："那你去吧，斌斌说让我去一趟深圳呢，我也打算过去看看他，看他生意做得如何。"

赵秋横一听张舒枫要来深圳，瞬间高兴地从沙发上站了起来道："那我等你回家来，来了我们好好聊聊。"

张舒枫若有所思地说道："是啊，我们是该好好谈谈了，太久了。"

赵秋横燃起一支烟吸了一口："都听你的，我等你。你准备什么时候过来，我得算好北京出差时间。"张舒枫回答说："就这几天吧，估计你从北京出差回来我就到家了。"

赵秋横又吸了一口烟道："好的，来前告诉我一声，我去车站接你。"

张舒枫挂断了赵秋横的电话，躺在床上陷入了深深的思索，她去深圳干吗？　真的是去看张斌成吗？　还是想看看在医院里被赵秋横照顾的，究竟是怎样一个女子呢？　她和赵秋横接下来又能不能走下去呢？　想着想着不知不觉便睡着了。

她做梦了，梦里她穿着红色的长裙，坐在那匹枣红马上，这次马背上只有她自己却不见了赵秋横。

她一个人在草原上奔驰，呼唤着赵秋横的名字——"秋横，秋横。"

然而，在遥远的远方，她依稀能够看见赵秋横那忽隐忽现的背影，而赵秋横身边却多了一个和自己长得一模一样的女子，那个女子拉着赵秋横的手，寸步不离地紧紧跟随着赵秋横。

此时，马背上的她却在伤心地哭泣，哭着哭着那个女子却突然不见了，而她自己也从睡梦中醒了，她摸了一下眼角，还残留着在梦里流下的泪水。

这是个什么梦？ 为什么她会穿上红衣，她为什么追不上赵秋横，他身边那个女子又是谁？ 她拿起手机一看才刚刚十一点钟，便翻起身来，去洗手间，洗漱完之后又去睡了。

接下来的几天时间，张舒枫去公司将手头的工作处理妥当，她告诉张涛说，自己要去一趟深圳，大概得一周时间吧，公司的事情全部交给张涛处理。张舒枫买了去深圳的火车票。两年，她将又一次回到那个曾经让她幸福也让她伤心的地方。

走进软卧车厢里，她将行李放到了下铺下面，便顺势坐在了铺上。这时，从包厢外面走进来一个和她年龄相仿的女子，坐在了对面下铺。

张舒枫向那个女子点了点头，表示打招呼，那个女子也回应着笑了笑。

卧铺对着走廊的门被刚进来那个女子关上了，整个卧铺内就她们两个人，张舒枫瞅着窗外的风景。

这一草一木以及这两年来在这里创业的朝朝暮暮，从她眼前飞掠而过，她感觉人生的道路走得竟那样的踏实，虽然公司现在没有太大的收益和成效，虽然一路走来走得比较辛苦，但是，她似乎找到了以后人生路途的前进方向。

此时，她想到了在深圳这个一线城市里，自己却窝在那一百多平方米的房子里，浑浑噩噩地度过了整整三年时间。

不过那时收获到的是那份满载幸福感的爱情，她却也感知到了与外界隔离后的孤独和失落。

火车一路匀速前行，沿路如同土丘般的古长城遗址，依稀能够让人看到几千年以前的金戈铁马，家乡的将士们保家卫国的情形。

看着想着，从眼睛的余光里她突然发现对面坐的那个女子一直在望着窗外抹眼泪。

张舒枫不由得侧过脸去将目光投向了那个女子，一张古典女子的脸型，单眼皮，小巧的鼻子，一副楚楚可怜的样子。

张舒枫禁不住从包里抽出一张湿纸巾递给她，女子接过纸，看了张舒枫一眼说了一声："谢谢。"

火车依然在匀速向东行驶，那个女子还是在不停抹着眼泪。

张舒枫不知道这个女子为什么会在火车上伤心成了这样，她有心想问问她，但又觉得对于陌生人来讲这么冒昧地打扰并不礼貌，但是，她真的想劝劝她，便说道："你要喝水吗？"

那个女子轻轻地说道："不用，谢谢。"

张舒枫又说道："你这是要去深圳出差还是？"

女子用纸巾抹了一下眼泪说道："我家在深圳，回趟家后，去上海。刚才见笑了。"

张舒枫又递给她一张纸巾说道："没关系，不过可不可以给我讲讲你为何如此伤心？ 或许讲出来会好很多，当然，你如果愿意的话。"

女子轻轻点了点头说道："我应该和你差不多大吧，我今年三十岁，你呢？"

张舒枫答复她说："那我比你大两岁，我三十二岁。"

女子因为和张舒枫说话时眼睛里已经没有了眼泪，便说道："那我就叫你姐姐了，姐姐可否告诉我你的名字？"

张舒枫连忙回复道："我叫张舒枫，张掖市人。你呢？"

女子轻轻地点了点头道："我记住了，我叫何佳琪。"相互介绍完之后女子便开始讲述自己的事情了。

原来这何佳琪在深圳上完大学实习的时候，认识了一个名叫仝启明的老板。

他比何佳琪大十五岁，这个仝启明人长得不算帅，但显年轻。当时，佳琪认识他时，他刚好三十几岁，正是事业辉煌、招蜂引蝶的时候。

那时的仝启明已经成家七八年了，家里还有一个七岁大的女儿和一个五岁大的儿子。

这个仝启明禁不住身边美女的诱惑，他背着自己的老婆接连包养两个女朋友，后来在何佳琪来到公司实习的时候，他又将目光投向了何佳琪，这个气质颇似林黛玉的女子。

　　何佳琪在公司里面只顾埋头干活，一张柔弱的让人禁不住随时随地都想去呵护的小脸，着实让仝启明爱慕不已。

　　他有意接近何佳琪，请她吃饭，给她买小礼物。

　　后来在一次酒会上他安排女助理去给何佳琪灌酒，没喝几杯便把这个刚出学校门的女大学生灌得晕晕乎乎，在何佳琪醒来后，她便已失身给了这个一直追求她的老板仝启明了。

　　由此，何佳琪就名正言顺地成了仝启明第三个包养的女朋友了。

　　他带着她以秘书的身份参加各种场合，去各个国家旅游，给她买昂贵的衣服和包包。

　　数月下来在她认为他是爱她的时候，她发现自己怀孕了，便将这件事情告诉了仝启明，他很惊恐，不停地在何佳琪面前唠叨说："你为什么如此的不小心啊？"

　　何佳琪此时摊牌道："启明，你要不娶了我吧，我们把这个孩子生下来，以后我们好好过日子。"

　　但是，仝启明却表示非常为难："去流产吧，我家里已经有两个孩子了，再不能要孩子了。"

　　何佳琪听到这些话非常伤心也很失望，便说道："你为何不愿意娶我？"
　　仝启明用手抹去何佳琪眼角的泪水说道："不能啊，我可以和你过日子，但是我不能离婚，所以这个孩子我也不能要，听话，流了吧。"

　　仝启明说完后看见何佳琪已经哭成个泪人了，便上前紧紧地抱住她说："乖，我陪你去医院吧，流了他，我保证以后一辈子和你在一起，只要你不要孩子。"

　　何佳琪眼泪依然不停地从眼角滑落，她慢慢推开仝启明说道："这样吧，我答应你流了这个孩子，你答应我从此放过我，让我找对象结婚。"

　　仝启明显然不同意何佳琪所讲，说道："佳琪，不要这样好吗？你知道我喜欢你，你还要找对象结婚？"

何佳琪边擦眼泪边说道："你如果不答应我，那我就生下这个孩子。"

仝启明无奈之下，只能答应何佳琪的要求，陪她去医院做引产手术。

当走进手术室时，何佳琪眼睛里依然含着泪花，仝启明轻轻将她眼角的泪水擦了，示意她坚强点。

她是多么喜欢孩子啊，她从小就喜欢逗别人家的小孩子玩，她也曾对大学室友说过，如果将来可能的话她要生下一个儿子、一个女儿，儿子打扮得帅帅的，女儿打扮得美美的。

可是，这一切都成为了泡影。

在医院住院的这几天里她几乎是以泪洗面，她不愿意搭理仝启明。而仝启明每天照旧来医院陪伴着她，何佳琪这个空月子很快就结束了，身体也慢慢恢复了。

这一天，仝启明来到了在上海为何佳琪买的房子里。

何佳琪郑重其事地对仝启明说道："启明，我要找对象结婚，这是你答应我的，所以，以后我们就不要再来往了。"

仝启明看着何佳琪依然发黄的脸，说道："佳琪，你就不要再考虑找对象的事情了，我们以后好好的，不行吗？"

听到这里何佳琪眼睛里顿时泛起泪花，说道："你又不娶我，我和你名不正言不顺的，以后我怎么面对我的家人？"

仝启明拉着何佳琪的手说道："佳琪，你为了我不能再生育了，还怎么找对象嫁人啊？我保证一辈子不弃你可以吗？"

何佳琪轻轻地摇了摇头说道："你就让我嫁人吧，让我安安静静过一个正常人的生活吧，可以吗？"

仝启明看着楚楚可怜的何佳琪不知道再说什么了。

半个月后，何佳琪经朋友介绍去一个咖啡厅相亲，相亲对象长相还算可以，是一家大型企业的高级工程师，两个人刚刚自我介绍完之后，仝启明不知从哪里冒了出来，他硬生生地阻止了这次相亲。

为此，何佳琪很生气，一再向仝启明提出要求让他再不要阻止她相亲了，仝启明连忙答应道："保证以后再不干扰你相亲。"

又过了一个多月，何佳琪从相亲网站认识了一个中学老师，这人比何佳琪大将近十岁，一直未娶，两人约好了在一家西餐厅见面。

在两人见面后相谈甚欢时，仝启明又一次来到了相亲现场，他告诉那个小伙子说，自己是何佳琪的丈夫，小伙子便非常尴尬地离开了。

何佳琪从此无法再去相亲了，她知道每次仝启明都要出来干扰，就这样她和仝启明两个人依然来往着，仝启明也依然养着何佳琪，他带着何佳琪去了好几个国家，并且带着她参与了各种重要场合的酒会、晚会。

他们身边的人谁都知道何佳琪是仝启明包养的女人，何佳琪不敢回家，她怕父母骂她，因为她听母亲说，父亲在家里亲戚面前抬不起头来。

而仝启明老婆也知道了自己丈夫和何佳琪的事情，好几次来公司闹腾，仝启明都以各种方式回避。

后来，仝启明老婆提出要和他划清界限，为此，仝启明将他旗下一个经营最好的子公司分给了妻子，让她自己经营，并且给妻子账户上拨了三千万元，告诉她再不要打搅他和何佳琪的生活，让她好好地将自己的女儿和儿子抚养长大。

就这样仝启明和何佳琪生活了整整九年时间，何佳琪也从二十出头的小姑娘变成了三十出头的成熟女性了，在这中间何佳琪多少次想去孤儿院领养一个孩子，都被仝启明所阻止。

这次她陪着仝启明去新疆办事，到新疆没几天，她听说父亲病危，母亲让她回家去看望父亲，所以便坐火车自己回深圳家里。

一路上何佳琪一直在回顾这些年走过的路，虽然她日子过得很舒服，生活质量也很好，比起同龄女子来讲，自己少了奋斗，少了在外奔波。

可是，她却永远没有了做母亲的权利，而这些年来，她只回过三次家，尽管她非常思念自己的父母，也想多陪父母待一段时间。

可是，每次回去都会被父亲骂着撵出家门，她也每次都是哭哭啼啼地离开自己的家。

这些年以来，她只和母亲保持着联系，而每次和母亲通话，她都能听到母亲那哽咽的哭泣声。

她父母就她一个孩子，父母老了自己却不能待在身边尽孝，而在亲戚朋友面前，她全然是一个不孝女。当她在新疆听说父亲病危的消息时，她几乎是悲伤到了极致。

她本来打算坐飞机去深圳看望父亲的，可是，这几天的航班售罄，她也只能坐火车回家了，她不知道自己还能不能见到父亲最后一面，也不知道父亲见了她后能不能够原谅自己，是不是还像以前一样冲她发火呢。

这一切都让她垂泪。

何佳琪边抹眼泪边向张舒枫讲述自己的这一切。

张舒枫听着，也为她流着眼泪。张舒枫听完后没有说什么，她不知道该说什么，不同的选择就会有不同的人生。

值得庆幸的是，这个全启明还算有点良心，要不这何佳琪的命运估计比现在还要惨痛。

何佳琪讲完后将眼泪擦干，接着又淡淡地笑了，她说："我这样活着也算是一种活法，虽然有好多遗憾，比如没有孩子，比如没有一纸婚约。但是，我过着其他女子都向往的生活，这些年来，我好吃的吃了，好穿的穿了，全国各地也走遍了，还去了很多国家，这样的生活对其他女子来讲或许一辈子都难以实现，如果要实现或许要付出很多努力。我觉得自己这样也算是值了，你说呢，姐姐。"

张舒枫依然没有说什么。

对她来讲她并不喜欢这样的人生，她突然想起在深圳和赵秋横度过的那三年时间，那是幸福的也是孤独的。

何佳琪看到张舒枫没有说什么便好奇地问道："姐姐有孩子吗？"

张舒枫被她这个突如其来的问话惊得哑口无言，她不知道如何答复何佳琪，但出于礼貌，她必须回答这个问题。

张舒枫瞅了一眼这个秀气的女子说道："我还没有孩子……孩子有过但流产了。"

何佳琪表情瞬间严肃了起来："姐姐以后无论如何得有自己生的孩子，

孩子是一个女人生命的延续，有了孩子才能算是一个完整的女人。"

张舒枫轻轻点了点头说道："嗯，这个我知道，我会记住你说的话，不过，有一个上小学的女孩子没有父母，这两年来我把她当作自己的孩子一样看待，她平时叫我张妈妈。我觉得也挺好的。"

何佳琪认真地听张舒枫说着，眼神里流露出羡慕的神色："真好，很羡慕姐姐，有人能够叫一声妈妈。"

张舒枫说道："你也可以领养一个孩子啊，这样就可以圆你做妈妈的梦了。"

何佳琪连连点头道："这些年来，我一直在仝启明面前唠叨，想领养一个孩子，他一直不赞同，不过，随着他那双儿女的长大，孩子们对他不冷不热的。我呢，也不停唠叨收养孩子的事，最近他好像有点松动了，等看完父亲之后，我再说说，估计他应该能够同意。"

张舒枫看了一眼何佳琪后说道："嗯，这当然最好了。"

火车一路前行，她们不知不觉已经聊了有四五个小时。

此时，火车停了下来，卧铺包厢里走进了一男一女，看上去好像是情侣，他们将行李放好后各自上床休息了，张舒枫看见有其他人进来，便对何佳琪说："我们睡一会儿吧"。

何佳琪连忙点头道："嗯嗯，坐累了，姐姐你给我留一个联系方式吧，以后有机会我们或许还能见面。"

张舒枫和何佳琪相互加了微信，并且留了电话号码后各自躺在了卧铺上。张舒枫将耳机插到了手机上，放了一段舒缓的音乐，在火车摇摇晃晃的行驶中听上这舒缓的音乐，就好像小时候躺在妈妈的摇篮里，妈妈轻轻哼着摇篮曲，是那样悠闲自在，娴静而舒适，随着乐曲的旋律她很快睡着了。

她又做梦了，这一次的梦，她依旧穿着红色的衣服，她和赵秋横在草原上躺着，身边一个七八岁的孩子在他们身边来回跑着，嘻嘻哈哈，那是彤彤？

那是一个面容融合了她和赵秋横的五官的女孩子，她不停地叫着爸爸妈妈，张舒枫和赵秋横看着身边的孩子，幸福地相视而笑。

耳边突然想起那支阿木和牡丹合奏的曲子，悠远而且绵长……

天空中一排排燕子从远方飞来。

火车很快到站了，张舒枫和何佳琪互相道别。张舒枫下火车后先回到了家里，偌大的房子空空荡荡，少了女主人，房间里多了许多凌乱。

张舒枫放下皮箱后便开始打扫房间，经过一阵忙碌之后，房间恢复了原来她在时的那种干净和整洁。

她倒了一杯水喝了几口，却不见赵秋横回家，或许今天他还有其他的应酬吧，也许他正在医院里照顾那个女子，一阵隐隐的妒意让她有了一种想去医院看一下的冲动。

她出了家门按照张斌成讲述的医院和病区，在血液内科唯独见到一个二十多岁的女子，应该就是她了，张舒枫站在病房门口张望，她看着那个长相和自己酷似的女子脸色蜡黄，正躺在床上输液。

独立病房里没有其他人，也不见赵秋横的影子，她好想进去看看这个女子，她想和她聊聊天，她想问好多的事情，可是无论如何她都没有勇气踏进这个陌生女子的病房。

就在这时，突然有人拍了一下她的肩头，张舒枫惊觉地回过了头，她看到一位中年女子站在她的身后。

中年女子轻声问道："你要找谁？"张舒枫很尴尬，下意识地摊摊手说道："对不起。"

中年女子打量了张舒枫几眼，她似乎知道了眼前这个女子是谁。她听周梦婕说过，赵秋横妻子和梦婕长得很相似。

于是，中年女子问道："你是赵秋横的妻子吗？"

张舒枫也很惊讶，轻轻点点头说道："是的，你认识我？"

中年女子示意张舒枫到病房外面走廊里说话。

来到走廊后，她们两人坐在了病房楼道的椅子上，中年女子先开口说话了："我是周梦婕的表姐，我家梦婕得了白血病，这些日子多亏了赵秋横精心照料，梦婕恢复得很快。梦婕喜欢赵秋横，一看到这赵秋横心情就好了起来，估计她这个病要想好转，少不了赵秋横的长年陪伴。"

张舒枫听到周梦婕姐姐如此一说，瞬间不知道如何答复她，便说道："这样啊？"

周梦婕姐姐又说道："听梦婕说你们夫妻一直在闹离婚，这可是真的？"张舒枫听到这种问话，瞬间尴尬了起来："我们有点分歧。"

周梦婕姐姐又说道："既然你们两人感情不和，要不你就成全梦婕吧。救人一命胜造七级浮屠，你这样做既解脱了自己，也放过了赵秋横，免得他来回纠结痛苦，还能够成全梦婕。"

张舒枫听完后似乎明白了什么似的，又似乎有一种被人欺骗的感觉，便起身对周梦婕姐姐说："我明白你的意思了，我还有事先走了。"

从医院出来后，她心里乱糟糟的，似乎有什么事情需要她去梳理，但还很清醒，她知道其实自己是时候离开赵秋横了，都分开这么长时间了，还有必要再这么纠缠下去吗？

她打车到自己的家里，看到赵秋横还是没有回来，便拉着皮箱离开了家，她回过头去看看这个让自己幸福过，也让自己伤心过的房间，对自己说："这次是真的该告别这个地方了，爱，有时候确实是在该放手时就得放手。"

张舒枫离开家后，按照张斌成告诉她的地址来到了火锅店。此时正是生意最好的时候，火锅店顾客爆满。

张舒枫走进火锅店，第一个看见她的便是玲儿，玲儿连忙放下手中的活，走出吧台迎着张舒枫而来，她拉着张舒枫的手俨然一副弟媳妇的架势。

"姐，你啥时候来的？ 怎么没打电话告诉我们一声啊，好让斌成去接你。"

张舒枫在张掖时总是能够听得张斌成提到玲儿，从弟弟的口中听得出来，他们两个现在发展得还是挺顺利的，她说道："你们生意那么忙，忙你们的，我自己可以。"

玲儿给张舒枫倒了一杯水道："斌成进货去了，应该快回来了，姐我给你点个锅，你先吃着，我打电话催一下斌成。"

张舒枫刚想推辞，此时电话铃声响了，是赵秋横打来的。

"喂，舒枫，你来了，你现在在哪？ 我单位有个项目加了几个小时的班，我去接你。"

玲儿在电话这头听见是赵秋横的电话，连忙插了一嘴道："姐姐在火锅店里，姐夫你过来。"

赵秋横显然已经听见了玲儿的话，连忙答复说："舒枫你等我，我这就过去。"

半小时后张斌成和赵秋横分别都来到了火锅店里。

一桌火锅家宴摆了起来，张斌成、玲儿、张舒枫、赵秋横四个人在包厢里就座，吧台交给了大堂，他们开始谈天说地，嘻嘻哈哈，甚是热闹。

此时的张舒枫一点都感觉不出赵秋横像个外人，她竟不知道如何向赵秋横提出离婚。

但是，周梦婕那边比起她来更加需要赵秋横，或许有赵秋横的长期照顾，周梦婕会很快地好起来。

吃完饭后，张斌成和玲儿也没敢打搅张舒枫他们两人，便悄悄离开了包厢，把空间留给了分开已久的小两口。

赵秋横依然很兴奋，说道："舒枫我们回家吧。"

张舒枫来前本打算要多住几天的，可是今天看见周梦婕，又听见周梦婕姐姐那么一说，便不想再给赵秋横留什么其他的念想和牵绊了。

她说道："我公司那边有急事，今晚还得赶着回去，你要不送我去机场吧。"

赵秋横感觉事情有些不对劲儿，但又不知道是哪里出了问题，便说道："天色已晚，住一晚上明天走也不迟啊。况且，我们两个还没有好好聊聊呢。"

张舒枫喝了一口水道："不了，公司那边打电话必须连夜回去，我已经买了返程机票了。"

赵秋横听到张舒枫如此一说，感觉很失落，他真的不知道哪个环节出问题了，是不是刚才自己吃饭时哪句话说得不合适了，还是其他什么原因，他着急地搓着手。

张舒枫看着他这个样子，心里感觉好难受，她不知道这是一种什么样的难受，就好像自己的什么重要的东西被人抢走了一样，但是，此时的她必须做出决定，不能再和他纠缠不清了，她觉得这样对谁都不好。

她说道："送送我吧，秋横。"说完便站起了身来，赵秋横也站了起来，他用眼睛深情地盯着张舒枫，他好想好好地抱抱她，可是他没有，他怕她推开自己。

张舒枫看着这个眼睛里柔情似水的男人，这个自己深深爱着的男人，竟不知如何是好，她努力打破僵局："你有空的话就多来看看斌成吧，走吧。"

张舒枫和赵秋横告别了张斌成和玲儿，出了火锅店，她坐在了赵秋横的车上。

在去机场的路上，两人什么话都没有说，车里面安静得能够听到转向灯嘀嗒嘀嗒的声音。

车很快到了机场，赵秋横执意要送张舒枫进站，张舒枫却没有让他往前走："你回去吧，不要送了。"

张舒枫的举动让他感到熟悉而又陌生，他突然上前抱住了张舒枫道："保重，不要太累，我抽空去看你。"

张舒枫哭了。她多么希望时间就凝固在此刻，她多么希望眼前这个男人就这样永远地抱着自己，但是，另一个生命在期待着他，她必须离开他。

张舒枫轻轻地推开赵秋横道："你也保重，胃不好不要吃凉东西，再见。"

两个人挥手告别，张舒枫转头走进了机场，她哭了，不知为什么这次离开深圳会如此难受，那是一种不舍，那是一种放手，那是另一种责任。

赵秋横看着这个娇小的背影缓缓地朝安检处走入机场，心里泛起种种不安，他感觉她这次估计要真的离开自己了。

赵秋横从机场出来后来到了医院，按照惯例，他每天都得去一趟医院，他怕周梦婕会有什么不测，因为他听大夫说，最近一定不能让她摔倒或者情绪动荡，这段时间是观察期，如果能够挺过去，估计能挺到合适骨髓到位的那天。

他刚刚走到病房门口就碰上了周梦婕表姐，表姐连忙叫住了赵秋横："秋横，今天你妻子来到了医院，她好像是来看梦婕的。"

赵秋横听到周梦婕表姐如此一说，一下子就知道张舒枫匆忙离开深圳的原因了。

"姐，你没有向舒枫说什么吧？"

表姐转头看了赵秋横一眼道："我就实话实说，将梦婕病情告诉了她，然后，说梦婕需要你的照顾啊。"

赵秋横听出了表姐说话的意思，连忙说道："姐姐……你……唉，算了。"

赵秋横没有走进病房，反而对表姐说道："今天我就不去看梦婕了，你告诉她我在单位加班，今晚过不来了，我有事先走了。"

赵秋横走出医院门后，发动车子，疾驰着往机场方向驶去，边开车边拿起手机给张舒枫打电话。

电话那头发出嘟嘟嘟的声音，不知是上了飞机，还是张舒枫有意关了手机，一直打不通。

现在需要他做的事情就是马上见到张舒枫，向她解释清楚这一切。

当赵秋横赶到机场，他依然不停地给张舒枫打电话，并且他在每一个检票口寻找，却不见张舒枫的影子。

他失望地驾着车往回家的方向驶去。微风吹动，落叶飘散。天空中依稀有几点雨水落下，街上的人们急切奔走着。

眼前的一切随着车辆的行驶往后渐渐挪动着，擦肩而过的人群或许这辈子永远都不会再相见。

张舒枫走了，离开了这个曾生活六年的城市，她这次没有哭泣，而是放开了内心的那份牵绊，似乎要将一个生命托付给自己的至爱，这是一种豁达，这是一种给予。

赵秋横回到家后，向公司人力资源部请了假，他决定去一趟甘肃，他必须要向张舒枫解释清楚这一切。

正在他预订去张掖的航班时，电话铃声响了，是周梦婕姐姐打来的，说周梦婕不小心摔倒头部出血，血流不止，医生正在止血，让赵秋横无论如何去一趟医院。

接下来的几天时间里，赵秋横整日在医院里陪伴着周梦婕。

大夫告诉他说，白血病人出血时无法控制，一定要让监护人日夜陪伴，免得再发生意外。

赵秋横虽然人在医院里，可心里却惦记着张舒枫，他觉得舒枫肯定是悄悄哭着走了。

两年了，他们两个人的关系好不容易有所好转，却因为周梦婕这件事情又让她伤心而去。

他不停地责怪着自己，他应该早些将此事告诉张舒枫，或许一切都会不同。

第三十四章　迷路

张舒枫从深圳回到张掖后，心情非常沉重，这两年来随着赵秋横一次次去张掖看她，以及他电话里面的嘘寒问暖，她已经渐渐将以往那些不顺心的事情淡忘了，更多的是对赵秋横像亲人一样的牵挂。

而这次深圳之行，让她觉得爱应该留给最需要的人，她为周梦婕年轻的生命而祈祷，她希望周梦婕能够在赵秋横的陪伴下将生命延续下去。

但是，她内心更多的却是一种难以割舍的深深情愫。

想着想着，她不由自主地走到了电脑桌前，打开电脑，桌面上红牡丹的字眼让她点开了这个文档，对她来讲，无论是开心还是悲伤，文字是唯独能够让她倾诉的知心朋友。

牡丹自被玉禅庵方丈收留做了俗家弟子之后，每日打扫禅院、打坐、诵读经书，她真的想放下一切尘缘和悲伤，将自己彻底置身于这个乱世之外。

此日晌午，天气暖和，禅院周围绿树成荫，一般这个时候师姐们都会去禅院周围山上采些果实或者草药回来。

牡丹向同房师姐告知一声便自己下山去了，山路虽然蜿蜒但是一路都有零零碎碎的山花盛开，看着这一朵朵略带芳香的小花，牡丹心情渐渐舒展了很多。

她在山里长大，对山上的这些花花草草感觉格外亲切，她边走边采着小碎花，山上还有好多可以食用的野菜，她也想挑些给师姐们吃。

可是一路之上山间的小道却越走越深，牡丹感觉前面很可能就是深深的密林，再不能往前走了，否则就会迷路，便急忙往回走。

就在此时，她听见了有狼叫的声音，这种声音由远到近渐渐地朝她行走的方向而来。

牡丹连忙向着相反方向奔跑，可是，狼叫声却越来越近，牡丹顿时吓得毛骨悚然。

她又调转方向奔跑，穿过一个个树丛，拐过一个个坑坑洼洼的山路，狼好像一直在追她，她气喘吁吁地跑着，七拐八拐之后，狼叫声渐渐离她远了。

她知道终于躲过了狼的追赶，跑累了，就靠着一棵大树坐了下来，拿起来时准备的水袋，喝了一口水，好险啊，这次出来差点儿喂了狼。

喝完水后，她定了定神，四处张望，无论怎么看都无法辨别回禅院的方向。

她极力用耳朵搜索着寺院的钟声，可是除了沙沙的树叶声和来回飞舞的小鸟在树枝上的扑棱声，树林里格外安静。

牡丹起身试图寻找回去的路，她绕来绕去怎么都找不到出口，就这样她在这个树林里从天亮转到了天黑，始终没有走出树林。

此时的她开始害怕了，她不知道接下来会不会再有狼来，或者来只老虎……如果走不出树林，这黑天半夜的该怎么度过呢？

她着急得哭了，害怕、恐惧、寒冷让她只能顺着自己觉得宽敞有路的方向走，哪怕是看到一丝光亮也行啊。

可是，她越走似乎越深，根本没有办法走出这个树林，牡丹绝望了。

走了一天的路早已经筋疲力尽，她扶着树林里参差不齐的石头或者石壁往前走着，走走停停，她竟不知道这个树林原来如此幽深。

就在这个时候，她左手扶着的石壁似乎有所松动，就在牡丹好奇的同时，脚底下一滑，自己重重地跌落下去。

她心想这次完了，肯定摔下山崖了，或许这一摔自己就能见娘亲去了。

可是，她滚进了一个漆黑的山洞，当她的身体被一个大石头阻挡停止滚动时，她发现自己竟然还好好地活着，虽然身体四处有些疼痛，但也没有什么大的伤口。

她扶着那个大石头缓缓地站起身来，用手抚摸着山洞里的石壁，寻找着出口，她深一脚浅一脚地往前走着，突然，她的手触碰到了一个圆突突的东西。

牡丹凑到跟前一看，吓得她"啊"的一声大叫，原来，紧靠着石壁堆着一具尸骨，她的手刚好触碰在了那具尸骨的骷髅上面。

牡丹哆嗦着，哭泣着，她双手抱着自己的身体，真的是害怕极了，她用后背蹭着墙壁往前走，这个地方太可怕了。

她好想赶紧离开这里，就在这时，不知是她脚底下踩了什么还是后背触碰了什么，后背的墙壁突然开始转动，转动后的石壁又一次合上，她被转到了另一个洞中。

这里似乎有光，她开始四处寻找着光源，她觉得有光亮的地方肯定可以出去。光亮是从山洞顶部进来的。

她抬起头来朝着发出光亮的方向瞅去，头顶上石头之间有一处三尺长脚掌宽的缝隙透着月光，就这点缝隙足足有四个自己高，根本不是什么出口。

牡丹又一次绝望了，她颤抖着，她在想，难不成自己真的要和那具枯骨一样葬身在这里吗？

顺着石缝中透进来的亮光，牡丹靠着墙壁慢慢往前走着，她多么希望能够找到出口，走着走着脚底下似乎感觉很松软，她低下头看去，原来这是一块用草铺成的地铺，上面全是灰尘。

看这情形，这里似乎有人住过。

牡丹环视着四周，当她目光转动到石洞最中间时，却把自己吓得不轻，她清楚地看见一个人坐在那里，洞里实在是太黑了，牡丹往前走走，她想问问那个人这里有没有出口。

当她走近那个"人"时，却吓得一个趔趄跌倒在地。

她清楚地看到坐着的那个根本就不是活人，而是一具皮包着骨头的尸体。

牡丹想尽快逃离这个阴冷恐怖的地方，她在地上往后退缩着，翻起身来想找出口，可是，这个石洞是四面封闭的，她无论如何都无法逃离这个石洞，牡丹这次是真的绝望了。

当时娘亲不在时她想到了死，听到阿木成家了她想到了死，可是现在身遇险境，走到绝处时，她却想着如何才能够活下去。

她筋疲力尽地坐在了那个草铺上，蜷缩着身体，将自己抱得紧紧的。

她多么希望阿木或者叔叔来救她，她哭泣着，愈加思念娘亲和所有的亲人。也许是太累了的缘故吧，牡丹很快就在草铺上睡着了。

当她醒来时，那个石缝中早已经透进了白天的光亮，石洞里也亮堂了很多。

牡丹再一次环顾着石洞中的一切，现在她清楚地看到那个坐着的尸体右手好像在指着前方，牡丹想，或许他手指的方向就是出口。

她走到那"人"右手所指方向的石壁处，用手去摸那个方位的石壁，或许这里有什么开门的机关，突然发现用手摸的那块石头有点松动，牡丹想，这里很可能就是出口了。

牡丹推着那块石头，石头被推动着挪动了位置，石头背后是一个小石洞而不是什么出口，小石洞里面似乎放着什么东西。牡丹将手放进小洞中，摸到了一个木头匣子，她将挡着小洞口的那块石头搬开，取出了那个木头匣子，匣子上落满了灰尘。

就在这时，牡丹意识到，这个"人"是想让进到石洞中的人去取这个匣子的。

她抱着匣子跪在那"人"面前道："牡丹打扰前辈清静了，请前辈指引我走出这里，牡丹将永远记得前辈的大恩大德。"

三个响头磕完之后，牡丹小心翼翼地打开了那个盒子，盒子里是一本书，书上面放着一张纸，上面有字，牡丹将纸上面的尘土用袖头抹去后，看到上面写着："得此书者便是有缘人，请研读此书，用精湛医术救济苍生。"

牡丹心想："原来这是一位医者，怪不得能够将自己的尸体保护得如此完好，他将自己尘封在这里目的就是希望能够遇到有缘人帮他救治世人，以了却他生前心愿，想必此人没有后人，若有，必将此书传其后人了。"

牡丹又一次跪在那"人"面前道："牡丹有缘得到医学秘籍，定当认真研读，如果有缘走出石洞，得见世人，牡丹将秉承前辈所愿，救济世人。"

此时的牡丹看那个传书之"人"已经不再那么害怕了，她相信自己便是这个医学前辈所讲的有缘人了。

当她放下那个木头匣子后，突然感觉腹中叽里咕噜乱叫，原来她已经一天一夜没有吃东西了，在她滚进山洞时背篓里的东西也早已不翼而飞了。

她在山洞四周寻觅着，心想："这个前辈在这里是怎么生存的呢？ 许是有生存的资源在这里。"

牡丹顺着那缕强烈的光亮望去，突然发现，石缝附近一棵果子树的树身全部垂落在石洞里面，而果树旁边的石壁像石梯一样紧挨着果树，果子可以说是唾手可得。

她仿佛听见了潺潺的流水声，顺着流水声音望去，原来，在那"人"身体右侧有一个泉眼，咕嘟咕嘟地冒着泉水。

牡丹此时，顿觉这位医学前辈真的会选择地方，这确实是一个修身养性的好地方。

她摘了水果吃完后，借着光亮，还想寻找出口，她想起昨夜自己被那个门转动进来了，或许碰一下哪个地方还能转出去，她摸遍了所有的石壁，却始终找不到任何出口，那个转了的门好像只能进不能出。

牡丹无奈着，随即将目光又一次投向了那个"人"，企图从他那里寻到出口的方向，只见那"人"左手垂在身下。

牡丹想："是不是左手下端有什么机关呢？"

她战战兢兢地走到那"人"面前，连忙给这个老前辈磕头施礼："前辈，如有冒犯之处请多多谅解。"

她哆嗦着来到医者身体左侧，用手轻轻敲了敲平铺在他左腿处的那块石砖，石砖下面是空的，牡丹便用手拂去石砖上面的尘土，将石砖搬了出来。

揭去石砖后她看到了一块黄布，黄布上面有字，拂去尘土后清楚地看到这样一行字："擒得医者董君异，格杀勿论"，牡丹看后顿时吓得不轻，原来这人是皇上要追杀的医者，怪不得躲在这深山里面。

牡丹小心翼翼地想将黄布放回原处，却发现黄布下面有一个匣子，牡丹打开匣子后发现里面装有一套银针，显然这是这位医者行医用的物件。

牡丹连忙转身向医者跪拜，她不知道这个董君异犯了啥罪，她只知道他必是个医术高明之人。

牡丹知道自己掉入此洞又得医者秘籍和银针，必是与这医者有缘，边跪拜边道："牡丹有缘得前辈遗物必是和前辈有缘，若前辈不嫌弃，牡丹在这里磕头拜师了。从今以后，前辈便是牡丹师父，牡丹当用心研读师父的秘籍，以便传承医术治病救人。"

就这样牡丹每天趁着石缝中投进阳光时开始读书，读累了依然坚持在石洞中寻找出口，日子一天天过去了，她仍然无法走出石洞。

每天让她最开心的事情就是迎接从石缝中透进来的那一缕阳光。

这让她似乎看到了外面的世界，看到了外面的花草和草原上驰骋的马儿，还有马背上自己日思夜想的心上人。

且说胡仁武，自牡丹失踪后四处寻找牡丹下落，依然没有任何结果，他安排了原来山寨的弟兄们出去寻找，他自己也在寻找，当然，老虎和阿娃寻找力度更大，几乎是各个乡村各个山寨都要去寻。

这日胡仁武从外面回来后，坐在厅堂中唉声叹气，想想这些年以来，他为了寻找牡丹母女几乎跑遍了周边所有的村社。

哥哥嫂子都被人所杀，就留下牡丹，现如牡丹也不知所踪。

要知道这孩子对阿木如此执着，就应该把阿木那封信交给牡丹，或许她心存一丝希望还会在家等着。现如今牡丹生死不明，这将如何是好？

就在他一筹莫展时，阿姑走了进来，她先是给胡仁武倒了一杯水，然后说道："要不我们找个寺院拜拜菩萨吧，或许菩萨能够保佑我们找到牡丹呢？"

胡仁武一听顿时来了兴趣："我怎么没想到呢？ 在牡丹小时候哥嫂总是带着她去玉禅庵拜佛，或许她去过那里也未可知。"

阿姑看着胡仁武心情瞬间有所好转，便也笑了起来道："那我们去玉禅庵吧。"

胡仁武和阿姑两人各骑一匹马，即刻出发朝着玉禅庵方向走去，三天三夜之后他们赶到了玉禅庵。当胡仁武向院内住持打听牡丹下落时，方丈双手合十道："阿弥陀佛，罪过，当时牡丹来到禅院时，非要让我给她剃度，老衲见她尘缘未了，便将她留在了院中。

"数月前她说自己想去山里采些药材回来，本来我是安排了妙静跟着她的，她非说自己从小在山里长大，不用别人照顾，可是，她离开禅院后就再也没有回来。

"这些日子我天天都会派弟子下山去寻找牡丹，可是依旧不见牡丹踪影，罪过，罪过。"

胡仁武听到寺内住持如此一说，先是高兴，后是失望，他为何不早些想到这个地方呢，或许能够把牡丹接回家去，也不至于走失了。

胡仁武也学着住持的样子，双手合十道："这不能怪师父，是我们没有守护好孩子。往后寻找牡丹的事情就交给胡某吧，师父就再不要派弟子下山了，牡丹打扰禅院清静了。"

说完后向住持深深鞠了一躬道："胡某就此告辞，多谢师父了。"

胡仁武和阿姑在禅院附近村庄住了下来后，每日都去山里以及附近村庄寻找，又是数十日之久依然不见牡丹踪迹。

胡仁武想着牡丹是不是已经回到禅院或者绕道回家也未可知，他们一行又一次去了禅院，住持轻轻摇着头道："施主走后我们还是没有放弃寻找牡丹，至今依然不见牡丹踪影。"

胡仁武告别住持后，便打算回家去看看，回到家里，家丁告诉胡仁武说，未见小姐回来，胡仁武彻底失望了，他望着这偌大的院子，想着当年父母在的时候热热闹闹，现如今已经是家道中落，人丁稀少了，就连他们胡家唯一的后人牡丹也不知所终。

胡仁武真的想弃了这院子重新回山里，可是，或许牡丹会找回家呢？他也只能和阿姑两人守着这个宅子等着牡丹回来了。

第三十五章　启动新项目

张舒枫按照往常的习惯下班后拐到了彤彤家里，对于彤彤来讲，每天能够见到张妈妈那便是最开心的事情了，看到张舒枫来了彤彤欢快得像小鸟一样。

夕阳软绵绵地落在了彤彤家平房的屋檐上。这两年来，这个孩子在张舒枫的精心照料下，重新捡拾起八九岁孩子应该有的笑容和快乐。

奶奶不停咳嗽着，由于年轻时候对身体的透支，这个老人已经渐渐不能撑起自己那被风雨摧残六十几年的身体了。

而在这些日子里，张舒枫也没少出钱给奶奶看病。奶奶身体依然每况愈下。

最近张舒枫来得也格外勤些，在她的生活里多了一项照顾老人的责任，她知道，只有奶奶身体好了，彤彤才能安心读书。

今天她给奶奶买了很多补品，也买了很多药。

奶奶对张舒枫两年来对彤彤和自己的照顾，总是觉得过意不去，每到夜深人静的时候她背对着彤彤悄悄抹着眼泪。

这个刚强的老太太左右为难，她既感激张舒枫的这份不计取舍的爱，又为这份无缘无故的施舍感到莫名的痛苦，有时候她抹着眼泪，怨恨着自己那不争气的儿子，但血浓于水，她仍想念着自己在监狱里的儿子。

她知道自己这身体撑不了几年，最让她放心不下的还是彤彤。

有句话她一直想对张舒枫讲，但是，她却无法启齿，因为她觉得自己没有权利向张舒枫提任何要求。

今天张舒枫来了，她试探着想将心里的话说出来，便说道："小张，你什么时候回深圳啊？"

张舒枫看出来奶奶有话要讲，问道："大娘，你是有什么话想对我说吗？"

奶奶瞅了瞅在院子里捣鼓张舒枫买的玩具的彤彤，示意张舒枫将门关一下。

张舒枫会意地将门轻轻合住之后坐在奶奶身边说："大娘您说吧。"

奶奶还没有张嘴，眼角已经滑下了几滴泪水，张舒枫连忙用纸巾给奶奶把眼泪擦了说道："大娘，有什么事情您就说吧，没事。"

奶奶抹了一把眼泪说道："小张，你看我这身体，越来越不好，腰不好，这内脏器官也到处都是毛病，不知道能活几个年头了。"

听到这里，张舒枫也陪着落下了眼泪，连忙说："大娘，人老了都这样，您放宽心，慢慢调理，应该能好起来。"

奶奶又一次用手将自己眼角的泪水抹去，然后拉着张舒枫的手说道：

"大娘有一句话一直憋在心里很久了想对你说。"

张舒枫说道:"大娘,这两年多以来,我早就将您和彤彤当成自己的家人了,您有什么就说吧。"

奶奶瞅着眼前这个年轻漂亮心地善良的女子轻轻点了点头说道:"我知道你心好,对彤彤也好,而我这身体也没几年活头了,让我最放心不下的就是彤彤了。我走了之后,你愿不愿意将彤彤收养? 这会不会影响你的家庭?"

张舒枫看着这个平时话不多,但脑子很清楚的老太太说道:"大娘,我早就把彤彤当成自己的孩子了,这个你不必担心,以后我会陪着她成长的。"

奶奶拍了拍张舒枫的手说道:"那我就放心了,彤彤和我能够遇到你真的是我们不知哪辈子修来的福分啊。"

张舒枫拿起纸巾擦去了奶奶眼角还残留的泪水说道:"大娘,你现在最该做的就是养好身体,多陪伴彤彤,你一定会看着她考上大学最后成家立业的。"

奶奶轻轻摇了摇头说道:"谢谢你,小张!"

所有的这一切都被外面玩耍的彤彤听到了耳朵里,她看到张舒枫将门关住要和奶奶说事情,不让她听,她便偷偷蹲在门口,顺着门缝听到了她们所有的说话内容。

她推开了门,小眼睛里泛着泪花。张舒枫和奶奶面面相觑,不知如何是好。彤彤进门后便一头扑进了奶奶怀里说道:"奶奶,我不许你离开我,爸爸走了,妈妈也走了,我不要奶奶走。"

张舒枫抚摸着彤彤的头发说道:"奶奶没说要走,她是让你给我做女儿,你可愿意?"

彤彤听到张舒枫这么一说连忙抬起头来说道:"张妈妈以后真的能够做我妈妈了吗?"

张舒枫笑着拉起她的小手说:"当然。"彤彤扑闪着那双大眼睛高兴地在屋子里跳跃着:"我有妈妈了,我终于有妈妈了。"

张舒枫看着彤彤也看着奶奶，笑了，奶奶也笑了。

从彤彤家出来后张舒枫回到家已经是晚上九点多了，她看到赵秋横给她发了很多条短信，在短信里他解释着自己和周梦婕的情况。

张舒枫凝视着窗外，此刻的她竟不知如何是好了。

说实在话，她心里真的放不下赵秋横。可是，那个女孩子太需要他了，或许有了赵秋横的照料她能够战胜病魔，这样的话赵秋横便可以挽救一条生命回来。

清晨的阳光洒落在张舒枫的床边，每逢周日她都会习惯性地赖在床上梳理自己一周以来的思想和生活。

急促的电话声打断了她的思路。

张舒枫抓起手机一看是仲律师打过来的，她竟然忘了约律师今天见面的事情了。

和仲律师通完电话，张舒枫洗漱完毕后赶到了名典茶府，仲律师也是她通过朋友介绍认识的，第一次见面，中等个头，金丝边眼镜下面眨着一双智慧的小眼睛。

两人相互握手后，张舒枫便喊服务员上了两杯菊花茶，边喝茶边将自己和赵秋横的情况向仲律师介绍。

仲律师认真听着，时而若有所思，时而频频点头。

张舒枫放下手中的水杯说道："大概情况就这样，我口头提出的离婚，他没同意，就这样我们两个人分开也有两年多时间了，虽然偶尔有联系，但是，这事情终究得解决。"

仲律师沉思了片刻说道："你们没有想到过和解重新走到一起吗？"

张舒枫不愿意接触这个话题，她知道自己没法给自己或者别人一个圆满的答案，之所以找律师，原因便是她不愿意面对自己内心深处对赵秋横的那份不舍的情感。

仲律师似乎看出来张舒枫对这段婚姻还是有所眷恋，便不再追问："你确定要走法律程序吗？"张舒枫轻轻点了点头。

仲律师拿出公文包里的本子和笔来，将张舒枫和赵秋横基本信息记录了下来，并问清了张舒枫有没有什么子女问题和财产纠葛问题。

记录完之后他说道："我今天回去就给你写一份诉状，递交人民法院立案，写好后通知你办理立案手续，法院将在十五天之内将传票寄给当事人赵秋横，具体到开庭时间法院也会通知你。"

当听到立案、开庭之类的话，张舒枫心里就像被刀子扎了一样难受，她眼睛里顿时闪烁着泪花，转眼看到仲律师在看自己时，便喝了一口水道："对不起，毕竟这么多年的夫妻，我……"

仲律师那聪慧的小眼睛眯成了一条缝，笑着说道："缘尽缘散，不是律师所能解决的，张总可自己把握。"说完后便起身向张舒枫告别了。

仲律师走了，张舒枫在茶府坐了很久方才离开，她心里真的是五味杂陈……

电话铃声响了无数遍，她竟没有听见，她恍恍惚惚的，这种感觉为什么比赵秋横当时打她的时候还难受？

电话又一次响了起来，她渐渐被嘈杂的电话铃声拉回到现实："喂，舒枫，你在哪里？ 高台孵化项目签约完成了，今天陆刚要过来，谈谈高台公司管理的细节问题。下午我开车去接你。"

电话是张涛打来的，电话那头的张涛听上去是那么的兴奋，张舒枫也为这些日子以来的努力有了结果而高兴："那你定个吃饭的地方吧，也该好好答谢一下我这位老同学了。"

张涛电话那头答应道："行，我这就定地方。" 下午六点十分，三个合作伙伴相聚在小辣椒张掖厅里，张舒枫提议说："今天我们都喝点酒吧，陆刚你别开车了，我们三个好好庆贺一下。"

张涛边点菜边对陆刚说："我点完菜给你订宾馆，今天我们就放开了喝。"

张涛说完后突然想起了什么似的，放下手中的菜单看着张舒枫说道："舒枫，你酒精过敏，还提议喝酒啊？ 要不这酒就我和陆刚两个人喝吧，你喝点饮料。"

张舒枫笑了笑说："我可以陪你们喝一两杯，你们哥俩好好喝。"

张涛点了点头继续和服务员商量点菜的事情。陆刚翻看了一下手腕上的手表，拿出公文包，将他提前拟好的公司项目实施方案拿出来给张舒枫看。

张舒枫就项目建设体系和项目管理体系的目录翻看了一下，整个项目实施方案大约有二十万字，书本那么厚，每个专项议题和管理制度下面都有详细的内容和细则，整个方案设计得全面又细致。

张舒枫将项目实施方案递给张涛后说："陆刚你在经营管理方面远远超过我这个工商管理专业毕业的人了，方案写得非常棒，值得我和张涛好好研究和学习。"

张涛一页一页地翻看，眼睛时不时地散发着亮光，看完后说道："陆总，你对事业的用心度和专注度真的让人信服。"

说完后将三个酒杯倒满，端起酒杯说："陆总，我敬你，合作愉快！"

酒杯丁零当啷地碰在了一起，三人一饮而尽。

张涛放下酒杯后对张舒枫说："舒枫，你就这一杯再不要喝了，喝酒的事就交给我和陆总吧。"

陆刚惊讶道："舒枫，你不能喝酒吗？"

张舒枫轻轻笑了笑说："有时候会过敏，少喝一点没事。" 陆刚听完后连忙将张舒枫的酒杯收了起来："不能喝就别喝了，都是自己人，喝点茶水或者饮料吧。"

张涛站起身来，给张舒枫添上了一杯饮料。三个年轻人就这样边聊边吃边喝，不知不觉一瓶酒见底了。

张舒枫看着喝得满脸通红的张涛说道："张涛，酒就到此为止吧，我们喝点水就撤。"

三人意见统一之后便从酒店走了出来，他们拦了出租车，将陆刚送到了宾馆后张涛执意要送张舒枫回家，张舒枫拗不过他，便让出租车拐到了自己家楼下，张涛随着张舒枫同时下了出租车后站在小区门口不肯离开。

张舒枫惊讶道："张涛，你是不是喝醉了？ 如果醉了，我拦车去送你回家。"

张涛看着眼前这个美丽的女子，心像小兔子一样翻腾着，他试探着拉起了张舒枫的一只手说："舒枫，我没有喝醉，我很清醒，我和你共事也两年时间了，你难道真的看不出我的心思来吗？ 我喜欢你。"

张舒枫连忙将自己的手从张涛手中抽走，说道："张涛，你很优秀，你完全可以找个更优秀的姑娘，你知道我现在这个境况根本就不能再去选择。"

张涛又一次拉起了张舒枫的手说："我知道你心里放不下赵秋横，我可以等，等到你接受我的那一天。"

张舒枫看着这个和自己同岁的未婚男子，在创业这两年多时间里，他始终和自己全力以赴地走着一条艰难的道路，她也知道，她和张涛在一起共事很默契，但是，她不能骗自己，她心里满满地装着赵秋横，即便是真的离婚了，也很难有人走进她的心里。

张舒枫又一次将自己的手从张涛手中抽出："张涛，我们还是做朋友，做同事吧，如果真的有感情纠缠，以后我和你就无法合作下去了。"

张涛站在原地一动没动，也没有说话。

张舒枫转身要进小区了，说道："一切随心，随缘，早些回去吧，我进去了。"

看着张舒枫消失在小区里的身影，他依然一动不动，他的心凝固了，看着天空，看着弯弯的月亮，他将自己尘封在这炎热夏日的夜晚。

他缓缓地往前走着，心里不停在问自己，"赵秋横是用什么样的魅力将这个美丽的女子征服的，她竟然死心塌地到不接受任何人？"

张舒枫回到房间后，心里烦乱如麻，今天她在律师那里亲手将赵秋横扔了出去，她也曾尝试着忘记赵秋横，可是，无论如何她都无法做到。

还有张涛的告白，让她竟手足无措，她也不知道今天有没有伤害到张涛，她宁愿自己受伤也不愿意别人受伤，但是感情这种事情，问问自己的心再做决定，自当要果断才是。

第三十六章　功德圆满

天上的星星一闪一闪地眨着眼睛，张舒枫辗转反侧整夜无法入眠。

她翻身下床，打开电脑，牡丹和阿木的身影顿时浮现在她眼前。

自打阿木从军之后，屡立战功，在军队统帅的周密布局和出色指挥下顺利平复叛乱，一年之后便随部队班师回朝。

阿木在回到都城的第一时间便脱去铠甲，直奔周县牡丹家乡而去，这一年时间里他日夜思念着牡丹，他不知道牡丹母亲死了之后，她能不能从痛苦中解脱，再加上自己的不辞而别能否让她禁得住打击。

他马不停蹄，日夜兼程，可谓是归心似箭。

七日之后他风尘仆仆地站在了胡府厅堂，却没有看见牡丹身影。

阿木第一眼看见胡仁武时，让他甚是惊讶，只见那四十几岁的胡仁武一年不见两鬓头发花白，却是沧桑了很多。

阿木上前行礼道："叔叔，阿木这厢有礼了。"

胡仁武瞅着眼前这个从疆场上刚刚回来的阿木，顿时想起了牡丹，他眼角闪烁着泪花，这一年当中他到处寻找牡丹下落，每天都要去牡丹房间坐一坐，他不知道能不能找到牡丹。

阿木不知道胡仁武为何会成这个样子，莫不是牡丹有了什么不测？

胡仁武看出了阿木的表情，便说道："阿木，牡丹失踪近一年时间了，我们四处寻找至今没有下落。"

阿木用疑惑的眼神瞅着胡仁武，说道："叔叔且给我慢慢讲来，这究竟是怎么回事？"

胡仁武轻轻抹了一把眼角的泪珠，便将牡丹离开家的前后经过讲给阿木听。

阿木听完后沉吟半晌，端起阿姑给他倒的水喝了一口便说道："叔叔，我这就去玉禅庵问问，牡丹是从哪个山路口走失的？"

阿姑给阿木添满了水说："阿木，我去叫厨房给你做些吃的，你连夜赶路，等吃完饭休息一夜再去不迟。"

阿木起身向阿姑和胡仁武辞行说："叔叔，婶婶，饭我就不吃了，多一夜牡丹就多一分危险。"

阿木从胡府出门后星夜兼程，第三日便抵达玉禅庵，他向住持说明来意后，便问牡丹走失的地点，住持领着阿木走出山门，向他指了牡丹离开的方向后，便说道："阿弥陀佛，一切皆有定数，施主此去应不虚此行。"

阿木施礼向住持告别："多谢师父点化，小生这就告辞。"

阿木将马儿拴到寺院旁边，自己顺着住持指点方向走向了树林。

他用长剑一路拨开杂草，向着树木最茂盛且人最不容易走过的地方寻找，因为他知道胡家二叔和寺院师父们估计都是顺着人行方向寻找的，却始终没有找到。就这样，他披荆斩棘，磕磕绊绊，从天亮走到了天黑。

他找到一棵大树坐了下来，乘着月色他取出包裹里的干粮和水，先把肚子填饱。他望着月亮，发现这日月亮竟如此之圆。口里不自觉地嘟囔着："牡丹，你究竟在哪里啊？你还好吗？"

由于白日不停地走路，他已经累到了极点，想着想着便睡着了。

他做梦了，梦里大片大片的紫色花儿拥簇一个红衣女子，她在花丛中旋转着，紫色的花瓣儿衬着红色的花蕊，显得格外美丽。

他又梦见他骑着马儿。牡丹娇小的身躯贴在自己胸前，他们穿过草原，向山那边的茅草屋奔去。

一觉睡醒，天色微微发亮。他起身继续朝着树林最茂密的方向走去。

走了一个多时辰后太阳渐渐出来了。

阿木越走越觉得费劲，他觉得自己好像在往山上面爬行，他抬头看着草丛中的岔路，琢磨着牡丹该向哪个方向走了呢，就在这个时候左脚踩空，半条腿陷入一个洞穴。

阿木低下头看着脚下的路，发现他的脚插进了一个一脚掌多宽的石缝里。

他试图将脚从石缝中取出，由于石缝口太窄，稍不留心，脚就会被石缝划破。他俯下身去想将周围石块搬开。

此时，他突然听到石缝下面有人在说话。阿木侧着耳朵仔细去听，越听越像是牡丹的声音。

且说牡丹在这个山洞里一待就是数月有余，她吃着树上的水果，喝着山洞里的泉水，每天晚上她都会因为恐惧和寒冷而战战兢兢。

尤其是天阴下雨的时候山洞里会有雨水进来。

牡丹在山洞里四处寻找着出口，同时她也希望有人能够经过这个地方，可是，这几个月以来，不要说人，就连动物都很少经过这里，有时候偶然能够听到山洞外面依稀的小鸟叫声。

今天她听见有脚步声从很远处传来。脚步声逐渐临近，突然，洞口一暗。牡丹仰头一瞧，竟是一只靴子堵住了头顶那个唯一能给她光亮的小洞。

牡丹知道真的是有人来了，便大声呼唤："有人吗？ 上面有人吗？ 帮帮我离开这里。"

牡丹用最大的声音喊着，生怕上面那只靴子的主人听不见。阿木侧着耳朵仔细听着，他断定下面呼唤的人便是牡丹。

阿木俯下身对着脚底下的小洞口喊道："是牡丹吗？ 我是阿木啊。"

牡丹听见了是阿木的声音，她高兴着，眼里的泪水夺眶而出，她哽咽着，半晌说不出话来，这几个月以来她以为自己会被困死在这里，每每想起阿木，她总是抬起头瞅着头顶的洞口黯然神伤，冥冥之中她觉得阿木会来救她。

心里的另一个声音告诉她，阿木根本就没有成家。

今天听到了阿木的声音，她不知道这是不是幻觉，可是上面那只垂下了的靴子分明告诉她，这一切都是真的。

牡丹用衣袖抹了一把眼睛里滑下的泪水，对着头顶的洞口喊道："阿木，我是牡丹，真的是你吗？"

声音依然哽咽着，颤抖着。阿木听出了下面确实是牡丹，便对着洞口喊道："牡丹，等我想办法救你出来。"

牡丹边抹眼泪边点头，此时，她竟忘记了，阿木根本看不见自己。

阿木试图将脚从洞口取出，可是，洞口太小，无论如何都无法将自己的脚从狭小的洞口中拔出。

此时，他索性从长靴里取出脚丫子，靴子"咚"的一声从洞口处掉落下去。

阿木从洞口取出脚后，在那个山丘附近寻找出口，他知道牡丹能进去，这里肯定会有出口，他用手掌拍击着地面，并将耳朵贴在地上倾听。

他认为，有出口的那个面肯定是空的，围着山丘转过一周之后，他并没有发现这里有什么出口。

沿着一面石壁走了四五米之后，他发现此处长满了荒草和树枝，他用剑划开那些草和树枝，还是没有找见有什么洞口。

就在此时，他脚底下像是被一块石头绊了一下，本来就光着脚，经石头这么一绊他整个人都靠在身后的石壁上。脚下一空，一阵失重感过后，他发现自己落入了一个黑暗的空间，随手一摸地面上全是松软的柴草和泥土。

阿木好半天才适应了黑暗，借着若有若无的光亮，抬头一看自己竟跌落在一个山洞里面，面前立着一具没有腐烂的尸体，

突然，一个声音传入他的耳朵里，"阿木"。

这是牡丹在叫他，阿木寻着声音看去，在山洞角落里站着的正是自己朝思暮想的牡丹。

他急忙朝着牡丹奔去，他将牡丹紧紧地裹在怀里，生怕她再一次消失。牡丹环着阿木的腰，早已经哭成了泪人。

阿木抚摸着牡丹的脸庞，美丽的脸庞显得格外清瘦。

阿木环视着这个山洞四周，阴冷，黑暗，恐怖，他不知道这些日子里

牡丹是怎么在这里度过的。

阿木轻轻擦拭着牡丹眼角残留的泪水，说道："牡丹，你受苦了。"

牡丹经阿木这么一说，眼泪又开始滑落下来，她看着阿木那张英俊的脸庞像是突然想起什么似的，忽然将阿木从自己身边推开。

阿木奇怪地看着牡丹道："牡丹，你这是？"牡丹转过身去，又开始哭了，阿木上前，用拇指抹着牡丹眼睛里滑落下来的泪水说道："牡丹，我知道你推开我的原因了，所有的一切叔叔都告诉我了，你是不是怪我突然不辞而别，而后又听说我成家的消息，离家出走的？"

牡丹闻言更加伤心了，泪水不停地从眼睛里流出。阿木依然给牡丹擦拭着泪水说道："牡丹，你听我说，我将事情的缘由都讲给你听。"

于是，阿木便从追赶杀害牡丹母亲的黑衣人开始，将自己从军回来，先是赶到周县，之后又赶到玉禅庵以及来到山里寻她的所有经过讲给了牡丹。

牡丹听后深情地望着阿木，知道自己没有白等。她转过身去重新扑在了阿木的怀里。

阿木瞅着牡丹问道："你是从哪个地方跌入洞中的？"牡丹指了指阿木身后那个石壁，说道："我是从这里被转动进来的。"说完后又指了指他们对面立着的那具尸体说道："肯定是他弄的机关，我一直在寻找就是没有找到。"

阿木的目光向那具尸体瞅去，看着他手指的方向，阿木问牡丹："你有没有顺着他指的方向去寻找？"

牡丹回答说："找了，我只找到了他的医学秘籍还有他针灸的工具。"

阿木深情地看了牡丹一眼后轻轻地点了点头说道："牡丹你还是很聪明。"说完后阿木走到牡丹师父面前，并向他举手施礼道："小生如有冒犯之处请前辈勿怪。"

阿木顺着尸体周身转了一圈，发现他屁股后面有一方形的类似旋钮的东西。阿木扳动旋钮朝着顺时针方向开始用力，发现竟然能转动，就在这时，那个石壁开了。

牡丹看着阿木欣喜若狂，这几个月以来，她之所以没有找到这个旋钮所在之处，一则是因为对师父的敬畏，二则是确实多有不便。

石壁半开，阿木停止了转动，转过身来到尸体面前又深深地行了一礼，说道："多谢前辈这些日子里护佑牡丹，让阿木心爱之人失而复得。小生这次出去定会记住这个地方，他日定会将前辈好生安葬，让前辈得以入土为安。"

此时，牡丹也上前跪倒，深深给这个不曾说过一句话的师父磕头道："师父，弟子有缘得到师父秘籍，我一定好生研习，日后以此医学秘籍拯救苍生，弟子这里再次感谢师父。"

礼毕之后，阿木拉着牡丹的手从石壁开口处走了出来。当他们走到距石壁五米之处，看到了牡丹进来时看到的那堆白骨。

阿木断定，这肯定是追杀医师时被困死在这里的官兵。他们继续前行，一路经过之处阿木都会留下标记，以便日后安葬医者留下路标。

走了很远的一段路程之后，一道刺眼的阳光向他们照射而来，阿木知道，这是到了出口。他们从一个杂草丛生的洞口爬了出来。

牡丹舒展着双臂，她用力拥抱着阳光，在阴暗之地困了整整数月有余，能被这大把大把的阳光照射，竟成了一种奢求。

阿木看着消瘦而又脸色蜡黄的牡丹，心里顿时酸楚了起来，他根本没有想到牡丹会经受这么大的磨难。

张舒枫纤细的手指流利地敲击着笔记本电脑。

她的笔下，牡丹和阿木回到家后择日便成了婚，一年之后牡丹在阿木家乡开了一家医馆，她行医救人，深得地方百姓好评，之后牡丹为阿木生下一男一女，一家四口日子过得安静而又温暖。

张舒枫合上了笔记本，她从电脑桌旁站了起来，舒展了一下身体，依然习惯性地走到窗前，瞅着窗外马路上稀稀拉拉的车辆以及走动的行人，她在想，自己何尝不向往阿木和牡丹这样的爱情，以及这种一儿一女相伴安静温暖的生活呢。

第三十七章　突飞猛进的发展

公司的会议室里座位分成两排，左边一排是工程施工单位，右边是张涛，张舒枫和其他几个中层管理人员，航宇集团公司经过几个月的周旋终于拿下了张掖新城区智能终端创业创新孵化基地的项目建设，今天应标尘埃落定，张掖四建成功入围，接下来的事情便是谈论项目施工和布局事项了。

新区需建成现代物流工业园区，设计建筑面积一百五十万平方米，项目预计投资一百亿元，主要建设标准化厂房、科技研发中心、行政办公楼、职工公寓及其他配套设施，项目建成后主要引进手机、计算机、机器人、监控设备等智能装备和消费电子产品的研发及生产制造类企业。

项目建成后可实现年产值三百亿元，可解决就业二万人。

经过一番精心布局，工程项目建设实施方案在施工单位和公司高管的会议中敲定，工程项目建设需要五个月的时间，估计到年底便会完工验收，春节过后招商引资企业便可入驻。

会议刚刚结束，张舒枫电话响了，是临泽县招商局打来的电话，张舒枫急忙接起电话："王局长，您好。"

电话那头回复道："张总，临泽丹霞景区项目建设已完成，你打算什么时候举行剪彩仪式啊？"

张舒枫转过头去瞅了一眼在会议室收拾资料的张涛说道："王局您的意思是？"

王局长直截了当地说："这次剪彩县委县政府很重视，你抓紧定个日子，到时县里领导都会参加。"

张舒枫走到窗口，看着这初春的新绿，为政府如此重视创业创新孵化项目而高兴，她回复王局长说："这事我和张涛张总商量一下，选个时间再向您汇报。"

挂断电话，张舒枫将此事告诉了张涛，两个人找到了一位研究易经的朋友，推算了日子，定于本月十六日在临泽丹霞口举办丹霞景观创业创新孵化项目落尘剪彩仪式。

临泽县丹霞景区七彩镇，投资七百八十万元修建"丹霞文创"， 占地一千二百五十平方米。

该孵化项目以七彩丹霞为主题，研发旅游文创产品，创办智慧旅游平台、数字化旅游产品研发及推广，旅游农副土特产品开发及销售。

通过资源整合，为丹霞景区中小企业提供各项服务，为创客提供了创意文化产品展示区，供企业展示创意产品，提高客创企业知名度。

孵化基地在剪彩之际入驻企业二十八家，预计可入驻五十家企业。

且说赵秋横自张舒枫离开深圳之后，便耿耿于怀，每天都要给张舒枫发个信息问候，张舒枫每次都能看见他发来的信息，她也从来没有给他回复过，因为，她知道自己已经向法院递交了离婚申请书，再这么纠缠下去确实不妥。

一个多月过去了，赵秋横得不到任何张舒枫的消息，牵挂之余他便向张斌成去打听张舒枫情况，而斌成也是很少和姐姐联系，所知消息很少。

为此，赵秋横便有去张掖当面向张舒枫解释的想法了。这日他来到医院看到周梦婕已经好了很多，脸上也渐渐有了颜色，原先深深的黑眼圈渐渐变淡了。

赵秋横去问了大夫，大夫说，周梦婕恢复得很好，过些日子便可以回家调养了。

知道这些消息之后，赵秋横将单位事情安排妥当，便订了去张掖的机票，想赶往张掖去见张舒枫。

这日下午张舒枫下班后，她刚换完衣服和鞋子准备去厨房弄些吃的，门铃响了。

叮咚，叮咚，张舒枫连忙说道："来了，来了。"

当她打开家门之后，发现门口站着的不是别人，正是赵秋横本人，两个人诧异了一会儿，张舒枫连忙将门往大里开了一些，示意赵秋横进来。

张舒枫问赵秋横说："吃饭了吗？ 刚好我准备要去做饭。"

赵秋横放下手提包后说道："没呢，刚下飞机，便打车从机场过来了。"

张舒枫没有说什么，拿起水杯给赵秋横倒了一杯水后说："你先喝水，我去做饭。"

张舒枫到厨房里开始忙碌了，赵秋横手里拿着水杯跟到了厨房，他看着那个在厨房里忙碌的熟悉的身影，心里一股暖流涌起。

他眼睛里噙着泪花，他怕张舒枫看见笑话自己，随即用手背将泪水抹掉，喝了一口水说："舒枫，我和周梦婕真的没啥，大夫说她生命垂危，为了能够让她病情有所好转，我答应她每天去医院陪她一会儿，现在她病情有所好转，我就再不用去医院了，你不必在意这些。"

张舒枫边洗菜边说："我知道。"

赵秋横看见张舒枫头也没回，知道她心里难受。

厨房里异常的安静，安静得只有张舒枫切菜的声音。

赵秋横想着，因为自己对工作的痴迷，却忽略了他和舒枫之间的感情，这两年多来各种的悔恨和煎熬让他觉得生活的一切都是灰色的，现在要是让他重新来过，他会毫不犹豫地去经营好自己的家庭，而不是为了单位那些繁杂的应酬而让自己的爱情和婚姻如此糟糕。

想到这里他不由得掉下了眼泪。他看着张舒枫，发现张舒枫也在流泪，

张舒枫似乎能感觉到赵秋横在抹眼泪，想起分开的这些日子里，她先是伤痛，后来随着时间的推移加上赵秋横两年来时不时的关心和问候，她对这个种在自己心里的男人开始了思念。

今天赵秋横来了，对她来讲，她内心是喜悦的，她能够从背后听见赵秋横哽咽的声音，她知道他为了他们两人这些日子的分开也很煎熬，她也哭了。

赵秋横放下水杯默默走到张舒枫身后，他环腰抱住了张舒枫，这久违

的拥抱，这两年来的思念和煎熬，被这一抱所融化，他们拥在了一起，两个人哭泣着，赵秋横抚摸着张舒枫丝滑的秀发，他亲吻着熟悉的头发。

那晚赵秋横住下没走，他们相拥而睡。

第二天清晨，天刚亮赵秋横电话响了，是单位事业部打来的，电话里小王急促地说道："赵总，珠海那批订单出了问题，需要您立即到现场去处理，否则，公司将会损失惨重。"

赵秋横连忙起身道："知道了，小王，我这就坐飞机赶往珠海。"

接完电话后，赵秋横转身对张舒枫说："舒枫，单位有急事，我现在就得赶到公司去，处理完了我再过来。"

张舒枫轻轻点了点头说道："你去吧，路上小心。"

赵秋横穿好衣服，匆忙洗漱，出门之前来到床前在张舒枫额头上亲吻了一下，说道："再不许胡思乱想，等我。"

张舒枫眨巴了一下眼睛说道："好。"

赵秋横走后，张舒枫心里升起一种隐隐的不安，她突然想起自己已经向法院提交了离婚手续，如果赵秋横此一去看到离婚诉状将如何是好？ 于是她拿起手机拨通仲律师的电话，问道："仲律师你好，离婚诉状走到哪一步了？"

仲律师也刚刚起床就准备去上班，他接起张舒枫电话后，听到她如此一问，便说道："现在诉状应该已经寄往被告方工作单位了。"

张舒枫连忙对仲律师说："我现在能够撤诉吗？"仲律师电话那头发出了爽朗的笑声，说道："当然可以，呵呵呵。你确定要撤诉吗？"

张舒枫有些不好意思地说道："对不起仲律师，给你添麻烦了。"

仲律师答复道："不麻烦，早就该是这个结果。"

张舒枫挂断仲律师电话后，想将此事向赵秋横解释一下。

此时，电话铃突然响了，是霞子打来的，告诉她让她去挑丹霞口剪彩的衣服。她连忙起床，赶往霞子美容店里。

第三十八章　待到花好月圆时

　　且说赵秋横匆匆忙忙赶到珠海，和客户进行了各种谈判，经过一番处理之后，将公司损失降低到最小范围之内，方才坐飞机回到深圳。

　　这几天他心情颇好，处理公司事务也格外顺畅，下午时分，小王敲门走进办公室，拿着一堆文件对赵秋横说："赵总，这是今天的文件和信件，放你桌子上了。"

　　赵秋横正在电脑上处理事务，看了小王一眼说道："行，你放那儿吧，我抽空看。"

　　忙完手头的活后，赵秋横拿起小王送来的文件逐一翻看，顺便在文件上签了自己的名字，在文件的最后他发现了一份法院寄来的信件，他很疑惑："公司有涉及民事纠纷的案件吗？"

　　他刚要打开信件时，电话铃声响了，是周梦婕表姐打来的，电话里声音哽咽着，似乎发生了什么事情一样："秋横吗？　你在深圳吧？"

　　赵秋横回答说："我在呢，怎么了？"

　　表姐在电话这头哭了起来道："梦婕不行了，大夫通知让处理后事呢。"

　　赵秋横震惊地问道："怎么会这样呢？　不是好转了，过几天要出院的吗？"

　　表姐说道："两个小时前她说自己很困想睡觉，睡一个多小时了，我想叫醒她吃点东西，怎么都叫不醒她，我感觉不太对劲，去喊了医生，医生说她这是休克了，之后便是医生们的各种抢救，结果，抢救无效，告诉我她已经……你赶紧过来一趟吧。"

表姐边说边哭，赵秋横为此感到很惊讶："怎么会这样呢？你别着急，我这就过去。"

赵秋横推开手头的文件和那个没有打开的法院诉状，抓起办公桌上的车钥匙，从停车场开车直奔周梦婕住的那个医院。

当他来到医院时，周梦婕已经彻底闭上了眼睛，表姐哭成了泪人，她边哭边对赵秋横说："此事还不能让梦婕妈妈知道，要不老人肯定受不了。"

是啊，周梦婕妈妈一直以为女儿在深圳边上班边考研呢，怎么能想到，女儿得了病还丢掉了性命。

赵秋横不禁为周梦婕感到惋惜，多年轻的生命呀。

经过几天的忙碌赵秋横和周梦婕表姐一起将周梦婕后事处理妥当。

他放下车子，在小区的林荫小道上他拿出了手机，准备给张舒枫去个电话，想问问她这几天还好吗。因为他在张掖时就知道张舒枫这几天要去处理丹霞口开业的事情。

此时，深圳的夜色越来越深，他望着月亮，发现今天的月亮格外的圆，突然一道流星从天空划过，他急忙合着手开始许愿，他许了什么愿没有人知道，可他许完愿的脸上却露出了丝丝的甜蜜。

许完愿后他站在月色中静静地望着月亮很久很久……

十六日那天，张舒枫穿着一身淡绿色的西服站在丹霞口剪彩的主席台上，临泽县委县政府的领导列席剪彩仪式。七彩丹霞早已经闻名全国，而想要通过旅游行业带动丹霞口经济，必须有牵头企业去组织孵化当地其他配套行业。

张舒枫通过甘州区以及高台县几个分公司的孵化基地，已经总结出了一套创业创新孵化基地的管理经验。

这次临泽县政府也非常重视这个项目，试图通过七彩丹霞旅游景区拉动地方其他经济的发展。

剪彩仪式在热闹嘈杂中结束了，张舒枫悄悄抽身离开人群，她驾车来到临泽郊区那片开满紫色花儿的地方，太美了，紫色的花丛中间依稀看见牡丹穿着红色的衣裙翩翩起舞，阿木站在牡丹身边深情地观赏着。

张舒枫走进花丛，她蹲下身来，吮吸着花儿恬静的幽香，她在花丛中如梦似幻地旋转着，仿佛看到了那个马背上的少年驮着红衣女子驶向了遥远的远方。

后记　有缘千里来相会

有缘千里来相会，无缘对面不相识。

您相信因缘吗？ 邂逅于某一个城市，相聚在某一个团队，或者……我要告诉您的是，我相信。我是一个财务工作者，业余写写诗歌，偶尔在自媒体上发一发文章还有点自鸣得意。可我说什么也想不到，会写一部长篇小说出来。这就像一个人幻想着能长上翅膀，去天涯海角一样。然而，在文学道路上，我就突然长上了一对翅膀，让我一夜之间飞到了文学的殿堂上。而给我安装这对翅膀的不是别人，是我作家提高班的导师——陈玉福教授。

第一次认识陈玉福教授，是在2020年5月份新华书店《西凉马超》的售书现场。要不是去新华书店给孩子购书，很可能这个活动我是不会参加的。所以，一开始我不以为然。感觉天下的教授、专家都一个样，这位陈教授也不能脱俗，肯定和我过去见过的那些所谓的"大家"一样，只不过是浪费我的宝贵时间罢了。可是，当张掖市文联主持工作的程琦主席一番介绍，我吓了一跳。这位原来是我多年前一口气看完的40集电视剧《女人的抗战》的原创作者加编剧。天哪！ 这真是踏破铁鞋无觅处，得来全不费工夫呀！ 一个月以前孩子翻频道看电视剧，突然就翻到了这部电视剧，我孩子自言自语"不知道这部电视剧怎么样"？ 我马上告诉他，这是一部与众不同的谍战、爱情电视剧。果然，我孩子通过这部电视剧，记住了"陈玉福"这三个字。

不仅如此，在这次活动上，我被陈玉福教授的创作经历震撼到了。如果说当初看《女人的抗战》时是一种震撼的话，那今天绝对是大地震！

回到家后，我便滔滔不绝地向孩子讲陈玉福教授来到了张掖，他讲了他的成长和创作过程，很值得有志青年们学习借鉴。没有带你去听，真的是太遗憾啦！没想到孩子惊喜过后说，那我马上看他的电视剧《建军大业》！说着，孩子就搜出来陈玉福教授原创、编剧的这部电视剧，看了起来。

就这样，我和陈玉福教授认识了。由于孩子和我都喜欢文学，所以，接下来便特意去打听，想法设法将孩子送到陈玉福教授门下学习写作。2020年9月份经人介绍，我带着孩子来到了陈玉福教授工作室，当教授知道孩子喜欢写作并且目前正处于因病休学状态，便欣然答应收下孩子跟着他学习写作。接下来，"讲好张掖（甘州）故事"作家提高班开班了，我们母子成了这个班两名特殊的学员。

实话实说，首届作家提高班的学员们的写作能力和写作基础都偏弱些，十名正式学员和五名候补学员百分之九十以上是诗人，所有学员中没有一位学员写过小说。这无疑给陈玉福教授平添了很多压力。听到别人说"陈玉福和一群乌合之众搞作家提高班"的说法，我非常难受，这也是我一年多来始终不能释怀的事情。

我陪着孩子进入了作家提高班学习，认真地听着陈玉福教授讲解写作方法。一开始，感觉写长篇小说和我没有一毛钱的关系。可教授讲着讲着，我们中间的诗人们跃跃欲试，居然有了创作的念头。教授不说这些，只是告诉我们开头这么写，结尾如何处理；从人物性格的塑造到情节的设置，从细节到故事，从心理描写到环境描写……再加上教授身体力行，给我们做榜样。他每天早上四点钟起床创作，七点半钟结束，一天六千字的创作量，居然在一个早上轻轻松松地就完成了。白天该干啥干啥，开会、交友、上课等，什么都不耽误。这让我想起了小时候大人说的话，"早起五更一天的轻松"，教授就是这样，几十年如一日，雷打不动，这才出版、发表了一千多万字的作品，且获得了不少国家级大奖。

想想教授，都六十岁的人了，再想想自己，教授能做到的我们为什么就做不到？过去不敢动笔，是因为没有老师给你辅导，现在好了，教授每一周都给我们上课，还有相当长的时间解惑答疑，你在创作中卡壳了，他给你指点迷津；你不会开头、不会塑造人物形象、不会描写、不会营造气氛，等等，他都直接通过口述给你"写出来"，你只需录好音下来整理出来就好啦！本来是回答一个学员的问题，结果大家都开窍了。我孩子说，他也要写长篇小说，我一听觉着我也能写长篇小说。结果，大家都写长篇小说，你追我赶，到了十个月差不多的时候，作家班十位正式学员，有七位的长篇小说写成功啦，他们是李国生（《缘分的天空》）、王月明（《红西路军转战甘州》）、铁彬（《石窝分兵》）、杨生伟（《盛开的金露梅》）、武建学（《国家公园里的战争》）、何海萍（《甘州记事》）、郭华（《马蹄声里的红牡丹》）。还有三位也马上完稿啦！他们是广成子（《肃南传》）、韩新文（《金露梅银露梅》）、蒋振峰（《戒尺》）。

刚开始写长篇小说，什么也不知道，就按照教授讲的写，一万、两万、三万……感觉每写一万字就像是攀登了一座高山，虽然周围的风景独好，但谁也心里没有底。教授说，不要紧，你们只需按照我说的那样写即可，写成功了算你的，失败了算我的。教授的话总是这样风趣幽默，心情好的时候，像一位慈祥的父亲……就这样，我们按照教授讲的"创作"。创作完成了，教授一字一句地读，修改，问题大了打回来重写，问题小了就动手替我们修改……

陈教授教的认真，学员们态度虔诚。每一周都在被动的写呀写呀，几个月下来，我们从不会写到会写，从艰难到得心应手，我们居然都在解惑答疑的课堂里没有问题可提。老师笑了，没有问题就是找到感觉了，你们只需跟着感觉走就可以了。

上课时听到陈玉福教授说，写得好与不好你不要去管，你的任务就是坚持去写，每天至少一千字，慢慢地就能写出东西来了。我开始坚持写了，三万、四万，写到五万多字的时候我开始迷茫了，故事单调乏味，又写不下去了。在上课解惑答疑时我向陈教授提出了这个问题，教授说，你的问题是语言不够优美，故事情节不够曲折。怎么办呢？ 他向我推荐了长篇小说《西凉马超》， 让我有意识地去读，感受这部作品里的语言和故事。此时，我惭愧了，跟着陈老师学习这么久，竟然没有读完老师一本作品，于是，我放下了手头的小说写作，开始阅读《西凉马超》， 几乎是三天三夜，我一口气读完了这本书，说实话，我读了很多小说，从来没有一口气让我读完的小说。合上《西凉马超》 后，我的思绪一直徘徊在这本书的故事情节里，久久无法平静，每一个故事情节的画面都栩栩如生地萦绕在我脑中。

陈玉福教授的每一部作品都能够将正能量的东西展现出来，这是当代作家们值得效仿的，这些经久不衰的理念不分派别，只要是正的东西它就会有读者，并且能够扶正人性。时间久了，让人油然产生一种敬佩和赞叹：陈玉福教授，您真的很伟大。

教授布置的长篇小说读完了，我又一次打开了自己未写完的小说开始写，六万字、七万字……十七万字，天哪，我居然一下子写了十七万字。当我翻阅着自己写的那些文字时，我惊呆了，长篇小说马上结稿，是什么动力和方法让我这个不会写小说的人写出了自己想写的故事呢？

有时候命运似乎有意无意地捉弄着人，我这个一辈子在数字堆里摸爬滚打的人竟然与文字结了缘，与长篇小说结了缘。对于我来讲仅凭对文学的爱好写了十几年诗歌，写小说却是想都不敢想的事情，参加作家班后我写了，并且写完了。不但通过了教授的初审，而且还通过了出版社的审读，现在即将出版了，我真的是人高兴啦！

陈玉福教授在张掖这个地方以挖掘传统文化讲好张掖故事为题创建作家提高班，对张掖人来讲是在播种，通过作家提高班将会带出一大批弘扬正能量的作家来。近十部长篇小说故事将被陈玉福教授在作家提高班所挖掘，也就是说近十个长篇小说作者将在张掖诞生，对我这个张掖人来讲，或者是对张掖市的文学艺术来讲，确实是值得庆幸的事儿。